히구치 이치요
강정원 옮김

꽃 속에 잠겨

花ごもり

히구치 이치요(1895)

차례

일러두기

1 본문의 각주는 모두 옮긴이 주이다.

2 각 작품에 대한 저본은 다음과 같다.

　　「마지막 서리」:『一葉全集』(博文館, 1897. 1. 9.)

　　「다마다스키」「여름 장마」「경상(經床)」「파묻힌 나무」「새벽달」:『樋口一葉集』(和田芳恵 編, 筑摩書房, 1972)

　　이외 16개 작품:『樋口一葉集』(菅聡子·関礼子 校注, 岩波書店, 2001)(참고 서적 병용)

3 각 작품에 대한 참고 서적은 다음과 같다.

　　「파묻힌 나무」:『樋口一葉集』(和田芳恵 校注, 角川書店, 1970)

　　「키 재기」:『評釈伝記樋口一葉』(石山徹郎·榊原美文 共著, 日本評論社, 1941)

　　전 작품:『全集樋口一葉(復刻版)1·2 小説編)』(前田愛·岡保生·木村真佐幸·山田有策 校注, 小学館, 1996)

4 원문의 근거가 되었거나 되었다고 추정되는 고전은 작품 감상에 유의미하다고 판단되는 경우 우리말로 옮겨 각주로 실었다. 특히 와카의 경우 5/7/5/7/7의 음수율에 맞춰 옮겼고 출전을 표시했다.

5 원어에 대한 한자는 일부 저본에 정자로 표기되어 있을지라도 통일성을 위해 모두 약자로 표기했다.

6 대체로 외래어 표기법을 따랐으나 일부 예외를 두었다.

파묻힌 나무

다나베 다쓰코의 서문

이치요는 나와 같은 정원에서 하기노야의 이슬을 받고 자란 잎이다. 그곳의 나카지마 스승님은 늘 고풍스럽고 품위 높은 것을 가르쳐 주셨지만, 여사는 천성인 호기심에서 세상에 귀를 기울였으며 흔한 현대의 정태를 그리고 싶다는 마음이 두터웠다. 작년부터 무사시노 들판에 이름은 있었지만 멀어지는 신기루처럼 별다른 까닭도 없이 남의 눈에 드러나지 않아 그리 아는 사람도 없었는데, 이번에 일부를 지면에 실어 일반의 평을 청하는 참에, 이후에도 더욱 이 소설에 최선을 다하는 각오로 삼고 싶다며 내게 서문을 써 달라고 하셨다. 나는 부서지지 않는 이러한 방법으로 사려 깊은 일을 하시는 여사를 늘 경모하며 친한 벗으로 삼고 있는 나로서는 무척 기쁘다. 앞으로도 계속 느슨함 없이 무수한 가지에 우거져 높은 나무에 드는 빛이 되어 주실 것을 축복하며 다만 이 한마디를.

1

한 줄기 붓끝으로 오백 나한, 십육 선신[1]을 그려 내며 하늘에는 누각을 짓고 회랑에는 신념을 깃들인 세 치의 향로와 다섯 치의 꽃병 가운데 일본이나 중국의 인물을 그려 넣은 겐로쿠 시대풍의 아취가 있는 것도 있거니와 신대(神代)의 풍경을 그린 고귀한 것도 있고 무사가 입는 갑옷의 미늘에 공들이고 당상관이 입는 관복의 무늬를 엄선한 것도 있으며, 또한 병목이나 가운데에 화조풍월로 화려함을 다하고 고산유수로 청초함을 극한 것도 있다. 뜻이 향하는 대로 풍광이 떠오르고 농담이 나타나는 정교한 채색이지만, 점묘 수법을 쉬운 것으로 보는 문외한의 눈에 놀랍게 비춰진 만큼 자신에게는 흥미가 없었기에 화필을 제쳐 두고 자주 이 분야의 쇠퇴에 한숨짓곤 했다. '아, 사쓰마라고 하면 가다랑어포마저 활개를 치는 세상에서[2] 내 금란 도기[3]는 땅에 떨어졌구나. 그 옛날 덴포 시대를 떠올려 본다. 나에시로가와의 도공 박정관[4]은 그 지역에 니시키데의 정교함이 없음을 한탄해 열여섯 살 소년의 몸으로 천만 장(丈)의 용기를 불러일으켜 지방 장관을 설득하고 번청에

1   각각 석가의 제자인 500명의 성자, 반야경과 그 수지자(受持者)를 수호하는 십이신장 및 사대천왕의 총칭.

2   당시 사쓰마번, 조슈번 출신자가 정권을 잡고 있었기 때문.

3   金襴陶器. 적·녹·자·황색 등의 유약으로 다채로운 무늬를 그린 위에 금가루를 입힌 도자기인 니시키데(錦手)의 일종. 여기서는 사쓰마 도기를 가리킨다.

4   朴正官(?~1874). 정유재란 때 일본에 잡혀간 도공 박평의(朴平意)의 후손으로, 막부 말기에서 메이지 시대 초년에 걸쳐 솜씨를 떨친 사쓰마 도기의 명도화공. 나에시로가와(현재의 가고시마현 히가시이치키)는 박평의 등 조선인이 번의 명령으로 집단촌을 이룬 곳으로, 사쓰마 도기 가마터의 한 곳.

청하고는 다테노에서 두 명의 교수를 맞이해 비법을 전수하는 노고를 다했다. 더욱이 몇 해 동안 용기를 키워 안세이 시대 초 다노우라 도장(陶場)의 가마에서 좋은 결과를 내기까지 얼마나 애를 쓰고 고생했을까. 그 유파의 덕을 본 화공들이 여기 도쿄에만 200명 남짓 있는데, 미술을 장려하는 지금 이 시대에 태어났으면서도 그들 중에 이 분야의 오의를 터득해 만리타국 벽안 사람들에게 일본 고유 기예의 정수를 여봐란듯이 보여 주려는 근성을 지닌 사람은 없고, 화필은 손에 익혀 쥐고들 있지만 마음은 소리소욕으로 뭉쳐 있을 뿐이다. 미란 무엇일까. 돈벌이일까? 아니면 요시와라, 스사키 유곽에 북소리가 요란한 데 대해 우리 시나가와 유곽에도 버릴 수 없는 인물이 있다는 입에 발린 말에 놀아나 붓으로 갈겨 그리고는 허세를 부리기 위한 걸까. 하여간에 돈의 세상에서는 고상하다느니 정교하다느니 해 봤자 결국은 거래되는 시세 위에 놓이는 것이다. 도매상이 좋은 평판의 물건을 가장 고마워한다는 건 무릇 어디서 나오는 말일까. 역시나 나라를 팔아먹는 간사한 장사치들에게 휘둘려 값을 깎고 또 깎는 것일 터다. 그러잖아도 미약한 기술은 목이 꺾이고 있는데 아직도 무명(無明)의 꿈에서 깨어나지 못하고 있다. 수지에 맞지 않게 도매상에서 하청받은 일을 하는 데 시간을 아끼고 비용을 줄이니 열 개가 하나 값인 조잡한 그림에 함부로 붓을 놀리는 것이다. 얼마 전에 막 입문해 놓고 수련 중에 조는, 두피에 쇠버짐이 핀 아이의 머리를 철썩 때리며 단지 도기의 주둥이와 아랫부분에 그리는 무늬, 그리고 금가루를 붙여 그리는 봄 안개 무늬와 무질서한 무늬 같은 낙서를 하는 데 도움을 주는 형편이니 미라는 글자는 헝겊에 닦인 물감의 얼룩과 같구나. 이는 씻을 수 없는 수치가 아닐까. 이대로라면 10년이 더 지나기도 전에 사쓰마 도기는 이마도 질그릇[5]의 옆자리를 꿰차 초물전 앞에서 먼지를 덮어쓸 게 뻔하다. 이를 깨닫지 못하는 바보들만 있는 것도 아닐 테지만 시세(時勢)는 물이 불어난 제방이 거의 무너지고 있는 형세와 같아, '우리는 결코 막을 수 없다. 일단 물 구경이나 하고 있는 게 상책인 세상이다.'라는 불안한 생각을 하며 턱을 괴고 엉거주춤한 태도로 있으니, 각자가 열심히 하지 않는 것을 천재지변과 같은 현상으로 알고는 천명이니 운명이니 하며 조리도 없이 엉뚱한 화풀이를 하는 것이다. 그것을 받아 주는 하늘이 불쌍할 따름이다. 하지만 이것도 당연한 일이다. 몸은 청정주[6] 몇십만 장인의 머릿수에 들어가 있으면서 가마에서 연기가 어떻게 나는지까지 어진 폐하를 애타게 했다는 망극함도 이해하지 못한 채 일본 제국의 명예를 몹시 구겨 쓰레기터 구석에 내던지는 데 대한 천벌을 알지 못하는 사람이 이 주변에서 드물지 않은 세상이니 분노해 봤자 입만 아플 터다. 그래도 내게는 나만의 관념이 있다. 내가 붓을 쥐어든 운명을 설령 광기라고 말할 테면 말해라. 어리석다고 하며 웃을 테면 웃어라. 천만금을 들고 올지라도 바꾸지 않을 마음을 솜씨로 닦고 있으니, 경조부박한 사람을 수완가라고 부르는 메이지 시대에 내 이 우직함의 가치는 얼마나 될까. 노력한 결과는 어떻게 될까. 이 분야의 진수는 어디에 있을까. 설

5　今戸焼. 도쿄 이마도에서 생산되는 유약을 바르지 않고 저열에 구워 만드는 투박한 도기로 일용 잡기나 인형을 만들었다.

6　蜻蛉洲. 전설상의 인물인 초대 진무 천황이 야마토노쿠니(현재의 나라현)의 산 위에서 일본 국토를 내려다보고는 "청정(잠자리)이 짝짓기를 하고 있는 것과 같다."라고 말한 『니혼쇼키(日本書紀)』의 고사에서.

사 남은 어떻게 보든 나는 내 마음이 만족할 만한 것을 만들어 내서 나 이리에 라이조, 이 괴짜의 이름을 도기사에 남기고 싶다. 그런데 가난에 찌든 이 신세가 분하구나. 부질없이 뜻을 품은 지가 수년인데, 앞으로도 이렇다면 내 가슴속에 있는 기발한 꾀는 무엇을 향해 언제쯤 그림으로 그릴 수 있을까. 이것이 한이다. 뼛속까지 사무친 한이다.' 이런 마음으로 오른손 주먹을 부르쥐자 손목이 바들바들 떨렸고 속이 뒤집혔다. 뜨거운 눈물만이 차오르는 한편 비분의 목소리는 내지 않았지만, 누구 입에서 나왔는지도 모르게 '강개(慷慨) 선생'이라는 별명이 지어져 술자리에서는 말이 나오지 않는 일이 없었다. 그러나 정작 사립문을 두드리며 찾아오는 사람은 매우 드물었기에 라이조에게는 친구도 제자도 아내도 없었다. 다만 오초라는 누이와 함께 이곳 다카나와 뇨라이지(如来寺) 앞의 초라한 살림에서 박 덩굴을 울타리에 감기고 모깃불을 처마로 피워 올리며 불부채와 인연이 있는 삶을 꾸리고 있었다.

2

　나뭇잎만 떨어져도 자지러진다는 열예닐곱 살 시절을 가난으로 고생해 화월(花月)은 모두 눈물의 씨앗일 뿐이었다. 또래 여자아이들이 유행하는 오비를 새로 나온 염색 유카타에 매고 다니는 모습은 어딘지 우아했지만, 가만히 보아 그리 좋지도 않은 용모의 3할은 백분의 덕을 본 것이었고 살쩍과 뒷머리는 몇 번을 감질내며 뜨거운 물수건으로 머리를 편 덕분에 모양을 잡은 것이었다. 그토록 보기 좋게 미인의 가면을 박고 스쳐 지나가는 뒤로 향수 냄새도 풍기는 눈에 띄는 행색으로 저녁 참배를 했는데, 소원은 무엇을 빌었을까. 신령님도 보시기 언짢았을 이런 무리가 자신을 뒤돌아보아서 제 차림이 창피한 것은 아니었지만, 기분이 썩 좋지는 않았기에 색 바랜 유카타를 걸친 어깨가 자기도 모르게 움츠러들어 잔달음을 치며 오초는 잿날에 늘어선 장신구 노점에도 눈길도 주지 않고 오로지 제 오빠 생각만 했다. '내 소원은 부귀도 아니고 영화도 아니야. 내 모습이 지금보다 더 초라해지고 설령 새끼줄을 오비로 매게 된다고 해도, 내 삶에 다가올 운수가 있다면 오라버니께 양보해 솜씨의 빛이 세상에 드러나게, 갈고닦는 마음이 만족되게 해 드리고 싶구나. 그리고 같은 화공이면서 업신여기는 얼굴을 보이는 자들을 오라버니 앞에 무릎 꿇리고 싶고, 무엇보다 불단에 계신 두 분의 위패에 명예를 바치고 싶구나. 부업으로 손수건을 휘갑친 걸 도매상에 넘기러 나온 길에 영험이 뚜렷하다고 자자한 시로카네의 세이쇼코[7]로 매일 참배하는 속마음을 오라버니께는 말씀드리지 않았는데, 들으면 혹시 붓을 내던지며 기예를 닦는 데 나는 아직 네 친절한 뜻은 필요 없다고 하시려나.' 참배하고 돌아가는 길에 절실히 집 생각이 나 오초는 마음도 발걸음도 서둘렀는데, 지나며 어느 골목을 보자 사람이 구름처럼 모여 있었다. 싸움이든 길강도이든 간에 애먼 봉변을 당하지 않게 몸을 사리며 지나가는 많은 사람의 소맷자락 아래로 새어 나오는 울먹이는 소리를 문득 듣고 저도 모르게 들여다보니 가여운 쉰 살쯤의 노

---

7 白金의 淸正公. 가토 기요마사(加藤清正, 1562~1611)의 위패를 두고 있다는 데서 가쿠린지(覚林寺)의 통칭.

파였다. 가난에도 끝은 없는 것일까. 오초 자신보다 갑절이나 비참한 모습이었다. 옛날에는 유서 깊은 집안의 사람이었는지 찌푸리는 미간에는 어딘지 기품도 보였지만, 딱하게도 장사로 무언가를 굽는 구리판이 놓인 작은 노점 뒤에서 노파는 바짓가랑이에 머리를 비비며 거듭 사죄하고 있었다. 상대는 서른쯤의 수염이 텁수룩한, 한눈에 보아도 얄미운 사람이었다. 가슴팍을 드러낸 큰 유카타 차림으로 발을 구르고 분해하며 "귀가 먹었나!"라고 하며 아우성치는 것은 다 돈이 원수인 세상이기 때문이다. 처음에는 친절하게 대했고 태어나면서부터 서로 얼굴을 붉히는 사이도 아니었을 것이기에 엎드려 절하며 은혜를 받았지만 돈을 갚을 수 없는 것은 심보가 고약해서가 아니라, 이 사회에서 영락한 처지로는 신변이 여의치 않아 약속한 것이 약속 같지도 않기 때문에 스스로 그것을 부끄럽게 여겨 어쩔 수 없이 집에 있어도 없는 체하다 끝내는 하고 싶지 않은 거짓말로 한 달을 미루고 보름을 보냈지만, 끝내 아무것도 되지 않아 막다른 데 몰리고 몰려서는 그믐날 밤 집주인 댁 울타리 밖에서 두 손 모아 빌며 의리와 명예를 저버리지 않았음을 보여 주기도 한 듯했다. 정말로 그런 유의 사람인지 노파는 주변을 부끄러워하며 작은 목소리로 변명했다. 울먹이고 있어서 앞뒤가 거의 들리지 않는 그 말들을 그러모아 헤아리건대, 딸인지 누구인지 매우 의지하는 자식이 지금 무슨 병을 앓고 있는 모양이었고, 그것만 다 나으면 다시 돈을 마련할 방도가 있을 테니 잠시만 기다려 달라고 가엾게도 속을 쥐어짜며 슬픈 목소리로 호소하는 것이었다. 듣고 있는 오초는 정에 약한 여자의 몸이고 더구나 동정이 느껴져 이해하지 못할 것도 없어 남의 예삿일로 여기며 지나가 버릴 수 없었다.

'참 막무가내인 남자구나. 벼룩의 간을 내먹는다더니 저 노점을 넘기라고 하네. 그걸 뺏겨선 자기와 딸은 먹고살 수가 없어 자비를 바라며 모은 손을 뿌리친 나쁜 사람, 나쁜 사람. 자기는 그리 체면이 부끄러운 모습도 없고 우람한 덩치에 아픈 데도 없어 보이는데, 환자를 떠안고 있는 저 어려운 할머니도 헤아려 주지 않는 건 귀신이기 때문일까, 야차이기 때문일까. 있기만 하면 돈으로 저 뺨을 치고 보기 좋게 할머니를 구해 주고 싶지만 내가 그럴 수 있는 처지는 아니지. 이 지갑을 바닥까지 털어도 소용없을 거야. 분해라, 가여워라.' 하며 몸부림칠수록 오초는 아쉬운 마음이 들어 새까맣게 모여든 사람들을 힐끗 둘러보며 '여기서 적어도 한 사람은 저 할머니를 가엾게 보고 있을 듯한데……' 하고 탄식하던 일찰나, 오초의 어깨 앞을 스치다시피 하며 망설임도 없이 불쑥 나서는 신사가 있었다. 누구인지 생각할 새도 없이 마구 고함치는 귀신 같은 남자 앞에서 그는 치켜든 팔꿈치를 붙잡아 세우며 가볍게 미소 지었다. 우선 그 모습에 마른침을 삼킨 사람들의 시선이 쏟아지는 그 사람의 행색은 어떤가 하니, 검은 사(紗) 하오리[8]에 흰 바탕의 유카타를 입고 있고 자연스럽게 찬 금 사슬 장식이 가쿠오비[9] 가장자리에 얼핏 보여 풍채가 온화하고 인상이 고상했으며, 말할 수 없는 구석에 다정함도 보이는 스물여덟, 아홉의 젊은이였다. 그가 노파를 돌아보기도 하면서 공손한 말로 "저는 마침 지나가던 사람인데 무슨 일인지는 모르겠지만, 고작

---

8   羽織. 기모노 위에 입는 겉옷. 보통 무릎 길이까지 오며, 가슴 높이에 달린 끈으로 묶어 고정한다.

9   角帯. 폭이 좁은 남성용 오비로, 주로 예장용으로 맨다.

여자이고 노인한테 실례는 자주 있는 일이죠. 저기 좀 보세요. 저렇게 사과하지 않습니까. 길에서 이러면 머지않아 사람들의 눈과 입이 성가실 텐데, 순사라도 얽히면 그 신분에 어쩌려고 그러십니까. 그러지 말고 저한테 여기 일을 맡기시는 건 어떻습니까." 하며 버들의 실가지처럼 매우 점잖게 나오자, 남자는 "참으로 쓸데없는 참견이군요. 사과나 말로 끝날 정도였으면 지금쯤에는 손을 털었겠지. 무슨 사정인지 듣고 싶다면 들려주기는 하겠소. 나로 말하자면 두세 달 동안 저 할멈한테 비이슬을 피하게도 해 준 대은인이오. 그래도 저 할멈에 말에 놀아나 5엔이라는 큰돈을 빌려준 건 나도 물론 장사를 하려던 거란 말이지. 다달이 이자 25전을 내는 데는 설사 천지가 뒤집히든 아픈 외동자식이 죽든, 나는 기다려 준다는 약속은 하지 않았으니 져 줄 생각도 없소. 그런데 어찌 된 마당이지 우는 소리가 끝도 없더군요. 지장보살님도 자꾸 사람 손을 타면 화를 내시는 법이오. 담보로 잡기도 부족하지만 뭐 하나라도 건지는 게 이득이지. 이 노점을 가져가려는 건 큰 무리도 아닐 거요." 하고 말했는데, 그 콧방귀를 뀌는 수염 기른 얼굴이 얄미웠다. 신사는 껄껄 높이 웃고는 "나는 또 뭔가 했더니 돈으로 끝날 일이었습니까? 그럼 문제도 없군요. 상관없는 남이라고 할 수 있지만, 어차피 사해 안이 모두 형제가 아니겠습니까.[10] 돈은 제가 대신 치르지요." 하며 지갑을 더듬어 5엔 지폐 한 장과 1엔 한 닢을 꺼냈다. "이걸로는 좀 부족하겠지만 마침 가지고 있는 게 이것뿐이군요. 어떻습니까, 비이슬을 피하게 해 주신 대은인님, 이걸로 용서해 주시지 않겠습니까." 하며

10 『논어』 안연의 한 구절.

어디까지나 점잖음을 꾸미기는 했지만, "싫다고 하면 저 새하얀 주먹이 튀어 나가 수염 난 남자는 먼지가 될지도 몰라." 하며 구경꾼이 연극 조로 말하는 우스운 속삭임도 있었다. 남자는 낚아채듯이 돈을 품속에 욱여넣고 증서를 몇 통 꺼냈다. 수많은 사람에게 눈물의 씨앗이 된 성명과 주소가 쩌진 문서를 이건가 저건가 하고 찾아내고 남자는 "됐소? 나는 확실히 준 거요. 한참 부족하기는 하지만 떼이는 것보다는 낫지. 이걸로 계산이 끝난 셈 치면 저 할멈은 횡재겠네. 좋은 물주를 만났으니 이제는 이자 없이 돈을 빌릴 수 있으려나? 남 일이기는 하지만 자선가의 말로가 걱정되는구려." 하고 비웃으며 옷자락의 먼지를 털었다. 고맙다는 말도, 창피해하는 것도 없이 남자는 사람들을 헤치고 거들먹거리며 걸어갔다. 가는 앞길의 땅이 갈라지지 않고 걸려 넘어질 돌부리가 없는 것이 영 개운치 않다. 젊은 남자는 고맙다고 하는 노파의 인사를 대강 듣고는 "천만에요. 마침 돈이 있어서 도움이 된 겁니다. 돈이 없었다면 저와 할머니 모두 똑같이 곤경의 연못에 빠졌겠죠. 부침(浮沈)은 세상에서 흔한 일이니 인사는 나중에 할머니께서 큰 부자가 되셔서 제가 재촉하러 나설 때까지는 그냥 맡기는 것, 맡기는 걸로 하시죠. 또, 저는 이름을 알려 드릴 정도로 유명한 사람은 아닙니다. 그 말씀도 사양하겠습니다." 하며 소맷자락에 매달린 노파를 떼어 두고는 유유히 뒷모습을 보이며 떠났다. 광명이 혁작하게 비치는 듯해 절로 고개가 수그러졌다.

3

열세 살에 화필을 쥐기 시작해 16년 동안 일심으로 이 길에 들어온 이리에 라이조. 부귀를 부질없는 뜬구름으로 보았지만 여전히 바람 앞의 티끌 하나처럼 명예를 바라는 마음은 떨치기 어려워 세 치 가슴속에는 욕화가 늘 타올랐다. 높은 곳에 걸려 있어야 할 마음의 거울에 얼룩이 있다고 한다면 이것뿐이었다. 그렇다고 해서 세상에 아첨하고 사람에게 아첨하는 일은 다시 태어나지 않는 이상 할 수 없는 성격이었기에 자기가 먼저 고개를 숙이는 일은 죽어도 싫었다. 옹고집으로 유명해질 정도로 아만(我慢)과 고집이 온몸에 퍼져 있어서 받아들일 수 없는 세상이라고 여기며 저 홀로 점차 등지는 마음이되었다. "두고 봐라, 이 손안에 뭐가 있는지. 날아오를 그날만온다면!" 하고 남들은 듣지도 않는 큰소리를 치며 끓어오르는 속은 간신히 식혔지만, 그야말로 모든 일의 걸림돌이라고하는 가난 말고는 반려가 없는 처지였으니 '그날'이라는 것은 대관절 언제로 삼고 기다려야 할까. 미륵이 세상에 나타나는 것과 견주어 갑을을 가리기 어렵다는 생각에 원통함이 가슴을 찔러 눈을 붙이지 못하는 밤도 많았다. 잠도 이루지 못했는데 날이 새 버린 다음 날 아침, 안뜰의 풀에 맺힌 이슬을 보자 죽은 스승이 문득 생각나 돌연 절에 성묘를 가고 싶어져 라이조는 울타리의 하국(夏菊)을 잡히는 대로 꺾고는 오초가 잠시만 기다리라고 하며 말리는 것도 듣지 않고 아침을 먹기도전에 집을 나섰다. 절은 이사라고의 다이마치에 있었기에 그리 멀지는 않았다. 센가쿠지(泉岳寺) 옆의 파릇파릇한 산울타리 가운데를 지나서 뿌려 놓은 물이 시원하고 비질한 자국이 선명한 좁은 길을 어슬렁거리며 무카데게타[11]에 힘을 주었는데, 휘감기는 것이 성가셔 옷자락을 걷어 올리고 정강이를 드러내 놓고 걸었다. 아무런 치장도 없어 인색한 사내라는 느낌을 주는 얼굴은 추하지 않았지만, 검은 피부와 앙상한 뼈, 높은 코, 굳게 다문 입, 서슬이 시퍼런 시선이 무서웠고 침울한 분위기가 있는 것이 어딘지 쓸쓸했다. 게다가 낡은 감색 무명옷을 입고 흰색 헤코오비[12]를 맨 차림이었기에 마치 품속에는 건백서라도 지닌 듯한 비장한 분위기였지만, 오른손에 든 하국의 색을 보면 과연 살가움도 느껴졌다. 연구에 골몰하는 눈에는 온통 그 색 하나만 비춰 들던 와중에 가는 격자 대문 앞에서 요네자와산 얇은 비단옷을 입은 피부가 고운 여자를 보았는데, 검은 수자직 오비를 맨 늘씬한 허릿매, 연꽃 같은 얼굴의 엷은 화장, 버들잎 같은 머리칼에 달린 머리 장식의 취향이 눈에 띄어 '저것이 바로 미로구나, 미로구나. 저 미에 탐닉하는 마음을 내 도기 그림 위에 옮기고 싶고, 나를 도와줄 벗을 얻고 싶건만.' 하며 멍하니 라이조가 넋을 잃고 바라보자 여자는 언짢은 내색을 하며 피했다. 자기가 보아도 이런 두서없는 생각이 바보같이 느껴져 뒤돌아보지 않고 다시 쉰 걸음 나아가자 이번에는 쪼르르 달음질을 하는 세 살배기 사내아이가 보였다. '저 민소매 유카타는 무슨 무늬일까. 바자울에 걸린 국화 무늬를 흘린 건가? 그래, 다음의 향로에 저 무늬를 둘러쳐 그려도 재미있겠다. 원래는 다쓰다가와 무늬[13]로

---

11 百足下駄. 널조각에 짚을 엮은 끈을 단 굽이 없는 최하급의 게다. 짚신보다 싸서 빈민들이 주로 신었다.

12 兵児. 남성, 아동용 오비의 일종으로 1880년대 이후 서생 사이에서 유행했다. 주로 오글쪼글한 비단이나 모슬린 재질.

해 달라는 주문이었나? 아, 내 솜씨로 내가 그리는데 남의 말이 신경 쓰이니 답답한 노릇이구나.' 라이조는 본디 죽은 스승의 분부 말고는 남의 말을 듣지 않았기 때문에 가난한 처지에 몰렸다는 까닭으로 제 뜻을 굽히기는 싫었다. '하지만 이 옹고집 오빠 때문에 오초는 남들이 다 하는 것도 하지 못하고 쌀이나 된장, 간장을 사는 데 몹시 고생하고 있지. 생각해 보면 나는 오빠라고 해서 목소리를 높일 수도 없는 처지인데, 오초는 지금을 과정이라고 여겨 자신을 포기하는 모습이구나. 그래도 그런대로 시운이 돌아오면 언젠가는 꽃이 피기도 하겠지. 번듯한 대문에 검은 칠한 인력거를 드나들게 하고 사모님으로 받들어지는 것도 신기할 건 없다. 아, 하지만 그것보다는 먼저 훌륭한 인물을 골라 맺어 주고 싶구나.' 하고 무심코 생각하다 문득 고개를 들자, 방금 전에도 상상한 번듯한 대문에 '시노하라 다쓰오'라는 위엄 있는 문패가 걸려 있는 것이 보였다. '참 멋진 집이구나. 주인은 어떤 사람일까. 신분은 어떻게 될까. 애국에 뜻이 있는 사람이라면 일본 고유의 미술이 부진한 것과 우리 화공의 피폐한 사정을 하소연하면 혹시 얘기를 들어 줄지도 모르겠는데.' 하며 라이조는 전혀 모르는 사람에게 희망을 걸어 보았다. 광기에 휩싸여 머릿속이 어지러운 채로 이런 생각, 저런 생각을 하다 언제인지 모르게 비탈길에도 올라갔다. 절에 들어섰지만 스님께서 늦잠을 주무시는지 아직 독경하는 소리도 없었던지라 저절로 만들어진 적막경에서 아침 바람이 소나무에 쏴 불었는데, 그것이 몸에 스미는 분은 뭐라고도 말할 수 없는 것이었다. 본당을 돌고 뒤편에 있는

---

13 竜田川模様. 흐르는 물에 단풍잎을 흩뜨린 전통 무늬.

묘지에 들통이 나란히 놓인 알가[14]를 긷는 우물 주변을 지나자 "저, 이리에 님?" 하며 불러 세우는 목소리가 들렸다. 귀에 익다 싶어 뒤돌아보자 한 남자가 척척 다가와서는 아무 말 없이 땅에 두 손을 짚었다. "왜 이러십니까? 누구신지요." 하고 어안이 벙벙한 채로 서 있는 발밑에서 남자는 몸을 움츠리며, "저를 몰라보시는 겁니까? 아니면 인도에 벗어난 제게는 아무런 말씀도 하지 않으시겠다는 겁니까. 정도(正道) 결백한 당신을 볼 면목이 없고 입이 열 개라도 할 말이 없는 실수를 어디까지나 후회하며 저는 오늘 마음을 고쳐먹고 여기에 왔습니다. 제 논에 물을 대는 변명은 아닙니다. 참회하며 없애고 싶은 제 죄를 달리 들어 줄 사람이 없는 처지였는데, 동문이었던 인연과 옛정을 생각해서 당신을 찾아 이런 말씀을 드리는 겁니다." 하며 고개도 들지 않고 사죄했다. '보기 좋게 목덜미와 귀 뒤에 나란히 점이 있는 걸 보니 행색은 변했지만 신지 놈이 분명하군. 돌아가신 스승님께서 특히 총애하셔서 나중에는 양자로도 삼겠다고 하며 공들여 키우셨는데, 소태[15]를 주문한다고 하며 거금을 빼내어 그대로 달아나 버린 채 스승님 임종 때도 얼굴을 보이지 않은 인비인. 이제 와서 여기를 어슬렁거린다는 게 얄밉구나. 동문은 무슨. 무례하기 짝이 없다.'라는 생각에 라이조는 타고난 성화가 눈에 드러났고 하는 말도 귀에 들어오지 않아, "듣고 싶지 않으니 그 입 닥치시오. 동문이라면 형제와 같은 사이인 만큼 할 말이 있고 나무랄 것도 있고, 책망할 것도 있겠지요. 하지만 당신과 나는 아무런 사이도

---

14 불전이나 묘 앞에 올리는 물.

15 유약을 바르기 전의 도자기.

아니오. 전혀 본 적도 없는 남이란 말이지. 결백을 소중히 여기는 이리에 라이조의 동료라고도 말하지 마시오. 귀에 몹시 거슬리니. 저리 비키시오! 이슬 맺힌 그대로 바치러 온 신선한 꽃이 시드는 것도 분하군요." 하며 별다른 말도 없이 지나가려 했다. 이에 남자가 황급히 "물론……" 하며 라이조를 붙잡고는, "당연한 말씀이시지만 그래도 저는 좀 원망스럽군요. 부디 저를 책망해 주시고 나무라 주십시오. 죄를 깨달아 괴로운 처지이기에 엄하게 꾸짖는 곤장이라도 맞는다면 오히려 그게 제 바람인데, 그렇게 저를 내버리고 뒤돌아보며 남 대하듯 하시는 건 예전과 오늘 사이에 사람이 변했기 때문인가요? 마음이 둘이기 때문인가요? 제가 여태 잘못 본 걸까요? 저는 당신을 돌아가신 스승님의 분신으로 봤기에 마음을 고쳐먹고 이렇게 사죄하는 마음을 보여 드리고 싶었는데, 역시 이건 안될 일이었군요."라고 하자 라이조는 더 말하게 두지 않고 뒤돌아보며 "그 입 닥치라니까!" 하고 외마디 고함을 쳤다. 우울함이 응어리진 나머지 무슨 일이 있다면 바로 덤비겠다는 파열의 기세였는지라 입술이 부르르 떨려 천성인 말더듬이가 더 심해졌지만 라이조는 "신지, 너 이 자식! 짐승 같은 놈. 은혜도 모르고 의리도 모르고 도도 모르는구나! 네놈의 죄스러운 처사를 탓하는 건 내가 알 바 아니다. 그런데 지금 네놈이 나를 비난하는 거냐? 네놈이 감히 나를? 나 라이조는 옛날이나 지금이나 정의를 세우고 있고 공도를 밟고 있고, 한 발짝도 실수한 적이 없는 몸이다. 어디에 무슨 흠이 있다는 거냐. 말해 봐라. 말해 보라니까!" 하며 따지고 들다 눈가가 팽팽히 땅겨짐을 느꼈다. "불충불의한 네놈이지만 돌아가신 스승님이 총애하신 걸 봐서 나는 네 죄를 세상에 감췄고, 그래서 그 일을 아는 사람은 스승님과 나뿐이었다. 일단 말하지 않는 걸로 정하고 10년 가까이 이 입을 열지 않았기 때문에 네가 무사했던 거지. 네가 지금 세상에 멀쩡히 다니고 있는 게 다 누구 덕분인데! 부탁받지 않아도 네놈을 엄하게 꾸짖는 곤장은 여기에 있다. 공양하려던 이 꽃으로 때려도 신기할 건 없겠구나. 때리는 사람은 나이고 정신은 돌아가신 스승님이라 생각해라. 분하다면 사무치게 분해해라! 뼈저리게 분해해라!" 하며 라이조는 연신 때리다 손에 든 국화를 팽개쳤다. 그러자 노려보는 눈에 신지의 모습이 서서히 떠올랐다. 예전 그대로인 흰 칠함은 한층 더 품위를 갖추었지만, 가엾게도 이 호남자는 꼼짝도 하지 않고 후회의 눈물을 흘렸고 몹시 부끄러워하는 표정을 보였다. '녀석은 돌아가신 스승님께서 아끼셨고 내게 사죄를 하려고 굳게 마음먹었다. 미워해 마땅할까. 내버리는 게 과연 도리일까.' 라이조가 이렇게 망설이며 판단이 흐려졌을 때, 남자는 조용히 고개를 들고 한 차례 이야기를 했다. '들어 보니 내가 잘못했구나. 짧은 생각에 경솔한 짓을 했다. 이 사람의 죄는 죄가 아니다. 택한 길이 본줄기를 벗어난 불행한 처지로구나.' 하며 연민을 가지고 또 들어 보자, "저는 애초에 사욕 때문에 그랬던 게 아닙니다. 저는 소를 버리고 대에 매달리는 국익의 방책을 세운 줄 알았는데 그게 결국은 파멸의 원인이 됐으니, 생각해 보면 제 소견이 어렸습니다. 팔짱을 끼고 생각하는 것과 직접 부딪쳐 보는 건 머리와 발끝의 차이였으며 구름과 진흙의 차이였습니다. 남들은 나보다 머리가 좋고 세상은 내 생각대로 되지 않는다고 뼈저리게 탄식할 때마다 정의는 인간의 더없이 중요한 보배라는 걸 차츰 깨달았지만, 약아빠진 생각이 제 몸에서 빠져나간 건 바야흐로 제가 무일

푼이 됐을 때였죠. 그 뒤로는 몇 년 동안 뜻을 갈고닦으며 먼 고장, 다른 고장을 유랑한 결과, 신기하게도 사람답게 세상에서 애기가 돼 이제는 조금 이름도 알릴 수 있는 처지가 됐습니다. 올해 오랜만에 도쿄에 돌아오며 비단옷을 마음속에 차려입고 찾아뵙기를 고대하고 있었는데, 스승님께서는 이곳 풀숲 그늘에, 이끼 밑에 잠들어 계시더군요. 솔바람이 불 때마다 소매에 눈물을 적시며 몇 날 아침 동안 알가수를 긷다 보니 뵈지 못한 분께 안타까움만 늘어나는 한편 더욱 당신 생각이 났고, 요사이에 너무나 보고 싶었습니다. 얻어맞는 것도 기쁘고 욕을 듣는 것도 기쁘니 진짜 형제를 만난 기분입니다." 하며 남자는 참다못해 눈물 한 방울을 흘렸다. 그 모습을 보는 사이에 라이조는 감탄해 "바닥에 댄 손을 일단 올리시게." 하고 부축해 일으키며 "그런 줄도 모르고 실례를 저질렀는데, 알고 나니 후회가 되는군. 조금 전의 말이 진심이 아니었던 건 자네 눈에도 보였겠지. 자, 스승님 묘 앞에서 화해하세. 삼갈 게 있겠나?" 하며 깨끗한 바람, 맑은 달처럼 대했다. 잡고 일어난 손에는 원망도 남지 않아 남자는 "땅이 굳는다면 이것도 스승님께서 인도하신 거겠죠. 당신은 역시 옛 친구이고 동문이었군요. 자, 당신도 스승님께 인사드리세요." 하고 권했다. "자네도 와서 같이 하세나." "집은 어디십니까?" "여기서 그리 멀지 않은 뇨라이지 앞에 수풀이 우거진 데 지어 놓은 초막이 우리 집이라네." "그러면 눈코 사이만큼 가깝군요. 저희 집도 이 비탈길 아래입니다. '시노하라'라는 게 지금의 성이죠." "참 기이한 인연이군. 그럼, 다쓰오 나리라는 게 자네였나?"

4

달이 뜨면 원망하고 바람이 불면 분노하고, 천하를 악마의 소굴로 보며 암흑 속을 해맨 라이조였으나 이제는 어느 곳으로부터 한 점의 빛이 희미하게 보여 전도에 대한 바람이 점차 커졌다. 이전의 신지, 지금의 시노하라 다쓰오라는 남자는 과거 장색 시절에는 오기진 성격 탓에 남들이 좋아하지 않았고, 스승의 편애가 심해질수록 미워하는 이들이 여러 말을 지어내 오만하다고 욕하거나 교활하다고 비웃어 교제하는 사람이 드물었다. 이에 라이조는 그 약자를 돕고 싶어 아우처럼 돌보아 주었는데, 그 은혜는 부모가 자식에게 주는 것보다 더했다. '스승님의 돈을 들고 도망친 녀석이라 스승님과 나는 모두 사람을 잘못 본 걸로 알고 포기했지만, 섣불리 이 수치를 세상에 드러내지는 않으리라.' 하며 7~8년을 계속 감춰 오다가도 '어디 나쁜 패거리에 들어가 지금쯤 뭐가 되지는 않았을지.' 하고 생각이 나 과연 잊을 수 없는 구석도 있었는데, 뜻밖에도 오늘날 이러한 신분으로 확 변해서는 근사한 신사가 되었고, 또한 붙들어 잡은 신조가 고결해 서로 말이 통할 정도로 미더움이 늘어나서 라이조는 성묘에서 돌아와 반나절 동안 시노하라 저택에서 이야기를 나눴다. 다쓰오는 여태까지 있던 일에 관해 좋은 것, 나쁜 것을 빠뜨리지 않고 숨기지 않고 말했다. 시노하라라는 지금의 집안은 지방의 한 재산가였다. 거기에 더부살이를 하던 애초부터 점점 주인의 마음에 들어 외동딸에게 데릴사위로 붙여졌는데, 자기가 호주가 되고 채 2년이 되기도 전에 양부모와 아내가 잇달아 병으로 세상을 떠나는 불행을 겪자 남은 몇 만금의 재산에 손대는 사람이 없었고 제 마음대로 하기도 괴로워 집안 친척에게 물려주고 자신은 은거하기를 바랐지만, 주변 사람들이 전혀 허락하지 않아 그대로 편안히 별다른 일도 없이 지내는 신세가 되었다고 했다. 한편 제 지위가 높아지면서 여러 바람이 솟아났고 제 힘이 닿지 않는 줄 알면서도 버릴 수가 없었는데, 그것도 하나의 성벽이어선지 사회를 위해 동분서주하다 이곳 도쿄에서도 어떤 계획이 있어 최근 상경했다는 것이었다. "억지로 이 사람, 저 사람이 이름을 부르며 치켜세워 주는 처지인데, 식은땀이 다 나는 기분입니다. 옛날을 생각하면 큰 은혜를 주신 스승님께, 설사 이유는 어쨌든 간에, 거듭 잘못한 일이 있으면서도 모른 체하며 맑은 하늘 아래를 돌아다니는 것도 해와 달 앞에서는 조심스러웠고 세상을 속이는 것 같아 마음이 편치 않았습니다. 두 다리 뻗고 잠을 이루지 못해 꿈을 꾸다 벌떡 깨기도 했고, 하여간 남들이 제 죄를 모르는 만큼 괴로웠죠." 하고 다쓰오는 제 마음을 다 고백하고는 떳떳한 모습을 보였다. 겉꾸미고 속이 분명하지 않은 경박한 사람을 싫어하는 라이조의 눈에는 용케도 본래의 선심을 되찾은 드문 사람이구나 하고 느껴졌고, 지난 과오는 옥에 티이지만 그것을 닦아 내고 보자 오히려 광채가 더해진 기분이어서 보면 볼수록 다쓰오가 밉지 않아졌다. 대화는 좀처럼 끝나지도 않았는데, 발이 넓은 사람이 으레 그렇듯이 손님이 계속 찾아와 다쓰오가 "이리에 씨, 어떻습니까. 저는 사람 냄새가 나지 않는 한정한 데서 하루 느긋하게 고견을 듣고 싶은데요. 당신은 늘 여유롭나요?" 하고 묻자 라이조는 "이 사람도 참, 가난한 사람한테 무슨 여유가 있겠나. 태평한 소리는 하지 마시게. 그래도 사람 냄새가 없는 데라고 하면 우리 집 초막이 한정하기는 하지. 뒤에서는 두레

박 올리는 소리, 앞에서는 자장가도 들리니 여기보다는 거기가 나을 걸세. 언젠가 와서 보시게. 보리밥을 지어 도로로[16]쯤은 대접하겠네." 하며 대수롭지 않게 말했다. "참 부럽군요. 세상일을 듣지 않고 사람에 치이지 않고 아무런 근심도 머물지 않으니 가슴속이 늘 상쾌하실 테고, 평범한 속인의 세계에서 멀리 떨어져 쥐는 붓 하나로 즐거움을 아시는 처지이니 저와는 운니지차군요." 하며 다쓰오가 탄식하자 라이조는 "뭐가 부러운 처지란 말인가. 붓은 내 마음에 맡기지 못하고, 하는 일은 세상과 맞지 않아 스스로 파묻히는 신세의 끝이 수양산일지 멱라강일지[17] 밑바닥을 알 수 없는 처지인데……. 세상 살기 참 어렵군그래." 하며 웃고는 기탄 없이 옛날이야기를 했다. 이윽고 맑아진 마음으로 장지문을 열고 밖으로 나갔는데 복도를 몇 번이나 꺾는 것이 굉장히 넓은 집이었다. '참으로 사람의 운명은 물이 흘러가듯 알 수 없는 노릇이구나.' 하는 생각에 말없이 뒤돌아보자 싱긋 웃으며 배웅하는 다쓰오의 모습이 보였다. '참, 훌륭한 인물이야.' 하고 속으로 칭찬하며, 하녀가 현관에 무카데게타를 놓아 준 것을 딱히 부끄러워하는 기색도 없이 희색 양양하게 대문을 나섰는데, 집에 가서도 오초를 상대로 이 이야기를 해 주었다. '평소에는 세상 사람을 사갈시하며 몹시 꺼리는 오라버니가 칭찬을 다 하시다니 어떤 사람이기에.' 하고 생각하면서도 오초는 딱히 그 사람이 보고 싶지는 않지만 오빠가 기분 좋아 하니 자기도 덩

---

16 薯蕷汁. 잘게 간 참마에 조미한 국물을 타서 묽게 만든 요리로 주로 밥에 끼얹어 먹는다.

17 수양산은 주나라의 백이숙제가 절개를 지키며 은거하다 아사한 곳이며, 멱라강은 초나라의 비극 시인 굴원이 투신한 곳이다.

달아 기뻤다. 그로부터 하루가 지나고 이틀째 저녁, 처마 끝의 팽나무에 저녁매미가 울기 시작한 무렵에 부업거리를 조심히 정돈하고 집 주변을 깨끗이 청소하고는 문간에서 바삐 물을 뿌리고 있자 "이리에 씨, 계십니까?" 하는 말이 들렸다. "누구세요?" 하며 뒤돌아보는 다스키[18] 차림의 오초를 참으로 아름답구나 하며 보는 사람은 다름 아닌 다쓰오였다. 오초는 불현듯 생각이 미쳐 두 뺨이 붉어졌고, 자기 표정이 어떠한지도 몰랐다. '세이쇼코에서 본 그때 그 사람이네. 어떻게 우리 집에……' 하고 두근대는 가슴을 느끼며, 오초는 그제야 사랑을 깨달은 것일까.

5

마루 밑에서 귀뚜라미가 귀뚤귀뚤 울고 도쿄 큰길에 가을빛이 보이는 8월 말, 궁성 남쪽 미타 부근에 인가를 20~30호 사들이고 허물고는 새로이 공사를 서두르는 것은 무엇일까. 근사하게 말뚝을 박아 세운 안내판에는 '박애 의원 건축지'라고 검게 써 놓았고, 쌓아 올린 벽돌 토대에서는 노동요가 한창인 가운데 사방에서 시노하라 다쓰오라는 이름이 들렸다. 쓰라린 세상의 괴로움을 괴로움으로만 내버려 두지 않고 요시노가미[19]처럼 박한 인정을 비참하게 여겨, 세상을 사랑하고 백성을 구제한다는 본보기를 단신으로 일으킨 것이 그였

---

18 襷. 기모노의 긴 소매를 걷기 위해 상체에 두 번 걸어 매고 묶는 끈.

19 吉野紙. 요시노 지방(나라현)에서 생산되는 닥나무로 만드는 매우 얇은 종이.

기 때문이다. "제 미력하고 불초한 몸이 만일 쓰러져 움직임이 멎는다면 오히려 저는 심신이 편할 것 같습니다. 오늘날 빈민들의 어려운 사정을 보면 어찌 애끓는 마음이 들지 않을 수 있겠습니까? 비단옷을 입고 구중궁궐에 사는 사람들은 알지 못합니다. 화로 앞에서 이야기꽃을 피우며 내리는 눈을 정취 있게 보는 날에 절부(節婦)가 흘리는 눈물은 얼어붙을 것이고, 대하고루에 화려한 제등을 켜 늘어놓으며 서늘한 바람을 기다리는 밤에 효자는 모깃불 앞에서 울겠지요. 개중에 가엾은 건 재난과도 같은 질병을 앓는 사람들입니다. 바로 문밖에 이름난 의원이 있고 가까운 데 좋은 약이 있는데도 그것을 구하기가 어렵고 얻기가 어려운 처지죠. 이는 천명도 아니고 정업(定業)도 아닙니다. 뻔히 알고도 떠나보내는 안타까운 우리 아내와 자식들의 목숨이 얼마나 많이 있겠습니까. 사람은 천성이 악하지는 않지만 궁지에 몰리면 덕과 부덕을 취하거나 버리는 데 망설임이 없고, 하늘을 원망하고 땅을 원망하기 때문에 이로부터 세상의 모범은 흔들리며 국가의 앞날은 매우 위태로워집니다. 이를 구제하는 것은 인(仁)에 있다고 생각해, 저는 일단 자산을 아낌없이 내놓아 첫째로 생명을 구하는 급한 일에 착수했고, 한편으로는 부국이민(富國利民)의 방책을 강구하고 있으며, 다른 한편으로는 고관 나리나 큰 상인 가문에 협력과 찬조를 구하는 게 절실합니다. 덕이 있는 사람은 외롭지 않다고 하는데,[20] ○○ 나리와 ○○ 장관님의 경우 서로 의기투합해 뜻을 모으자 그 뒤로 이 사람이 저 사람한테 미담을 전하다 보니 덕의를 제일의 명예로 아는 무리가 줏대 없이

---

20 「논어」 이인의 한 구절.

여기에 따랐고, 그 덕분에 그분들의 세평은 퍽 높아졌으며, 그들을 아직 접하지 못한 이들은 그 명성을 경모했기 때문에 그분들이 인자인 줄 모르는 사람은 없어졌지요." 이런 다쓰오의 행실과 말을 접하고, 그와 어울리거나 친하게 지냄에 따라 라이조는 점점 그가 좋아졌고 소중히 여겨져 입이 썩는다고 해도 남에게 도움은 바라지 않겠다고 정한 아만의 뿔이 이 사람 앞에서는 꺾이고 말았다. 울민한 마음을 견디기 어려워 라이조는 "이 일이 피폐하고 부진하다는 얘기 탓에 나는 이 분야에서 그것을 만회하려는 뜻을 단 하루도 접어 본 적이 없지만, 사실을 말하자면 세력 없는 사람의 말을 들어 주는 이도 없고, 오히려 내 설득이 웃음거리가 돼 결국 뒷손가락질을 받으니 분하군그래. 하지만 그것도 당연한 일이지. 이 길에 들어온 지 16년 동안 나는 아직 한 번도 공진회에 이름을 내걸어 본 적이 없고, 내 자유로운 붓은 가난 때문에 꺾이지는 않았지만 이 고집스러운 직정경행(直情徑行)을 미워해 도매상에서도 내 것은 인기가 좋지 않으니 말이네. 주문이 들어오는 건 염가의 변변찮은 선물용 말고는 없으니 어떻게 마음에서 우러나 붓을 쥘 수 있겠나. 이런 불만이 똘똘 뭉쳐 '어차피 세상은 분별도 하지 못하니 거기에 맞춰야지.' 하며 날림으로 작업하고, 의장(意匠)도 없이 연습도 대강 하며 물건의 낯을 더럽혀서 주었더니, 내 피눈물을 삼킨 물건이나 다른 이들이 먹고살기 위해 만드는 물건이나 겉보기에는 아무 차이도 없어, 큰소리만 치는 하찮은 인간이라는 비웃음을 사며 내 평판은 끝내 추락하고 말았다네. 달마다 철마다 갈고닦는 붓놀림, 여러모로 고심해 생각한 의장이 마음에 있어도 그림으로 그리지 않았고, 이 사내 몸으로 온 정신을 집중해도 여전히 뭐 하나 이룬 게 없으니

한심할 따름이지. 세상 사람들이 깨이지 않은 건지, 내가 혹시 헤매는 건지, 누구한테 기대 의논할 방법도 없고 부지 간에 해만 거듭해 버렸군그래. 자네도 한때는 이 분야의 흐름에 섰던 사람이니 헤아려지는 것도 있을 테지. 내게 좋은 생각을 들려주시지는 않겠나." 하며 제 속을 털어놓았다. 다쓰오도 잇달아 탄식해 마지않으며 "제 마음과 너무도 비슷하군요. 제게는 국가를 보는 마음, 그것 말고는 없습니다. 폐퇴하는 덕의, 부패하는 인정…… . 여기에 근심하고 저기에 한숨짓고 있지만, 길에 선 사람 대부분은 흐린 물과 더러운 도랑에 몸을 던지면서도 불결을 깨닫지 못하니 우리 편은 적고, 적은 많은 셈입니다. 하지만 포기하지 않는 데 희망이 있는 겁니다. 정의의 사도 두세 명한테만 제 현재의 사업이 막 알려지기 시작한 터라 거리낌이 많겠지만 이를 본보기로 삼으시고, 나를 받아 주지 않는 세상을 버리지 마시고 있는 힘껏 물건을 만들어 보여 주시지 않겠습니까. 자금은 제가 대겠습니다. 올곧은 당신의 마음에는 이 일이 떳떳하게 여겨지지 않을지도 모르겠지만, 그건 결국 당신 한 명의 사소한 일일 뿐입니다. 수많은 화공의 잠을 깨우고 국익에 일조하는 일인데 망설여서야 되겠습니까. 우리나라 특유의 도기는 값싸기는 하지만 품질은 영국이나 프랑스, 이탈리아의 것에 미치지 못합니다. 오직 사쓰마 도기만이 토질이나 유약에서 다른 나라에 유례가 없어 매우 자랑스러운 물건인데, 안타깝게도 화공들에게 기개가 없고 도매상에게 고귀한 정신이 전혀 없는 탓에 오늘의 형편이 돼, 저도 분한 마음을 여러 해가 되도록 가슴에 안고 있었습니다. 희한하게 우리가 서로 뜻이 맞는 것도 자연스럽게 다가온 기회이겠지요. 놓치지 마십시오." 하고 열렬히 힘을 싣자 라이조는 감격의 눈물에 젖어 "그럼 잘 부탁하네!"라고 하며 태어나 처음으로 남에게 기댔다. 다쓰오는 그 뒤로 어떤 말도 듣지 않고 말하게 하지도 않고 "다 제게 맡기십시오." 하며 라이조를 감동시켰다.

며칠이 지나자 미타에서 공사가 한창이라는 소식과 함께 이 분야 화공들이 귀를 쫑긋거릴 만한 일이 생겼다. 뇨라이지 앞 우거진 수풀 속에 파묻힌 사람인 강개 선생이 3년 동안 울지 않고 날지 않은[21] 솜씨를 세상에 드러내려 한다고 소문이 난 것이다. 자기보다 뛰어난 사람이 나오면 누르고 싶은 것이 이 무리의 관습인지라 라이조를 음으로 양으로 성히 비평했지만, 뒷배가 확실한 처지로서는 그것도 오히려 유쾌하게 들려 그는 차분히 소묘하는 붓끝을 내릴 수 있었다. 소태는 물론 심수관[22]이 정성을 들여 만든 세문도[23]였다. 라이조의 예로부터의 기호에 따라 세 척 크기의 주둥이가 좁은 것으로, 받침대가 딸려 있고 용 모양으로 된 손잡이가 달린 소태를 골랐다. 이 소태에서 온갖 꽃이 흐드러지고 금빛이 찬란해지는 것을 보는 것은 몇 달 뒤일까. 마음이 미래로 먼저 내달려 그려질 인물과 경치가 눈앞에 떠올라 라이조는 저도 모르게 싱긋 웃음 지었다. '왕후, 귀족 신분이 다 무엇이란 말인가.' 세상의 먼지로부터 멀리 몸을 벗어나 바람을 헤치고 구름을 타며 선

---

21 고사성어 불비불명(不飛不鳴)에서.

22 沈壽官(1835~1906). 정유재란 때 일본에 잡혀간 도공 심당길(沈當吉)의 12대손. 1873년 빈 만국박람회에 니시키데 대화병(大花甁)을 출품. 세이난 전쟁(1877) 후 옥광산 제도소(玉光山製陶所)를 설립해 나에시로가와 사쓰마 도기의 부흥에 진력했다.

23 細墨陶. 세밀하게 금이 간 무늬가 들어간 도기.

경에 들어서는 기분에 자기도 모르는 사이에 날이 새고 저물었다.

6

　은혜에 감동하고 행실을 좇아 신령처럼도 높게 보는 사람이 당신으로부터 마음에 울타리를 치지 않고 의좋게 대해 주는 것이 과분하고 고마워, 시노하라라는 이름을 모르고 듣지 못한 애초에 몸에 스민 무언가가 점차 형체를 갖추었는데, 익숙해지는 나날이 깊어질수록 가련한 마음은 어둠이 되었다. 오초는 어디까지나 다정한 모습이었고 그것은 싸리에 맺힌 이슬처럼 연약하게도 보였다. 그러나 드러내지는 않았지만 속으로는 '마음만 먹으면 물불과 같은 사이로도 지낼 수 있어. 설령 덧없이 세상을 살아간다고 해도.' 하고 정하며 두 길은 밟지 않을 기상이었다. 이 비천한 나는 배우지도 못했는데 그분은 세상에서 존경을 받고 있는 신분이니 이뤄질 수 없는 바람이라고 하며 자기를 탓하기도 했다. 그래도 그 바람을 더욱 버리기 어려워, 얼룩져 버린 마음을 벗 삼으며 평생 혼자 살겠다는 가여운 생각도 가졌는데, 과연 그것이 흔들리는 것은 간혹 들려오는 소문 때문이었다. 신분이 높은 사람이라고 들어 기뻐하는 것은 차치하고, 아무개 자작의 가장 사랑하는 딸이 시노하라와 꼭 혼인하고 싶다는 말을 전했다는 소문을 듣는 가슴은 천둥이 치는 것만 같아 오초는 라이조에게 넌지시 물어보았지만 그는 괜찮다고 하며 웃어넘겼다. 하지만 조금은 마음에 걸려서인지 그다음 날 밤에 찾아왔을 때 라이조는 그 말을 꺼내 정말이냐고 묻자 다쓰오는 "거짓말은 아닙니다. 봉록이 몇만 석이던 옛 영주 집안이라고 하더군요. 듣기만 해도 귀에 성가시고 거절도 대여섯 번을 했는데, 아직도 중매인이 헛걸음을 하러 오니 우스울 따름입니다."라고만 하며 마음에 두지 않는 모습이었다. "어째서 거절하는 건가. 자네도 아직 젊으니 앞으로도 독신으로 있을 수는 없겠지. 바라는 게 있다면 모르겠지만 웬만하면 매듭을 짓는 편이 좋을 텐데." 하고 라이조가 눈치를 보며 말하자 다쓰오는 "저는 혼자 살다가 가려는 생각도 없지만, 화족 집안의 사위가 되고 싶다는 바람도 없고 대갓집 따님을 아내로 맞고 싶지도 않습니다. 여자가 향화를 바치고 차를 마시는 데서 예의범절을 지키고, 학교를 조금 다니며 구색을 맞춰 봤자 별다른 도움은 되지 않습니다. 세상살이에서 어려움을 겪어 보지도 않고 자기 혼자서는 남들과 사귀지도 못하는 목각 인형과 같은 신령님을 맞이해 그 부모의 위광에 고개를 숙이기는 싫습니다. 제가 바라는 건 신분이나 부모 뒷배가 아니라 그 사람 자신의 정신, 이것 하나뿐입니다. 몸가짐이 올바르고 뜻이 훌륭한 사람이 있다면 지금이라도 소개를 받고 싶습니다." 하고 분명히 말했다. 라이조는 한쪽 입꼬리를 올리며 오초를 뒤돌아보았다. 이곳에 와서 이야기를 나눌 때의 다쓰오는 특별히 고명한 사람도 아니었고, 마치 한집안 사람처럼 격의 없이 이야기를 나누었다. 그 모습이 그저 즐겁고 의좋게 느껴져 라이조는 친구나 친척보다 더욱 확실한 희망이 생겨 어느 때 넌지시 제 뜻을 내비치자 오초는 소맷자락으로 얼굴을 가리고 부엌으로 내뺐지만, 이 무렵부터 오초는 더욱 몸가짐을 삼가며 덕을 닦는 일을 첫째로 여겨 마음을 기울였다. 무명옷을 입은 초라한 겉모습은 부끄러

위하지 않았지만 말씨나 몸가짐, 살림살이를 비롯해 남과의 사귐, 사람 다루기 따위를 꼼꼼히 돌아보자 아직 체득되지 않은 것만이 무성한 가운데, 사랑이라고 하는 요상한 것이 이따금 파도처럼 가슴에 밀려와 '싫어하시지 않게 해야지. 미워하시지 않게 해야지. 행복해지고 싶어. 사랑받고 싶어. 어떡하면 영세 불멸할 사랑을 얻어 나나 그분 모두 완전한 세상을 보낼 수 있을까.'라는 생각에 욕망이 점점 커져 여러 상상이 솟아났다. '볼 때마다 고마운 말씀을 하시지만 진짜 속마음은 어떠실까.' 하고 지엽에 매달려 의심하다 스스로 자기를 한탄하고 신세를 탓하며, 일심의 절반은 다쓰오의 것이고 다쓰오가 있기에 희로애락이 있으며 선이건 악이건 흑백이건 모두 다쓰오가 가리키는 것이 답이라는 생각에 빠져 사랑의 전조가 어두워졌다. 한편 라이조가 국외에서 미몽을 버리고 이 모습을 보기에는 다쓰오의 사랑도 오초 못지않았다. 이쪽도 진심이고 저쪽도 진심이니 좋은 한 쌍으로 보여 내심 기뻤으며, 그 두 사람이 한가롭게 이야기 나누는 것을 듣자 온갖 꽃이 핀 동산에 나비 두 마리가 춤추는 것만 같았다. 봄바람이 그 자리에 불어 자신도 북받치는 즐거움이 한이 없었으며, 오른쪽이고 왼쪽이고 할 것 없이 기쁜 가운데 마음에 걸리는 것 없이 의기가 넘쳐났다. 이에 쥔 붓은 용약 그림으로 움직여 소태에 당초 무늬로 틀을 그렸고 가장자리와 한가운데에 그림을 넣었고, 그림 밖의 바탕을 어떻게 메울지 연구했으며, 농채와 담채를 칠하는 데서 평생에 한 번 나올까 말까 할 정도로 공을 들였다. 도기를 한 가마, 두 가마, 세 가마, 네 가마 굽는 사이에 세상은 어느덧 국화가 시들고 낙엽이 지는 철이 서리와 함께 지나갔으며, 대청소에 분주한 소리나 떡메 치는 소리도 들려왔다. 북풍이 부는 하늘 아래서 장식 소나무는 새해가 오기를 기다렸다.

7

보내는 해, 오는 해 특별한 것은 없지만 마음이 새로워지니 더욱 밝아 보이는 새해 첫날의 햇빛을 받으며 정화수를 길어 올리다 보니 라이조는 돌아가는 도르래처럼 돌고 도는 세상사에 웃음이 났고, 어린 사람부터 들라며 도소주 잔을 내미는 것도 우스웠다. 두 식구 살림에서도 옛 궁중의 의식을 흉내 내 낡은 삼단 찬합은 버리지 않았는데, 다만 작년과 다른 점은 두 간의 폭에 네 쪽이 달린 툇마루 장지문의 종이를 새로 발라 얼룩덜룩함이 없어졌다는 것이었다. 이렇게 해 놓자 저것이 다 시노하라 덕분이라고 하며 설날 아침부터 벌써 소문이 났다. 옹고집인 라이조는 남에게 은혜를 받는다는 것이 유쾌하지는 않았지만 기예에 탐닉하다 보니 저절로 이런 생각도 없어졌다. 20엔의 소태, 77엔어치의 금박, 최근 네다섯 달 동안의 여러 비용, 여러 번의 가마 이용료 등 쌓인 은혜가 깊은 데다, 더욱이 마음을 써 주는 여러 가지도 성가셔서 그때마다 거절했지만 설빔을 짓는 데 쓰라고 하며 작년에는 옷감을 보내기도 했다. 끝없이 폐만 끼치는 듯해 그것은 주거니 받거니 하다 라이조는 "그럼 오초한테만 주는 걸로 하시게. 나 같은 남자는 좋은 옷을 입어 봤자 별로 기쁘지도 않으니."라고 하며 남자 것으로 고른 옷감 한 필은 돌려주었고, 남은 다른 한 필로는 준 사람의 마음을 헛되이 하지 않아야겠다는 생각에 오초의 나들이옷을 지었다. 그 옷을 입은 오늘의 모습을 보자 올해 방년 18세 옥로(玉露)의 향기가 그윽했고 훨씬 고와진 자태가 과연 보기 좋아 라이조는 평소에도 이런 차림으로 있게 하고 싶다고 생각했다. 남들은 새해 인사를 도느라 바쁜 날에도 은자에게는 그런 괴로움이 없어 오늘 하루는 일을 쉬기로 하고 팔을 베고 드러누웠는데, 새해 인사를 하는 목소리에 꿈이 깨 라이조가 "희한한 일이구나. 누가 왔느냐." 하고 묻자, 평소에는 소원했던 도매상의 아무개가 찾아왔다고 했다. 쥘부채에 신년 축하의 말을 써서 건넸고 주절주절 작년의 격조를 사과했으며 앞으로는 친하게 지내자고 한결같이 부탁하고 갔다는 것이었다. 오초가 이 말을 그대로 전하자 라이조는 "참, 그 이욕에 먼 눈은 어디까지 멀려는 걸까. 끝도 없는 사람이구나. 그 말은 나를 보고 한 게 아니지. 본존은 저기에 있으니." 하며 방 안에 있는 꽃병을 가리켰다. 평판이 높아지며 완성되기도 전에 내가 사겠다느니, 아니 내게 꼭 좀 팔라느니 하며 사람들이 앞다투어 말을 꺼냈지만, 라이조는 거기에 일일이, 이 꽃병은 올해 콜럼버스 박람회[24]에 출품할 계획이다, 모든 일은 다쓰오와 상의하라고 물리치며 기분 좋은 차분한 모습을 보였다. 라이조는 점점 목소리가 높아져 갔다. 이날도 해가 저물고 등불을 켤 시간에 다쓰오는 새해 인사를 돌던 인력거를 그대로 타고 와 발이 넓은 그 신분의 피로도 마다하지 않고 라이조의 집을 찾아왔기에 봄빛은 몹시 누긋해져 나누는 말 하나하나가 재미있었다. 라이조가 옛날에 연날리기를 하던 이야기를 하자, 다쓰오는 팽이치기를 하던 재미를 아직도 잊지 않

---

24 시카고 만국박람회(1893. 5. 1.~10. 30.)를 가리킨다.

았다면서 이 이야기, 저 이야기를 하다 점차 속을 터놓으면서 "여러 변천을 거쳐 지금의 처지가 돼 그 옛날의 천진함이 너무도 그리울 뿐입니다. 세상과 사람이 눈에 비춰지며 이 사람도 돕고 싶고 저 사람도 구하고 싶어져 분수에도 맞지 않는 사업에 몸을 던지고 있는데, 모자라는 힘은 제가 봐도 분하고, 소리 없이 눈물을 삼키는 것도 누구 때문이 아니기에 하소연할 데도 없네요. 쌓이고 쌓인 우울이 풀리는 건 여기서 이렇게 놀고 있을 때뿐입니다." 하며 어쩐지 전과 같지 않은 말을 했다. 라이조가 "이상한 일이군. 자네가 지닌 박애의 덕은 위로 울려 퍼지고 아래로 두루 미쳐 추존하지 않는 사람이 없을 텐데 어째서 불만인가." 하고 캐묻자 다쓰오는 "모르시는 게 약입니다. 얘기를 나눠 즐거운 일이면 괜찮겠지만 제 가슴에도 주체하지 못하는 괴로움을 당신들에게 나눠서야 되겠습니까. 원래 옳음은 그름에 눌리고 곧음은 굽음을 이기기 힘든 게 보통이지요. 아무것도 묻지 마십시오. 머리가 점점 어지러워지는 것 같네요." 하며 고개를 번쩍 들었다. 기분 탓인지 핏기도 보이지 않아 창백해 보였다. 입술을 깨물며 생각에 잠기는 모습을 보이자 오초가 더는 견디지 못하고 오빠의 소맷자락을 살짝 당겼다. 라이조가 다쓰오에게 조금 다가가 "좋은 말만 나누는 친구는 얼마든지 있지. 사실 슬픔과 기쁨을 모두 같이하는 데 친구의 진실한 가치가 있지 않겠는가. 자네가 그 얘기를 숨겨 기뻐할 사람이 이 세상에 있을지는 모르겠지만 우리 남매는 썩 즐겁지 않다네. 이렇게 말하는 건 불손한 처사겠지. 하지만 형제라고 생각하는 자네이기 때문에 나는 설사 우리가 물불 같은 사이라고 해도 함께 가고 싶은 바람이라네. 어떤가. 털어놓지 않겠나. 얘기를 듣지 않으니 진정이 되지 않는

군. 나보다는 오초가 얼마나 불안하겠나. 자고로 여자는 마음이 좁아 쓸데없이 끙끙 앓으니 나도 신경이 쓰여 가엾기도 하다네. 피차 알 만한 슬픔이라면 다 같이 나누고 싶네." 하고 진심으로 말했다. 오초는 아무런 말도 없이 몹시 풀죽은 채 손깍지를 꼈다 풀었다 했다. 애처롭게도 가슴의 두근거림이 높았다. 이윽고 다쓰오는 정신을 차린 듯이 "참, 바보 같은 말을 꺼내 모처럼 좋던 분위기를 다 망쳐 버렸군요. 괴로움이 있으니 즐거움이 있고 즐거움이 있으니 괴로움도 있는 것이죠. 순환해 가는 게 기묘한 노릇인데 이걸 하나하나 걱정스럽게 본다면 50년 수명이 어디 견디기나 하겠습니까? 오초 양, 염려하지 마세요. 방금 한 말은 모두 취한 입에서 튀어나온 헛소리입니다. 취하기만 하면 우는 소리처럼 나오는 불평이죠. 아무것도 아닙니다. 아무것도 아녜요. 웃는 얼굴을 보여 저를 안심시켜 주세요." 하고 껄껄 웃으며 모두 털어 낸 모습을 보였다. 다시 원래 이야기로 돌아왔고 늦은 밤이 되어 다쓰오는 돌아갔지만 오초는 더욱 번민하며 잠을 이루지 못하는 베개 위에서 심란하기만 했다. '가여우신 분이구나. 그토록 열렬히 세운 계획에 무슨 금이 간 걸까. 얘기 나눌 친구는 적지만 타파할 적은 많은 세상에서 분한 게 얼마나 많을까. 오늘 밤에 하신 말씀과 오늘 밤에 보이신 안색은 무슨 사정이 없다면 분명 그러실 수 없을 거야. 내게 격의를 두신 걸까. 내게 슬픔을 안기지 않으려고 그러신 걸까. 어쨌든 나는 그분의 아내. 그분 말고 내 남편은 없어. 바로 지금이 내 진심을 보일 때야. 모든 사람은 한결같이 겉모습은 똑같지. 하지만 그 한 겹 밑의, 그 밑의 뼈에 새겨져 그분이 잊지 못하시는 건 뭘까? 말씀을 모두 들어 알고 슬픔과 기쁨을 함께하고 싶구나.' 하며 눈물에 젖은 잠자리에서 절절히 고민하다 끝내 새벽종 소리까지 들은 지라 새해의 시작이 평안하지 않았고 초조한 사랑에 몸은 축나기만 했다. 사흘이 지난 초이렛날, 다쓰오는 생일잔치 겸 신년 연회를 열고 싶은데 이 자리에 오초를 꼭 빌리고 싶다고 하며 편지를 보내왔다. 라이조를 기쁘게 하려고 그랬는지는 모르겠으나, 그날 입을 옷 등속으로 어떤 고관대작이 참가하는 자리에서도 부끄럽지 않도록 마음을 담아 여러 선물을 보내왔다. 라이조가 기뻐하며 허락하자 오초도 그분의 뜻에 거스르지 않아야겠다는 생각에 공들여 단장을 했는데, 그 모습은 그야말로 비단 위의 꽃이었다. "아, 이 순수한 숙녀의 이러한 운수와 자태를 돌아가신 부모님께 보여 드리고 싶구나." 하는 라이조의 한탄에 오초는 거울 앞에서 눈물지었다.

8

창밖 매화가 백화(百花)보다 먼저 핀 뒤로 휘파람새가 집에 날아와 울며 불어온 봄바람과 함께 작품이 완성되었다. 네 가마씩 굽는 동안에 여덟 번의 심려를 가마에 쏟았다.[25] 장작을 늘리고 줄이는 것, 연기가 많이 나고 적게 나는 것, 불의 색깔이 어떠한지에 애태우는 한편, 미세한 흔들림에도 노심초사하며 금이 가지는 않았을지, 그림이 유약에 녹아 흘러내리지는 않았을지, 또한 금빛이 뚜렷이 드러나지는 않았을지, 안료가 변색하지는 않았을지 하며 이 몇 개월 동안 온갖 고생을

---

25 꽃병과 받침대가 한 벌을 이루며, 각각 가마에 구웠기 때문.

맛보았다. 그러나 결국 고안한 것은 생각대로 이뤄졌고 짚으로 연마해 광택을 내자 그 광휘는 바로 자신의 빛이었다. 꽃병 상부에 그린 틀 내부의 정면에는 원 안에 용이 거친 파도와 어우러져 있는 그림을 그렸고, 그 원을 국화와 오동나무가 어우러진 무늬로 둘러쳤으며 거기에 고대 당초무늬를 곁들였다. 그 틀은 구름무늬로 감쌌고, 그 위아래 각각에 도다이지(東大寺)를 그렸으며 그 여백은 사릉형과 칠보 무늬로 메웠다. 오비에 흔한 둥근 국화 무늬로도 메웠지만 열성으로 화필을 댄 만큼 초라해 보이지도 않았다. 상부를 끝내고 하부 몸통의 앞면에는 킨카쿠지(金閣寺)와 긴카쿠지(銀閣寺)를 짝지어 그렸고, 뒷면에는 미나토가와강과 이나무라곶[26]을 마주 보게 그렸는데, 성의와 성심이 그득했기에 색으로 칠해 내는 붓이 범상치 않았다. 이 그림들 옆에는 초기 사쓰마풍[27]으로 가을철 일곱풀[28]을 그리고 금색으로 나비 무늬를 띄엄띄엄 그렸으며, 이 부분의 여백은 구름처럼 선염한 위에 금가루 나시지[29]로 메웠다. 옛사람이 하지 못한 이러한 고안에는 각고의 흔적이 선명해 라이조는 '받침대에 메운 무늬와 꽃병의 가장자리, 몸통에 들어간 무늬가 세밀하지 않다고 어디 비난할 테면 비난해 봐라. 안목이 있는 사람은 와서 보기도 하라. 한 번을 손대도 아름다움이 담기는 나 라이조의 서툰 솜씨는 여기서 머물

---

26 湊川, 稻村が崎. 각각 일본 남북조시대 남조의 충신인 구스노키 마사시게(楠木正成)와 닛타 요시사다(新田義貞)의 옛 전장.

27 古薩摩. 에도 시대 초기에 만들어진 사쓰마 도기풍. 즉 조선식을 말한다.

28 秋の七草. 싸리, 참억새, 칡, 패랭이꽃, 마타리, 등골나물, 도라지를 가리킨다.

29 なし地. 금가루를 뿌리고 투명한 칠을 하여 무늬가 배 껍질처럼 비쳐 보이게 하는 방식.

지 않으리라.' 하고 자부했으며, 저녁 반주를 하며 술기운마저 돌자 더욱 즐거워져 시노하라에게 완성되었다는 것을 알리는 겸해서 오초가 초대받은 그날의 답례도 해야겠다는 생각에 대문을 나서려 하자 오초가 "오라버니, 잠시만요." 하며 소맷자락을 붙잡았다. 말하려다 말고, 말하려다 말고 하며 망설이는 모습에 "무슨 일이냐."라고 하며 조금 되돌아오자 오초는 "별다른 건 아니고요……. 밤바람이 차네요. 감기에 걸리지 마세요."라고 했다. 이렇게 마음을 써 주는 것이 기뻐 라이조는 "그리 늦게까지 앉아 있지는 않을 거다. 다만 술기운은 가실지도 모르니 하오리는 하나 더 입고 가마."라고 하고는 돌아가 툇마루 끝에서 옷을 걸쳤다. 오초가 옷깃에 손을 대고 접어 주며 "오라버니, 수염이 좀 자랐네요. 새해도 됐는데 보기 흉하지 않을까요." 하고 옆얼굴을 곰곰이 바라보자 "어차피 밤인데 누가 알아보겠느냐. 밝은 데서 내일 깎아 주려무나. 우선은 작품이 완성되기도 했고, 이 조그만 성공에 만족하는 건 아니지만 축하해도 좋을 일이기는 하다. 나흘, 닷새 안에 다쓰오를 불러내 셋이서 어디에라도 가자. 오늘 밤에는 그 약속을 하고 올 작정이다. 내가 늦게 오지는 않겠다만 값나가는 물건이 집에 있으니 조금 불안하구나. 문단속을 하고 기다리거라. 그러면 아무 걱정도 없겠구나. 야, 구름이 없으니 달빛도 좋구먼." 하며 라이조는 일어났다. 그 손에 매달려 대문까지 배웅한 뒤로 땅에 떨어진 두 그림자 가운데 하나는 금세 멀어져 갔는데, 배웅한 채로 서 있는 그림자는 어딘지 서글픈지라 처마 끝 팽나무에 밤바람이 부는 것도 쓸쓸히 느껴졌다.

　　예전에는 남으로 본 문패가 달린, 결국에는 자신의 매부가 될 사람의 집의 대문을 라이조는 지나왔다. 현관 앞에서 이름을 대기도 귀찮았고 다쓰오의 거처방이 어디인지는 이미 알아서 정원으로 난 쪽문을 밀자 열렸다. 밟아도 소리가 나지 않는 서리에 축축한 잔디밭 위의 낮은 울타리 사이에서 말소리가 들려왔는데, 소리가 크지는 않았지만 장지에는 두세 명의 그림자가 비쳤다. '듣고 싶구나. 무슨 말을 나누고 있을까.' 하며 쫑긋 세운 귀에 한 마디, 두 마디가 들렸는데, 꿈처럼 믿기지 않는 뜻밖의 내용이었다. "○○ 자작을 이용해 ○○ 장관한테 탄원하기만 하면 이 일은 분명 성공할 걸세. 자작의 도장은 야나기바시 것[30]한테 쥐여 놓으면 되고 돈줄은 그때 말한 유흥계 큰손인데, 그 사람한테도 기별은 이미 해 두었다네. 나중 일은 우리가 알 바 아니야. 사기꾼이니 뭐니 말할 테면 말하라지. 어리석은 인간이 가지고 있어 봐야 쓸데없는 재산을 되찾는 건 세상을 위한 일이 아니겠나. 또 생각만 해도 우스워 참을 수 없는 건 해외에서 돌아온 수재 양반인데, 활안(活眼)은 무슨. 별것도 아닌 사람이더군. 마쓰제는 이리에 집안의 딸이라네. 요전의 연회에서 헤벌쭉거리는 걸 보고는 알아챘지. 그 옹고집을 설득하기는 어렵겠지만 은혜라는 감옥에 넣어 놓았으니 줄에 꽁꽁 묶여 있는 것과 마찬가지지. 더구나 여자는 집 안에서만 곱게 자라 세상 물정을 모르고, 인정이 깊은 만큼 구슬리기 쉽더군. 밑천을 잘 굴리고 있으니 나중에 어떻게 되나 잘 보시게. 라이조라는 인간은 딱히 쓸데는 없지만 키워 놓다 보면 뜻밖에 어디에 도움이 되기는 하겠지. 구스

---

30   ○○ 자작이 총애하는, 야나기바시 게이샤 집단에 속하는 한 게이샤를 말한다. 게이샤는 가무·음곡을 행하며 술자리에서 흥을 더하는 일을 직업적으로 하는 여성.

노키 장군은 울기의 명인을 쓴 일도 있으니,[31] 전혀 쓸모없는 인간이란 없을 거야. 널리 사랑하는 것〔博愛〕, 이것도 인(仁)이려나." 이러한 대담한 말이 들렸다. 목소리는 다쓰오였을까. '이 자식!' 하는 생각으로 분연히 일어나 라이조는 거듭 팔을 문지르며 원통해했다. 안에서는 어느새 이야기 소리가 끊기고 옥피리 소리가 낭랑히 들려오기 시작했다.

9

일소(一笑)에 무한한 기쁨을 알고, 일루(一淚)에 만곡의 슬픔이 헤아려져, 모든 기거동작으로 마음을 따르게 하는 그 사람이 훤한 얼굴에 근심을 머금고 절절히 이야기했다. "당신과 저는 무슨 인연일까요? 이 운명이 신기하고 이를 잊기 어려운지라 국가에 진력하는 마음의 절반은 당신한테 빼앗겨 남한테 말할 수 없는 고민도 하는 신세가 됐습니다. 부질없군요. 당신의 마음도 모르고 천하에 아내는 달리 없다고 정하고는 '자작의 딸은 무슨. 돌아보기나 할까 보냐.' 하며 쌀쌀맞게 거절한 게 화근이었습니다. 솔직히 말하면 제 처신이 나빴습니다. 그 자작 나리께서 여태껏 조력해 주신 덕분에 나가는 돈에 모자람이 없었는데, 사업이 진행되는 지금이 돼 갑자기 파약 얘기를 꺼냈습니다. 이 길이 끊어지면 다시 일을 해 나갈

---

31   구스노키 마사시게가 한 전투에서 거짓 울음에 소질이 있는 부하를 이용해 자기가 죽은 것으로 적을 기만하고는 그 전투에서 승리했다는 『다이헤이키(太平記)』의 고사에서.

수 없습니다. 한을 삼키며 저는 이대로 물러나야 하는 걸까요? 비난이나 비웃음을 당해도 당신 때문에 그렇다면 전혀 아쉽지 않지만, 대체 세상이 어떻게 되려는 걸까요? 국가의 장래를 생각하니 속에 남은 회포가 산더미 같아 이 가슴은 찢어질 뿐인데, 이걸 누구에게 얘기할 수 있겠습니까. 멀지 않은 사이인 당신한테도 말하지 못한 건 이런 사정 때문이었습니다. 달리 취할 방법이 없는 것도 아니지만 그건 너무나 가슴이 아파……." 하고 다쓰오가 말을 다하지 못하는 것을 답답해하며 오초가 "당신은 제 진정이 아직도 안 보이시나요?" 하고 몹시 원망하자 "참으로 그 진정을 보여 슬퍼지는 건 당신입니다. 일의 성패는 당신 마음 하나에 달렸습니다. 오늘 큰손님이 한 명 오는데 유력 인사입니다. 제게 물주가 되어 주겠다고 하더군요. 제 마음은 어떠냐고 물으면, 괴로운 건 이 대목입니다. 그 사람이 당신에 대한 소문을 어떻게 들었는지 철석같이 당신이 제 누이인 줄로 믿고 있습니다. 그런데 이런 제 무리한 소망이 괴롭지 않나요? 당신을 남한테 허락해도 저는 국가를 위하는 마음을 단념할 수 없지만, 설령 제가 욕심을 버린다고 해도 어떻게 이 말을 제 입으로 할 수 있겠습니까."라고 말했다. 괴롭구나, 연인의 애끊는 모습. 가련한 소녀는 혼을 빼앗기고 뼈가 녹는 듯한 마음으로 자기가 책임을 지기로 했기에, '정조를 깨고 정조를 세워야 하나? 남모를 죄가 내 마음속에 있구나. 그렇다고 나 때문에 그분의 명예마저 세상에서 스러지는 걸 남의 일처럼 보는 건 은혜를 원수로 갚는 짐승 같은 처사야. 이러기도 괴롭고 저러기도 괴롭네. 어쩌면 좋을까.'라는 생각뿐이었고, 끝내 슬기와 분별의 빛이 사라지자 취할 바는 단지 죽음 하나였다. '그림자가 있고 형체가 있는 세상이라 걸리는 게 많고 가로막는 게 많지만, 태어나지 않은 옛날의 한없는 공(空)으로 돌아가 나 오초라는 몸이 없다면 어디에도 의리는 없고 거리낌은 없으니 이 사랑은 언제까지나 원만하게 있겠지. 그래, 이것도 천명이야. 병으로 죽든 사랑으로 죽든 목숨은 하나. 두 번은 가지 않을 길이니 하늘과 땅에도 부끄러워할 일이 아니고, 신령님과 부처님도 나를 나무라시지 않을 거야. 오라버니도 용서해 주세요. 저는 원통함이 없으니.'라는 결심은 날카로우며 미련이 없었고, 가엾게도 결백무쌍한 오초는 탁함에 물들지 않겠다, 흐트러지지 않겠다는 몸가짐을 누운 밤의 꿈에서조차 한시도 잊지 않았다. 부귀에 눈을 감고 빈천으로 마음을 닦으며 올해로 열여덟 해 동안 티 없던 아름다운 옥을 깨부수는 거대한 마왕은 사랑이라는 가슴속에 있는 한 가지였다. 형체를 다쓰오로 빌리고 목소리를 시노하라로 빌려 어떤 때는 꽃동산에서 봄바람이 되어 부르는 듯했고, 어떤 때는 달빛이 어두운 하늘에서 가을 구름이 되어 손가락질하는 듯했다. 기쁨과 걱정을 감춘 소맷자락 끝을 붙잡고는 데려가는 그 끝은 어디일까? 동서남북에 그림자도 없고 형체도 없는데, 사랑스러운 두 볼의 보조개는 어디에 갔으며, 어여쁜 원산미(遠山眉)는 어디에 갔나. 두 별과 같은 눈과 터지는 봉오리와 같은 입은 더는 빛나지 않았고 열리지 않았다. 칠흑의 머리와 설백의 피부, 어느 것도 모두 없다. 세차게 찬바람이 부는 밤중에 달이 떠 있건만 쫓아가도 보이지 않았고 불러도 답하지 않았다. 뒤에는 한 통의 편지를 두었는데, 남긴 필적이 아름다운 것도 눈물이 난다.

라이조는 털썩 주저앉은 꽃병 앞에서 넘치는 열루를 닦지도 못하다, 어느덧 노려보던 눈빛이 불이 꺼지듯 사라지자 팔짱을 끼고 생각에 잠겼다. '뼈가 으스러져 버려라. 차라리 나면서부터 손가락이 꺾였고 힘줄이 끊겨 있었다면 이 길에 뜻을 두지도 않았겠지. 철없던 옛날에 무엇을 바랐던 걸까. 도화(陶畫)의 달인이라고 불린 스승님의 공방에서 으뜸이라고 칭찬받아, 나는 팔지 않았지만 자연히 남들도 내 이름을 알았는데, 가난 때문에 묻히는 게 억울한 마음이었지. 결백한 마음이 흔들려 바라선 안 될 명예를 바란 건 왜일까. 기대선 안 될 사람에게 기댄 건 왜일까. 먹어선 안 될 불의의 음식을 이 입에 넣은 건 왜일까. 허락해선 안 될 오초를 불의한 인간에게 허락한 건 왜일까. 바로 네게 담긴 솜씨와 기예 때문이겠지. 그게 내 마음을 속이고 눈을 멀게 해 이달의 오늘 밤까지 나는 보지 못하고 깨닫지 못했구나. 오초가 불행히 집을 나가게 한 건 누구 짓일까. 오랫동안 그림을 연마한 것 때문에 가장 사랑하는 누이를 죽인 걸까? 여러모로 고심해 그림을 생각한 게 내 몸에 오탁함을 물들인 걸까? 냉소하는 다쓰오, 비웃는 다쓰오…… 목소리는 그놈이지만 죄는 내게 있다. 사귐을 끊어도 악평은 하지 않는다는 군자의 도를 나는 모르겠지만[32] 받은 은혜는 태산과 창해와 같구나. 원통함이 골수에 사무치지만 은혜는 은혜다. 놈의 간악한 꿍꿍이를 이 귀로 듣고 가만히 있을 수는 없지. 세상을 위해, 사람을 위해, 정의를 위해 휘둘

---

32 『사기(史記)』악의열전의 한 구절.

러야 할 주먹은 여기에 있다. 비장의 단검을 번뜩이며 놈의 가슴을 찌르는 것도 쉽다. 그렇지만 원통하게도 이 물건과 그 은혜, 그 자비가 내 몸을 얽매어 겨눌 수 있는 칼날이 없고 휘두를 수 있는 주먹이 없구나. 생각해 보면 원망은 내게 있고 솜씨에 있고 기예에 있고, 이 꽃병에 있다. 가증스럽다. 분하구나. 원수 자식, 쳐 죽일 놈, 악마 같은 놈. 너를 깨부수고 다쓰오도 찌르리라. 네가 없다면 무슨 은혜가 있고 무슨 자비가 있으랴.' 이런 다짐으로 주먹을 부르쥐며 벌떡 일어나 꽃병을 보고 또 보자, 달빛을 받아 두둥실 킨카쿠지, 긴카쿠지가 보였고, 금가루 하나와 선 하나에 마음을 담지 않은 데도 없었는데, 하물며 둘러친 금가루 나시지로 말하자면 오죽하랴. '아, 몇 년을 고생한 흔적인가. 내가 그리기는 했지만 정말로 이 길의 묘 중의 묘로구나. 이 붓이 꺾이고 이을 사람이 있을까. 이 길에 들어와 17년 동안 소중히 여기고 또 여겨 온 내 이름을 내걸고는 '보라! 해외의 벽안 사람들이여. 와라! 만국의 도기화공이여. 이것이 바로 일본 제국의 일개 신민 이리에 라이조의 자랑스러운 붓이다.' 하고 속으로 자부하고 만족한 물건인데, 이걸 어떻게 깨부술 수 있을까? 이걸 감히 어떻게? 하여간 세상에 맞지 않는 신세의 평생의 추억을 이것에 남기고 깊은 산에 들어가 버릴까? 그것도 분하다. 오초가 다시 돌아오기라도 하면, 다쓰오한테 사악한 마음이 없기라도 하면 이 물건을 보존할 수도 있을 텐데.' 하며 꽃병을 두 손으로 껴안고 이리저리 뜯어보다, 곰곰이 바라보던 마음이 황홀해져 자기가 그림 속에 들어갔는지, 그림이 자기 몸에 다가붙은 것인지 분간되지 않았다. 오초도 없고 다쓰오도 없다. 아만도 없고 고집도 없다. 금광(金光)이 제 몸에서 빛나고 사방에서 갈채가 터져 나왔다. 싱긋 웃자 귀 가까이서 "라이조 같은 어리석은 자는 쓸모없다."라고 말하는 것은 시노하라일까. "이 자식!" 하며 고개를 들자, 소매를 붙잡고 "감기에 걸리지 마세요."라고 말하는 다정한 목소리가 들렸다. 기쁘구나, 오초가 돌아온 것일까. "오라버니, 저쪽에 같이 가요." 하며 가리키는 쪽은 킨카쿠지, 긴카쿠지가 있는 곳, 가을 풀꽃이 피어나고 작은 나비가 날아다니는 가운데 안개가 자욱한 곳……. 참으로 자신의 나시지와 비슷했다. 몹시도 재미있었다. 교룡도 결국 연못 속에만 있지는 않는 것이었다. 뭉게뭉게 피어나는 구름무늬 속에 둥글게 이는 물결무늬, 올라가는 용, 내려오는 용, 원 속의 용, 원 속의 나비, 원 속의 꽃, 원 속의 봉황, 춤추는 오동나무, 실성한 사자, 제비꽃, 겐지구루마(源氏車), 쓰치구루마(槌車), 모란당초, 국당초(菊唐草), 요시노와 다쓰다가와의 단풍과 벚꽃[33]을 보다가 라이조는 "이것도 미이고 저것도 미이고, 오초도 미이고 다쓰오도 미이고, 그 가운데서도 내 붓이 미로구나. 이걸 버리고 어디에 가랴. 천하의 만인이 모두 눈뜬장님이니 보일 수 있는 사람이 없고 보인들 보람은 없다. 내 벗은 너고, 네 벗은 나란다. 자, 같이 가자꾸나!" 하며 한 벌을 징검돌 위로 내던졌다. 알연한 울림, 큰 웃음의 울림, 야반의 종소리가 아득히 멀어지던 곳에는 산산이 조각난 금광, 일륜명월만이 남았다.

---

33 전부 그림이나 무늬의 이름.

거문고 소리

하늘에서 내리는 달빛과 햇빛은 모든 이에게 다름없고, 봄에 피는 꽃이 주는 한가로움은 덧없는 세상의 만인에게 똑같을 텐데, 어째서 우듬지에 부는 폭풍은 여기서만 야단일까. 가엾게도 죄 없는 몸 하나를 가지에 달린 잎처럼 폴폴 떨어뜨리는 불운으로 비참하게도 14년 세월 동안 비에 맞고 바람에 불리며, 간신히 남은 목숨을 붙들며 원통한 경계를 떠도는 아이가 있다.

모친은 이 아이가 네 살이던 해에 스스로 집을 나가 제 하나의 괴로움을 벗으려 한 것도 아니지만, 기울어 가는 가운을 되돌리기 어렵다는 것을 안 친정 부모가 "그리 무기력한 남자한테 평생을 맡기고 눈물 속에서 보내게 두기 딱하구나. 젖을 먹인 아이와 헤어지기 힘들다고 해도 그나마 하나뿐이지 않느냐." 하고 몹시도 속을 차려 충고한 속삭임을 여자 마음의 얇은 귀로 듣고는, 남편에게 미련이 남을 것도 없었지만 불쌍한 자기 아이에게 마음이 끌려서는 "이 아이 아비라는 사람을 이런 와중에 버리고 제가 떠나 버리면 어떡해요."라는 피를 토하는 걱정도 있었지만, 부모의 충고는 점점 의리처럼 얽혀 들었고 약한 마음에는 물리치기 어려워, 서릿발이 서는 가운데 곧 무너질 줄 알았으면서도 집도, 이 아이도, 이 아이의 아빠도 버리고 나갔다.

부친은 홀로 찾아가기도 했다. 이 아이를 안고 찾아가기도 했다. 이 아이를 내밀치고 돌아오기도 했다. "나는 이대로 썩어 문드러져도 이 아이만은 출세시키고 싶으니 어떻게 해서든 다시 돌아와라. 오래 있으라는 건 아니다. 5년만 더, 얘한테 분별이 들 때까지만." 하고 부친은 부탁하고 달래면서 한숨지었는데, 참으로 자식에게 눈이 어두운 것은 어머니의 정해진 길이었다. 결국에는 그리움을 견디기 어려워 '내가 사과하고 돌아가야 할 텐데.' 하고 막연히 생각하며, '15일에 갈까. 20일에 갈까. 오늘은 가야 해. 아니, 내일은 정말로.' 하고 머뭇거리며 헛되이 나날을 보냈는데, 끝내는 남편을 찾아갔지만 그는 얼굴도 마주하지 않고 유모로 나갔었느냐, 남의 마누라가 됐느냐고 말하니 백년가약도 참으로 부질없이 되었다.

이렇게 반년을 보낸 뒤에는 부친도 사람이 그만 변하고 말았다. 세상 사람들은 정이 떨어져 집 나간 아내를 참 현명했다고 칭찬할지언정 버림받은 부자의 신세는 거의 불쌍히 여기지 않았다. 그것도 당연하다. 가슴에 쌓인 답답한 구름이 잠시라도 개는 길은 이것이라는 마냥 마시고 취할수록 사람의 본성은 더욱 어두워졌으니 심해지는 그 고집이 어디에 받아들여지랴. 그해 섣달에는 두 부자의 몸을 감쌀 것도 없었고 더구나 비이슬을 피할 처마도 없어졌다. 그래도 아이는 부친이 살아 있는 동안에는 그를 미더운 거목의 그늘처럼 우러렀기에 설령 값싼 여인숙에서 얇은 이불을 덮을지라도 따뜻한 정을 절실히 느끼기도 했지만, 그런 부친도 아이가 열 살을 손꼽고 얼마 되지 않은 어느 해에 어떤 축하연을 연 부잣집에 뚜껑을 열어서 늘어놓은 술을 '하늘이 내린 감로, 맛 한번 좋다. 이걸 길안내 삼아 나도 극락으로 가고 싶구나.' 하고 속으로 정했는지 곯은 배에 엄청나게 들이붓고는 소나무 그늘 밑의 수로로 돌아가 버렸다. 너무도 비참한 끝을 맞이한 뒤로는 "이리 와라. 내가 거두어 사람으로 만들어 주겠다." 하며 부르는 사람도 없었고, 스스로 바라는 사람이 되겠다는 희망도 없었다. 처음에는 이 세상에 부모가 있는 사람이 부러워 '나도 어머니가 있었다고 했지. 지금은 어디서 뭐 하고 계실까.' 하며 공연히 그리워지기도 했지만 부친의 말로가 서글펐던 것을 보아도, 제 와타나베 일가의 끝을 생각해도 모친의 처사는 악마와 같다고까지 원망했다.

"아빠는 없니? 엄마는?" 하고 누가 물을 때마다 소맷자락이 젖은 것은 옛날이다. 이 세상에 인정은 없고 사람 마음에 진정은 없는 법이라고 굳게 생각한 뒤로는 어쭙잖게 동정하는 사람도 자신을 비웃는 것만 같아 미웠다. '차라리 모질 테면 한결같이 모질게 대해라. 이런들 저런들 괴로운 신세의 끝이야 뻔하지.' 하는 엇나가는 마음으로 신령도 부처도 적이라고 생각했으니 누구에게 한을 하소연했으랴. 점점 심상찮은 길로 심상찮은 생각을 몰아가기만 했다.

수풀처럼 엉클어진 산발 사이로 사람을 쏘는 듯한 눈빛이 번쩍이는 것 말고는 때에 찌든 얼굴의 어디에는 어떤 번듯한 데가 있다고 해도 과연 보통 사람의 눈에는 번듯하게 보일까.

역시나 무섭고 소름 끼치고 맹랑한 놈이라고 손가락질당하던 끝에는 경찰마저 자신을 노려보았기에 이곳의 축제, 저곳의 잿날로 인산인해를 이룬 가운데서는 불쾌한 의심도 받았고, 억울하게도 소매치기니 도둑이니 하며 모든 사람이 소리치기도 했다.

눈은 흐리멍덩하면서도 귀는 천 리 밖까지도 듣는 것이 사람일까. 잘못 퍼진 소문은 다시 사라지지 않아 와타나베 긴고(金吾)는 졸지에 도적이 되고 말았다. 이윽고는 '메이지의 ○○'이라는 칭호가 붙을 만큼 사람들이 무서워하는 것이 오히려 무서워서 이곳을 떠나 낯선 땅으로 도망가려고 생각하기도 했다. 한스러움을 차마 견디지 못하고는 죽고 싶다고 생각하기도 했다. 여러 차례 물가에 다가가 이제 끝이라는 생각으로 바라보기도 했지만, 쉬운 듯하면서도 어려운 것이 죽음이었다.

자포자기한 처지에도 여전히 입고 먹는 데는 어려움이 있었기에 낮에는 아무 데나 떠돌다 그럭저럭 쓰였고, 밤에는 여기저기 어디에든 누웠지만 그래도 잠들기는 했다. 그렇게 하루하루 떠돌고 또 떠돌며 지내는 동안 키와 함께 커진 것은 엇나가는 마음이었을 터다.

하

오교노마쓰[34]에 부는 바람 소리가 한적한 가운데 네기시

---

34 御行の松. 네기시에 있던 명물 소나무. 당시 수령은 310년, 높이는 13미터로 추

의 논에서 늦벼를 베어 말리던, 그 주변에 모리에 시즈라는 여주인의 집을 수상한 비렁뱅이 아이가 보면서 미심쩍은 거동을 보인지라 하녀들은 꺼림칙하게 여기며 수군댔지만, 대문을 종일 지킬 것까지도 없었고 울타리에 드리워진 나뭇가지의 감 하나도 별일 없이 한 달 남짓이나 지나자 어느새 잊혀 말도 나오지 않았는데, 주인 여자의 밝은 귀에는 조금 의아스럽게 들리는 소리가 있었다. 가을비가 촉촉이 내려 애처로운 밤의 등불 아래서 홀로 손에 익은 거문고를 벗 삼아 애처로이 쓸쓸한 가락을 농하다 우에노 숲에서 종소리가 나자 '벌써 밤이 깊었구나.' 하며 거문고 타는 손을 멈추고 들었는데, 처마를 타고 빗물이 떨어지는 소리 외에, 가지를 흔드는 가을바람 소리 외에 어떤 기척이 들리는 듯한 일이 거듭되었다.

처마 끝의 높은 한 그루 소나무처럼 누구에게 정조를 지키며 홀로 살고 있느냐고 묻는다면 "이것에게"라고 답할 반려와 같은 거문고의 부드러운 음색에 한 몸을 던지며 마음을 숨긴 것은 몇 해일까. 나이는 열아홉이고 자태는 바람도 견디지 못하는 버들 실가지처럼 가녀리고 약하지만 가조각 상자를 들고 앉음새를 고칠 때는 먼지 같은 덧없는 세상의 어지러움도 웬 말이랴. 솔바람이 오가는 현 위에는 산의 여신이 내려와 손을 덧잡는지, 꿈도 생시도 이 안에 있다는 듯이 미소 지으며, 비가 오나 바람이 부나 천둥번개가 치나 차분하고 여념 없이 거문고를 탔다.

때는 음력 10월. 첫서리가 이 무렵에 내렸다. 단풍 위에서 빛나는 달은 누가 숫돌에 얹어 갈았을까. 노파의 화장이라는

정. 현재는 후손 나무가 명맥을 잇고 있다.

옛 비유가 무섭다. 온 천하에 흐리지 않은 빛을 비춘다고 하는 대하고루도, 무너진 초가집 마루의 개 보금자리도, 그리고 수풀 밑을 흐르는 물처럼 사람에게 버림받아 시든 갈댓잎에 붙은 서리만이 맑은 고택의 연못도, 홈통의 물소리가 허수한 산기슭 초막도, 논바닥의 허수아비도 작은 도랑의 흐름도, 스마도 아카시도 마쓰시마도[35] 하나같이 빛 속에 감싸여 맑은 것은 맑은 것에 따르고, 흐려진 것은 흐려진 대로 팔면영롱하고 일점무사한 풍경과 함께 산뜻하게 울리는 거문고 소리는 어디까지 가려는가. 아름답고 풍아하고 맑고 고귀해 마치 천상의 음악과도 같았다.

오시즈의 거문고 소리는 이달의 이날 덧없는 세상에 사람한 명을 낳았다. 열넷의 나이에 비이슬을 맞으며 엇나가던 아이는 마음이 바위처럼 단단해 화살을 쏘아도 박히기 어려운 몸을 끝내 취해(臭骸)로 산야에 내보이는 부친의 애처로운 말로를 배울 뻔했다. 그렇지 않으면 악명을 길거리에 퍼뜨리며 허리에 쇠사슬을 찬 비참한 세상을 보낼 뻔했다. 그런데 마음 깊숙한 곳에 잦아든 다정함이 삼경 월하의 거문고 소리와 어울리며 눈물이 나기 시작했다. 이슬 같은 옥일까. 옥이라면 조나라의 성 몇 채와도 바꾸기 어렵다.[36] 사랑 때문일까. 정 때문일까. 그 사람의 얼굴도 몰랐다. 어렴풋이 새어 나온 섶나무 울타리 너머의 목소리를 듣고는 기쁘다는 것도 느꼈다. 부끄러움도 깨달았다. 여태는 악마라고 원망한 모친의 그리움마

---

35 須磨, 明石, 松島. 모두 달과 함께 자주 읊어지는, 와카에 자주 쓰이는 명승지 이름.

36 『사기』 염파인상여전에 나오는 화씨지벽(和氏之璧) 고사에서.

저 뼈저리게 다가와 긴고는 새삼 이 세상을 버리기 어렵다는 것을 깨달았다. 달빛이 점점 맑아지는 밤, 울타리에 핀 국화의 향기가 논바닥을 메우는 가운데 밤바람이 세차게 불며 마음의 구름을 날리자 다시 타는 거문고의 소리는 과연 백년의 벗이 될까, 백년의 번민을 남길까. 긴고는 이로부터 백화난만한 세상으로 나섰다.

꽃 속에 잠겨

1

혼고의 마루야마인지 가타마치인지에 버드나무, 벚나무
가 담장마다 흐드러진 곳에 넓지 않으나 청렴히 살고 있는 집
이 있다. 호주는 세가와 요노스케로, 작년 가을 고지대[37]의 어
느 법학교를 졸업하고[38] 지금은 그곳의 출판부인지 편집국
인지에 다니는데 월급은 얼마만큼 된다고 한다. 고요히 출세
할 날을 기다리는 듯한 처지다. 쉰을 넘긴 모친 오치카가 있
고, 오신이라는 사촌 누이는 요노스케보다 여섯 살 아래이니
열여덟 살쯤일까. 어린 시절 부모를 여의고 가엾은 몸 하나를
이곳에 기대며 이렇게 세 식구가 되었다. 우물가에서 놀던 시

---

37   山の手. 당시 혼고, 고이시카와, 우시고메, 요쓰야, 아카사카, 아오야마, 아자부
     주변을 가리키던 말.
38   당시 본문의 조건에 맞는 사립 법학교는 다섯 곳 정도 존재했는데, 이치요의 오
     빠 센타로(泉太郎)가 1885년부터 다닌 메이지 법률학교(현 메이지 대학)를 염
     두에 두었을 수 있다.

절도 오래되었지만 단발머리를 한 어릴 적 모습부터 익숙했고,[39] 서로 형제자매 없는 신세에 의좋음은 누구보다 각별했는데, 오신은 더구나 여자의 몸으로 덧없는 세상에 사귈 친구도 적어서 요노스케를 오라버니처럼 생각하고 마음 편하게 고마운 뒷배로 기대며 '혹시라도 바람이 불 테면 불어라, 파도가 칠 테면 쳐라. 요노스케 님이 계시는 동안에는.' 하는 마음으로 의지하곤 했다. 요노스케도 그런 오신이 가엾고 사랑스러워 '이 천진하고 어여쁜 아이를 두고 조금이라도 마음이 딴 데로 가는 건 내 판단에도 마땅치 않구나.' 하며 속으로 생각하기도 했다. 한편 여덟 살 때부터 제 손으로 돌보며 길렀으니 친자식은 아니지만 오치카도 오신이 밉지는 않아 고민이 이만저만이 아니었다. '차라리 바람대로 맺어 줘서 둘이 기뻐하는 웃음을 보고 둘이 기뻐하는 모습을 바라보며 나도 기쁜 사람이 돼, 모든 바람과 희망 그리고 오랜 세월 가슴에 그린 그림자를 꿈이었다고 하며 단념하고, 얼마 남지도 않은 노년의 끝자락을 이대로 다정한 시어머니가 돼 보내고 싶구나. 그러면 오신은 얼마나 기뻐할까? 요노스케도 나를 매정하다

---

39 『이세 모노가타리(伊勢物語)』 23단에 근거.
옛날, 시골에 사는 사람의 아이들이 우물 근처에 나와 놀았는데, 어른이 되자 남자도 여자도 부끄러워했지만, 남자는 이 여자를 꼭 아내로 맞고 싶었다. 여자는 이 남자를 좋아했기에, 부모가 다른 데 보내려고 해도 끝내 듣지 않았다. 이에 이웃에 살던 남자는 이런 노래를 보냈다. "우물 주위를/두른 울에 대 보던/내 작은 키도/울을 넘은 듯하네/당신을 못 본 사이." 여자는 "서로 재 보던/어린 단발머리도/어깨 넘었네/그대가 아니고서/누굴 위해 묶으랴." 하고 답가했다. 서로 읊던 끝에 본뜻대로 혼인했다.
위 두 와카에서 각각 '다케(たけ)'와 '쿠라베(くらべ)'가 취해져 다케쿠라베(키재기)라는 제명이 나왔다는 것은 정설이다.

고는 생각지 않겠지만, 그러나 다른 한 분이 자나 깨나 눈물에 젖어 슬픈 어둠을 헤맬 것을 생각하면 어차피 한이 맺힐 사람은 나로구나. 하늘에서 내려온 듯한 행복이 눈앞에서 솟아난 걸 잡지 않고 부질없는 한 줄기 인정에 이끌리면 결국 한은 내게 남고 얻기 힘든 행복은 하늘 어딘가로 사라질 터. 요노스케가 사내답지 않고 미련이 많은 건 젊음의 소치다. 보고 있는 꽃에 헤매 요노스케는 장래를 걱정하지 않으니, 그런 마음이 돼 나마저 마음이 약해지면 괴로운 부세(浮世)에서 출세할 기회는 없고, 고달픈 일생을 먼지 속에서 꿈틀댈 뿐이다. 부모자식, 부부의 화목을 인간의 더할 나위 없는 즐거움이라고 말하는 건, 그 사람이 다른 바람 없이 자기한테 만족하기 때문이겠지. 마음은 저쪽 강가에 닿기를 바라며 강 한복판에서 삿대질을 하는 배가 의지할 데 없이 저 어딘가에 떠다니는 고달픔은 얼마나 될까. 자기가 뛰어나다고 믿고 남에게 기대지 않는 고결함은 얼핏 듣기에 존귀하기도 하지만, 끝내 무슨 일을 이룬 것도 없어 옥인지 기와인지 남들이 알아보지 못해 한을 뼈에 새기고, 그 때문에 눈물짓는 사람들도 있다. 지금의 마음에 조금 떳떳하지 않다고 해도 소를 버리고 대에 매달리는 건 부끄러워할 일도 아니다. 요즘에 이름 높은 이런저런 사모님들이 연줄에 매달려 지금의 위치를 얻었다는 말도 많은데, 이를 비열하다고 헐뜯는 건 헐뜯는 사람의 생각이 얕은 것이니, 사내대장부가 그런다면 무슨 허물을 잡히랴. 수풀에 숨어 주먹을 바르쥐는 기개 없는 모습보다는 밟아야 할 잔교에 의지해 용맹하고 기세 좋게 영화로운 활력을 덧없는 세상이라는 무대에 보여 주는 게 바로 풍류다. 오신의 일은 사소한 것이다. 요노스케의 입신 기회는 한번 잃으면 다음을 기약하기 힘드니,

나는 결코 살갑고 무른 평범한 여자의 마음을 보여선 안 된다. 오랫동안 서로 익숙한 사이인 데다 바라는 바도 똑같고, 티 없는 옥돌같이 어느 쪽도 부족함 없는 두 사람을 귀신이라도 돼 떼어 놓는 마음이 어찌 기쁘랴. 내 일로 생각한다고 해도 뼈저리게 느낄 것이다. 오신은 소녀의 순정으로 아무 고민도 없이 머나먼 기쁜 꿈을 꾸고 있고, 요노스케는 더 말할 것도 없다. 내 속마음에 무엇이 도사리는지도 모르니, 엄마의 품속에서 젖을 찾는 모습에서 이윽고 깜짝 놀라며 깨달았을 때는 한스러움에 말문이 막히고 우는데 눈물도 나오지 않겠지. 하여간 부세는 죄업의 세상이렷다. 오신을 깊이 애처롭게 여기는 내 마음 하나로써 근심에 찌푸린 얼굴을 웃음으로 바꿔 꽃바람이 이 집에 통하는 봄 경치를 볼 수도 있겠지만, 우리 세가와 가문과 요노스케의 장래에 이번 운수가 우리 부모자식을 맞이하는 걸 보고는 알면서도 나는 원수가 돼 가여운 사람을 눈물의 연못에 빠뜨리는 것이다. 그래도 오신에게는 오신의 운수가 있을 테니 요노스케와 부부가 되는 평생의 기쁜 바람은 여기서 끊긴다고 해도, 그런 인연에 따라 그만한 행복이 돌아오기도 할 테니 나는 오신을 걱정해선 안 된다. 가엾고 불쌍하더라도 뒤돌아 안아 주는 건 단지 잠시의 동정이고 끝내는 다른 길을 갈 운명이니, 내 하루의 인정은 요노스케한테 하루의 미련을 늘리는 데다 다른 한 분에게는 근심의 수를 더해, 이 두 사람의 부모가 분별을 잃고 갈팡대는 슬픔을 늘리는 것 말고는 공이 이슬만큼도 없다. 그러니 설사 귀신이 되고 뱀이 되고, 매정하고 얄미운 큰어머니가 될지언정 요노스케의 마음을 저쪽으로 돌리도록 말리는 건 내 역할이다. 기쁜 계제는 내 발밑까지 다가왔는데…….' 이런 생각에 오치카는 상서로운 구름이 제 집의 용마루에 가로 뻗는 상상에 몰려, 팔자수염의 위엄을 갖춘 요노스케가 검은 마차에 타며 영화를 구가하는 모습까지 생생히 마음속에 그렸다.

2

　세상 사람보다 무르고 지나치게 온화한 남편을 가져 만사에 애가 타고 답답했던 세월에도 과연 여자인 자기만의 판단을 떨치기 어려워 부질없이 가슴속에 담아 둔 생각은 좀처럼 사라지려 하지도 않고 걸핏하면 타오른지라 잡기 힘든 불꽃에 몸을 태우는 듯했다. 오치카의 바람은 후지산보다 더 높이 떠올라 몸은 꿈과 같은 희망에 섞이는 듯해, 제 동렬의 사람들이 보면 점잖고 순하고 노력가라는 평판도 있는 자식을 둔 데다 조카딸이기는 하지만 자식과 마찬가지인 오신이 종일 모시고 섬겨 늘그막이 호강스러울 부러운 신세였으나, 이미 산 위에 있다는 마음에서는 이런 즐거움이 얼마나 작고 가치가 없는지 깨달아, 제 마음에서 나온 것 같지도 않게 요노스케가 세상 일반의 일을 하며 남보다 훨씬 특출할 생각이 없는 것조차 한스러웠던 나머지 허구한 날에도 "희망은 높이 삼아라. 바람은 크게 삼아라. 떨어져 흘러가는 물거품이 된다 해도 천명이면 도리가 없다. 울타리에 달린 표주박처럼 흔들흔들하며 털끝만큼의 흠도 입지 않고 오십 평생을 보내 봤자 무슨 재미겠느냐. 한 사람한테 알려질 일은 백 사람한테, 백 사람한테 알려질 일은 만 사람의 눈앞에 드러나니, 나쁜 됨됨이나 실패도, 공명이나 공로도 상대를 다수로 놓고 공공연한 데서 보이는 게 낫다. 뭇사람이 읽을 만한 책을 읽고 뭇사람이 할 만한 말을 하고 뭇사람이 걸어간 뒤를 밟으며, 실에 부림을 당하는 목각 인형처럼 제 마음이라고 할 것 없이 패기 없이 시시하게, 실수도 하지 않고 비난도 받지 않는 건 사내 처지에서 본뜻은 아닐 게다. 일에 임해선 이 어미가 있다고 생각해서도 안 되며 집안이 있다고 생각해서도 안 된다. 네가 선택해 마땅한 길의 중대함에 기대 나아가 다오." 하는 말을 했다.

'꽃에 뜨는 덧없는 이슬 같은 사랑이 다 뭐란 말인가. 우습구나.' 하며 내리깎을 오치카가 요사이에 요노스케를 목숨처럼 애타게 그리는 사람이 숨이 넘어갈 듯 앓고 있다는 중매인의 슬픈 편지를 받고는 종일 고민에 빠져 있었다. 꽃을 날려 꽃보라를 일으키는 바람이 여기서 누군가를 괴로움에 빠뜨리지는 않겠지만 기쁜 소식은 그 사랑을 타고 왔다. 부친은 유명한 모 성(省)의 차관이며, 집안이 내복하다고 평판이 높은 다하라 아무개의 사랑스러운 딸이라고 전해 왔던 것이다.

변하는 사람 마음과 닮지 않은 꽃인, 지금이 봄철임을 아는 듯 얼굴에 미소를 물들인 울타리의 매화를 한두 가지 꺾어 오신이 의좋은 붓글씨 스승 댁에 자신의 청서를 고쳐 받으려고 한다며 백모와 요노스케에게 모두 단아하게 인사를 하고 집을 나선 뒤, 고리 모양으로 내뱉은 담배 연기가 얽히는 듯한 답답한 마음에 오치카는 거처방의 화로를 떠나서는 다다미 세 장의 작은 방에서 책 한 권을 독서대 위에 펼쳐 놓은 채 매향이 그윽한 창밖을 바라보느라 읽는 것 같지도 않는 요노스케의 곁에 있는 으스스한 재투성이의 화로를 뒤적여 불을 일으키고는 자기가 들고 온 방석에 유유히 앉았다. '뜸 들이는 품이 또 그 말이겠구나.'라는 생각에 요노스케가 듣지 않겠다기보다는 귀찮다는 기색을 보이자 오치카는 "요노스케야, 너는 아직 어린애 같구나." 하고 살짝 웃으며 바싹 다가가서는 "생각은 아직 정리되지 않았느냐. 할 말은 네 속마음 하나이고 대답은 예, 아니요 둘뿐인데 어느 쪽으로라도 정하고 이 어미의 마음을 편하게 해 주지 않겠니. 부모라도 지시는 할 수 없는 관계이니 억지로 답하라는 건 아니란다. 아니면 아니라고, 누구한테도 삼갈 게 아니니 딱 잘라 말해도 된다. 이 어미는 어느 쪽이 좋고 싫다는 생각도 없다. 오신은 어린 시절부터 가깝게 지내기는 했지만 서로 무슨 맹세를 한 것도 아니니 딱히 그 애를 가볍게 볼 것도 없다. 물론 다하라 집안의 딸도 마주친 적이 없고 본 적이 없는 마당에 어느 한 사람을 꼭 아내로 맞으라고 부탁할 수도 없는 노릇이다. 하지만 안타깝게도 장래까지 걱정하며 종일 애태우고 고생할 사람은 결국 너 하나다. 네 아버지가 일찍 돌아가신 뒤로 너도 알다시피 남은 친척이라고 해 봤자 악취에 꾀는 날벌레처럼 내쫓는 게 성가실 정도인 사람들이라 힘이 되지도 않았다. 아, 마음은 산허리 구름에까지 올라가 있는데, 무기력한 여자의 손으로 네게 학사의 칭호를 쥐여 주기 어려웠고[40] 더구나 적잖은 빚마저 신세에 들러붙어 고달프구나. 그래서 네 앞날을 생각하면 좋은 꿈을 꾸는 밤이 적고, 잠 못 이루는 매일 밤은 늦고 나니 더 괴롭구나. 다하라 집안에서 딸 때문에 전해 온 부질없는 혼담을 네가 외면하면 중매를 선 여자도 제 나름으로는 서운하겠

---

40 당시 학사 칭호는 구 제국 대학의 각 분과 대학이나 구제 대학, 혹은 이에 준하는 의학 전문학교 등의 졸업생에게 부여되었는데, 법학교는 이에 해당하지 않았다.

지. 하지만 운수는 눈에 보이지 않는 곳에 있어 하늘이 준 기회는 우리 마음으로 헤아리기 어려운데, 혹시 이게 오랜 세월 동안 품어 온 바람을 이룰 기회가 아닐는지 이 어미가 변변찮은 마음에서 느꼈기에 이런 말을 하는 거란다. 억지라고 생각하지는 마라. 애초에 너를 위한 생각이니 네가 싫다고 하면 그만이다. 사람 마음은 제각각이니, 위태롭게 뜬구름에 오르려는 것보다 얽히고설킨 덩굴에 비쳐 드는 달빛을 팔베개로 바라보며 저 혼자 즐거운 게 더 흡족하다면, 이 어미도 이제부터 그런 마음이 돼 높은 걸 바랐던 지금까지를 꿈으로 보며 포기해 두세 칸의 셋집을 천지로 정하고 빨래를 하고 누더기를 기우는 데 눈이 침침한 육칠십 나이에 손자를 돌보며 지내는 삶도 좋다. 요노스케야, 네 생각은 어떠냐." 하며 차분하지만 저의가 있는 듯이 말했다. 여기에 바짝바짝 신경이 거슬리던 요노스케가 "우스운 말씀이군요. 저는 전혀 이해가 되지 않습니다. 혼자서 저를 기르신 두터운 은혜가 남들에 비할 바가 아님은 알지만 기울지 않은 마음에 채찍질을 하셔도 소용은 없습니다. 그건 제가 늘 가져 온 바람이니 말입니다. 그리고 연줄에 매달려 장인의 소맷자락 뒤에 숨어서 그걸 입신의 사다리로 삼는 데는 전혀 마음이 끌리지 않습니다. 미숙하더라도 자기 일은 자기가 해야 하는 것이니 이 동아줄이 없으면 출세할 수 없다는 그런 걱정은 쓸데없는 것입니다." 하고 딱 잘라 답하자, 모친은 그 얼굴을 가만히 바라보며 "역시 그렇다는 말이구나." 하며 탄식의 목소리를 흘렸다.

3

"그게 진심이냐. 참으로 순진한 생각이로구나. 이 어미가 장래를 염려하고 내가 죽은 뒤까지를 걱정하는 게 그것 때문이다. 덧없는 세상을 책상머리의 꿈으로 보고는 무거운 물건일랑 여섯 치 붓 말고는 달리 들지 않고 책에만 붙잡혀 자기 생각이 없어서야 되겠느냐? 그 마음으로 밀고 나가면 대관절 일이 이뤄질 날은 얼마나 실패한 뒤여야 하느냐. 도쇼구 유훈[41]에 '사람의 일생은 무거운 짐을 지고 먼 길을 가는 것과 같다.'라고 하는데, 어쩌면 반절도 삼분지일도 못 간 정도에서 내던지고 질려 버리고 말 터다. 자기가 자기한테 의지해 일을 해낸다는 건 참으로 훌륭한 말이지만, 들어 보거라, 요노스케야. 너만큼 똑똑한 사람은 넓은 도쿄에 남아돌 정도'이며, 쓰레기 더미의 구석에도 지천으로 있을 터다. 누구인들 입신출세의 바람을 가지지 않은 사람은 없으며, 저마다 사정은 달라 출세의 지향은 가지각색이겠지만, 이름을 날리고 집안을 일으킨다는 건 누구나 바탕으로 삼는다. 네 생각처럼 평범한 방법으로 그 바람이 이뤄진다면, 세상은 대단하신 나리들의 소굴이 돼 깜깜한 밤의 길거리에서 머리를 부딪치기가 겁나겠지만, 실제로는 십중팔구가 허섭스레기 같은 위치에 있는 사람이기 때문에 결국 관대하고 수완이 뛰어난 사람이 나머지 알짜인 한 자리를 차지하기 마련이다. 소와 대의 차이를 안다면 다하라 집안의 사위가 되는 걸 부끄럽다고 말할 수는 없을 터다. 그 소맷자락 뒤에 숨어서 거기에 조종당한다고 생각하

---

41 東照宮樣御遺訓. 도쿠가와 이에야스가 남겼다고 민간에 전해지던 처세훈.

면 시시하기도 하겠지만, 그걸 자기를 위한 도구로, 물고기 잡는 어살로 삼는다면 뭐가 부끄럽겠느냐. 오히려 칭찬해야 할 마음가짐일 게다. 비난받는다는 건 선망의 반증이니 떼 지은 참새가 아무리 시끄럽게 지저귄다고 해도 어차피 울타리 밑의 소리들은 하늘까지 닿지 않는다. 구름을 박차고 바람을 타는 대붕의 기쁨이 바로 이런 게 아니겠느냐. 가까운 예를 우리 여자들 사이에서도 보아라. 저 다하라 집안의 사모님은 교토 기온의 어린 무기(舞妓)였다고 한다. 집안은 훨씬 더 뒤떨어진 데였다고 하고. 여염집 딸로 살았다면 앞치마와 다스키를 매는 운명을 벗어나지 못해 우물가에서 밥이나 지었을 게다. 부엌간에서 식칼이나 쥐었을 게다. 그랬는데 비천한 직업에서 올라서서 저 윗수염 기르신 분을 작은 손아귀로 구워삶고는 귀부인이 돼 버리자 비난은 그늘에 숨었고, 이름은 공공연한 자리에서도 높아 '다하라 부인(田原夫人)'이라는 호칭을 쓸 수 있는데, 공후백자 어느 사모님한테 뒤지겠느냐. 자선회나 음악회에서 이름은 들리지만 얼굴은 보기 어려운 사람이기도 한데, 간사라나 뭐라고 한다. 이게 다가 아니다. 특별한 일이 있을 때는 제 신분에 가당치도 않은 귀인[42]의 면전에도 나간다고 하는구나. 이런 사람을 우리의 위로 비교하니 하늘에 흐르는 은하와 땅에 파인 시궁창의 차이가 있는 게다. 어린 정부(貞婦)나 효녀는 끝내 세상에 나지도 못하는 마당에, 덧없는 세상의 세력가란 바로 이런 사람이 아니겠느냐. 죽은 사람 흠을 잡기는 그렇지만, 너와 비슷한 심보이던 네 아버지의, 자기 일은 자기가 해야 한다는 생각은 훌륭했지만, 사람과 세상

42   천황을 말한다.

을 넘보며 덤비는 도량이 없어 사소한 데 얽매여선 자기와 자기 신세를 어리석게 만드셨다. 이는 그렇다 쳐도, 예전에도 내가 말했듯이 불우한 덧없는 세상에 어떤 희망도 버리고 이끼에 내리치는 빗소리를 듣는 낡을 떳집의 처마 끝에서 맛본다면 달리 평온한 세월이 있을 테니 그건 그것대로 또 풍류가 있겠지만, 네 아버지가 서글픈 건 이도저도 아니셨던 인생사 때문이었다. 외풍이 불고 서리가 내리는 으스스한 밤에 얇은 옷을 입은 처자식에 대한 가여움이 절절히 사무쳐 종일 마음이 편치 않으셨고, 제 뜻만은 더럽히지 않을 요량으로 인색한 사람 밑에 고용돼 얼마 되지도 않는 월급으로 날품팔이와 다름없는 일을 하며 길지 않은 삶을 조촐한 풍치도 없이 하직하신 건 너도 아는 바다. 그러니 네게 지금 마음씨가 맑고 높고 아름답고 훌륭하다는 평판은 있지만, '행실이 제 아비와 판박이니 가소로운 일이구나. 끝내 작은 호인으로 끝나지는 않을까.'라고 하면 너도 견딜 수 없는 마음에 화도 날 터다. 이 어미는 너를 위한다고 생각하면 분하건 화가 나건 무슨 상관이겠느냐? 그런데 네 희망인 판사 시험에 순조롭게 급제해 말단 주임관[43]이 된다고 해도, 시골을 돌며 몇 년을 보내고 더구나 수많은 규칙에 얽매인다면 도쿄에서 이름을 날리며 세간의 이목을 모을 일은 보증의 도장을 쾅 찍어 없다고 해도 틀린 말은 아닐 게다. 평생을 저울에 올리고 자로 재고, 이 정도라는 틀이 있는 그림 속에서 몸은 눈에 보이지 않는 오랏줄에 매인 채

43　奏任官. 당시 관리의 신분상 등급의 하나로 고등관에 속했고 임면은 내각총리대신의 주천으로 천황의 결재를 거쳐 이뤄졌다. 연봉은 6등 주임관의 400엔부터 1등 주임관의 3000엔 사이.

남의 말을 지키고 남의 지시에 따르다 공은 후세에 남을 것도 없이, 죽고 나서는 지기가 명복을 빌어 주고 자손이 제사를 지내 주는, 그것만을 다름으로 삼으며 개나 고양이와 별반 차이도 없이 꿈속에서 지내다 연기처럼 사라진대도 너는 만족하느냐. 차라리 꿈을 꾼다면 미륵보살이 나타날 세상까지를 꿈으로 감싸, 거짓이나 참이나 허위나, 아름다움이나 추함도 모조리 마음먹고 딱 삼켜 버리고는 이 세상에서 높이 날 마음은 없느냐. 요노스케야, 어떠냐. 대답이 없다는 건 찬동하지 않는다는 게냐. 섭섭하구나. 내 생각의 반도 알아듣지 못하고 너는 아직도 일말의 인정에 이끌리는 듯 보이는구나. 그 어리석은 근성도 모르고 이래저래 고민한 내 잘못이다. 이제는 아무 참견도 하지 않을 테니 전부 네 맘대로 하거라. 아, 오신 때문에 망설이는 게 아니라는 건 변명일 테지. 개한테 이끌리는 마음이 아니라면 언젠가 한번은 할 혼약쯤이야 뭐가 대수겠느냐. 다하라 집안이 부족하다고 말할 수는 없을 터." 하고 나무라자 요노스케는 자기를 백치로 삼는 모친의 말에 울화가 치밀어 "싫습니다. 다하라 집안도 싫고 오신도 싫습니다. 모조리 다 맘에 들지 않습니다." 하며 지난 옛날 떼를 쓰며 고집을 피우던 때의 얼굴을 그대로 보인지라 어렵사리 나온 오치카의 충고는 몹시 구겨져 팽개쳐지고 말았다.

4

"어머, 세가와 님. 어서 오세요." 하고 현관에서 울린 몸종의 높은 목소리를 귀 밝게 듣고는 무릎에서 잠든 새끼 고양이를 내려 두고 보다 만 삽화 신문을 곁의 찻장에 올려놓으며 "신기하네요. 웬일이세요? 야나카에 오는 길은 잊으신 줄 알았는데." 하고 장지문 안에서 고운 목소리를 흘리자 요노스케는 "서북쪽인지 남쪽인지, 일기예보에서도 보이지 않은 먹구름이 어디서 생겨 울화통에 답답한 구름이 피어난지라 오타쓰 님의 부채 바람이라도 맞고 싶어 댁까지 찾아왔습니다." 하며 전에 없이 풍치 있는 말을 늘어놓았다. 오타쓰는 자리에서 일어나 맞이하며 "기분이 꽤 좋으신가 보네요. 매화 구경을 하고 돌아가시던 길인가요? 하시모토[44] 주변 풍경이 눈에 밟히시는 모양이군요. 그런데 빈손으로 오다니 의리가 없으시네요." 하고 웃자 요노스케도 "그런 기색으로 보이나요?" 하고 웃으며 섬세한 유젠[45] 방석을 끌어당겨 화로를 사이에 두고 마주 앉았다. "정말 얼굴빛이 좋지 않네요. 어디 안 좋으세요? 아니면 옛날 도련님의 그 고집불통 울화로 어머니를 몹시 애먹이시고는 걸음이 가는 대로 여기에 오신 건가요. 어쨌든 안색이 좋지 않네요." 하고 정곡을 찔려 이실직고할 수도 없었다.

소싯적이 생각나는 물오른 색태는 없지만 그 자취만은 그윽한 마흔 끝자락의 미인. 기리카미[46]에 히후[47]의 취미도 어

---

44 橋本. 옛 혼조(本所)구 야나기시마모토마치(柳島元町)에 있던 에도 시대부터 유명한 요리점.

45 友仙. 날염으로 인물, 새, 꽃 등의 화려한 그림 무늬를 만드는 염색법의 하나. 또는 그 염색물.

46 切髮. 머리를 정수리에서 묶고 가지런히 잘라 늘어뜨린 머리로 당시 남편을 사별한 여자의 머리 모양.

47 被布. 기모노 위에 입는 방한용 겉옷의 하나.

딘지 화려하지만 남편을 잃은 뒤의 세상살이는 과연 옛날에 익힌 샤미센도 멀리하게 해 월금(月琴)의 스승이라고 불리기도 우습다. 오타쓰가 긴 담뱃대를 빨아 불을 살려 요노스케에게 건네며,[48] "세가와 군, 내 말이 맞죠? 이제 대강 하세요. 그러잖아도 어머니께서 고생이 이만저만이 아니신데, 다 큰 어른이 수염도 단정히 하지 않고 응석을 부리는 건 딱하지만, 토라지고 초조해하다니 무슨 일이세요? 속이 타면 좀 누우세요." 하고 한쪽 얼굴로 웃으며 타이르자 요노스케는 "충고는 딱 질색입니다. 겨우 도망쳐 나온지라 여기서 또 같은 얘기는 사양하고 싶네요. 제 사정은 어떻든 간에 밝고 재미있게, 제가 어떻게 사는지라면 훤한 오타쓰 님이 알아서 웃음이 날 만한 얘기를 좀 들려주세요."라고 말했다. "그건 어렵지도 않은 일이죠. 봄에 피는 둑의 벚꽃보다 예쁘고 가을에 비치는 모래톱의 달빛보다 맑으며, 가무보살이 온갖 수단을 다하는 음악 소리도, 세가와 군이 좋아하는 서화나 와카도 당해 내지 못하는, 보면 기쁘고 들으면 마음이 끌려 초조함이나 짜증도 전부 잦아들고 떠올리기만 해도 혼이 휘청거릴 만한 게 있죠." "그건 또 뭔가요?" 하고 묻자 곁에 있던 신문을 들이밀며 "그건 여기에." 하며 가리키는 것은 '신(新)'이라는 글자였다. "무슨 뜻인지 모르겠군요. 선문답도 아니고 말입니다." 하며 웃자, 오타쓰는 진지한 얼굴로 "진언의 비밀이죠. 이 글자를 얼핏 보고서 가슴에 나타난 그림자는, 사랑스러운 시마다[49]에 드리워진 끈

---

48 당시 유녀가 격자창 안에서 손님을 유혹하거나 게이샤 등의 접대부가 단골을 대할 때 하던 행동으로, 오타쓰의 출신을 짐작할 수 있는 대목. 여기서는 아마 별다른 생각 없이 습관적으로 나온 행동으로 보인다.

49 島田. 시마다는 대표적인 일본발의 하나로 주로 미혼 여성이 했다. 빗어 넘기

장식, 그리고 '오라버니, 이 글자는 어떻게 읽어요?'라며 책을 앞에 두고 단정히 앉은 자태일 터. 무엇에 비할 데 없이 기쁘지 않았나요?" 하는 말을 던지고 오호호 웃었다. 이에 요노스케는 "바보 같군요."라고 한마디 하고는 쓴웃음을 지었다.

"농담은 농담으로 받아들이세요. 하기야 오신이라는 어린 시절을 함께한 귀여운 아이가 있다면 딴 데로 마음이 가지 않는 것도 무리는 아니지만, 다른 아가씨는 대체 어쩔 작정이세요? 정월 초사흘 날 우타가루타[50] 모임에서 그 어여쁜 얼굴을 보여 드린 건 제 실수지만 진짜 잘못은 누구한테 있을까요?" 하며 다하라 집안의 이야기로 넘어가자 요노스케는 "그 얘기는 오늘 하지 않았으면 좋겠네요. 기분이 좋지 않고 머리가 아파 집을 훌쩍 나왔는데 그리 재미있는 일도 없고, 평소 괴로운 일은 모르는 체하고 대해 주시던 오타쓰 님 댁에 오면 분명 속이 풀리겠거니 해서 왔는데, 저를 그렇게 못 살게 구시면 아무 보람도 없습니다." 하며 성가셔했다. "아무래도 우리 철없는 도련님한테는 옛날이야기라도 들려주지 않으면 마음에 차지 않겠군요. 가슴이 후련해진다고 해도 여기는 좋은 안주로 한잔할 수 있는 데도 아니니, 우리 철없는 도련님은 이걸로 그만 참으세요." 하며 과자에 곁들여 찻줄기를 세운 차[51]를 내와 기분을 띄우는 것이 오타쓰의 특기인 줄을 요노스케는 알았을까, 몰랐을까.

<hr />

는 머리 모양이나 머리 위쪽에서 머리를 묶는 높이 등에 따라 다양한 파생형이 있다.

50 歌がるた. 와카의 상구(上句)와 하구(下句)가 적힌 카드의 짝을 맞추는 놀이.

51 엽차를 따랐을 때 찻잔 속에서 선 채로 떠 있는 찻잎의 줄기를 말한다. 흔히 좋은 일의 전조로 여겨진다.

5

　자기도 이해하기 힘든 마음은 어디로 나아갈는지. 전에도 후에도 여태까지 얼굴을 본 건 정월 초사흘의 그 하루였다. 새해 인사를 돌면서 마신 도소주의 취기가 눈앞에 돌아 꿈속에 잠긴 마음으로 굴러 들어간 오타쓰의 집에서는 그날 마침 선남선녀가 한데 모여 우타가루타[52]를 하고 있었다. "손님을 맞이하는 애도 들어오고 싶어 하는데, 잘 오셨어요." 하며 환영을 받자 젊은이가 흔히 그러듯 요노스케는 싫지 않은 마음이 들어, 결국은 그대로 무리에 들어가 대결을 펼쳤다. 편을 가르다 보니 잇달아 같은 편이 된 사람이 오타쓰 문하에서 제일가는 집안인 다하라 가문의 귀염둥이 오히로였는데, 부친을 닮아 얼굴빛은 희지 않았으나 한창때인 만큼 미색이 깊었다. 모친이 매우 화려한 취미라 무늬도 찬란한 연보라색 주후리소데[53]를 입고 있었는데, 그 트인 부분에서는 속에 입은 비단옷의 붉은빛이 아름답게 비쳐 보였다. 오비는 시선을 빼앗는 수자직 천이었는데, 그 곁에 달린 금속 장식은 나쓰오[54]가 조각한 폭포를 오르는 잉어 무늬였다. 빈틈없는 성품에 활발한 몸짓이 재미있었는데, 이기고서는 기뻐하고 지고서는 화내는 천진한 모습을 보이는, 밉지 않은 사람이었다. 그래서 요노스케도 그 모습을 떠올리면 모친 앞에서 거절한 정도로 정말로

52　옛 100인의 노랫말을 적은 카드로 하는 놀이.

53　中振袖. 소매 길이를 75~105센티미터 정도로 길게 만든 일본 옷으로, 겨드랑이 밑 부분이 트여 있다.

54　가노 나쓰오(加納夏雄, 1828~1898). 교토 출신으로, 당시 금속 세공에 있어 일류 장인.

싫은 것은 아니었지만, 사내의 처지로서 조금 기쁘지 않은 사정도 있었다. 더구나 오신이 원망하리라는 것도 마음에 걸려, 하여간에 가슴속에는 분명한 결정도 없이 뭐가 뭔지 오리무중을 헤매는 듯했고, 풍아도 머나먼 저편에 희미한 채로 있어서 털어놓기 힘든 참에 고민이 생긴 탓에 남모를 고생이 요사이에 있었다. 한편 정면에서 맞선 모친의 충고에 답답함의 불길이 거세져, '좋다. 그렇다면 여봐란듯이 내 사랑을 밀고 나가 보여야 한다. 어리석은 일이지만.' 하며 분발하기도 했지만 그것도 한때였다. 오늘 아침의 기세로는 야나카로 발걸음을 향해서는 안 되었던 것이다. 본디 이곳은 인연이 생긴 그늘이고, 지치 한 송이가 뿌리를 내린 것은 틀림없기 때문에[55] 간다면 반드시 그 집안에 관한 이야기를 꺼내야 했다. 그렇지 않으면 차라리 골치 아프게 여기고 가지 않아도 그만이었지만, 마음이 개운치 않은 괴로움이 잠시라도 누그러지도록, 그 이야기가 나오는 것은 성가셨지만 오타쓰의 재미있는 이야기는 듣고 싶지 않은 것도 아니었기에 요노스케는 '그 얘기가 나온다고 해도 초장부터 말을 마구 돌리고, 몹시 교묘하게 떠본다고 해도 모른다, 모른다 하며 거칠게, 소란스럽게 물리치면 천하의 오타쓰 님도 질려서 다시 얘기하지는 않겠지.' 하고 생각하며 마음의 준비가 되었는지 되지 않았는지 자기도 모른 채로 야나카의 대문을 두드렸다.

<hr>

55   아래 와카에 근거.
들판에 지치/한 송이 펴 있으니/무사시노에/자란 풀은 모두 다/어여쁘게 보이네. —『고킨슈(古今集)』잡상
무사시노는 현재의 도쿄도 중서부로부터 사이타마현 남부에 걸쳐서 있던 잡목이 우거진 들판.

장래는 아득히 펼쳐진 뱃길 위의 큰 배에서 바라본, 하늘과 물결이 분간되지 않는 창해라도 그 근원은 산길의 이끼에 맺힌 이슬이니, 참으로 다루기 쉬운 젊음이라고 하며 노려보는 눈에 무엇이 보이지 않으랴. 묻지 않아도 명백한 요노스케의 마음이 우주를 헤매는 모습까지 그러려니 이해했기에 작심과는 달리 오타쓰는 그리 다하라 집안의 이야기는 하지 않았다. 한편 앞선 걱정보다는 편안하게 대해 주자 요노스케는 지난날에 망설이며 오지 않은 자신의 어리석음이 절로 우습게 느껴졌고, 모친 앞에서 피어난 답답한 구름도 이윽고 흩어져 자연스레 이야기꽃도 피웠으며 소리 높여 웃기도 했다. 이에 때를 가늠하던 오타쓰가 "저, 세가와 군. 사람은 언제 어떤 일로 고생을 할지 몰라요. 덧없는 세상과 연을 끊고 기리카미를 하는 오늘날, 저는 신세에 덮이는 뜬구름마저 대개는 떨쳐 내며 심월(心月)이 높고 맑아지기를 바라지만, 그런데 그렇게 되지도 않더군요. 보고 들을 때마다 남의 슬픔이라고 하며 모른 체하고도 지낼 수 없어 예사롭지 않게 걱정을 하는 와중에 저는 몸도 야위었고 혼자서 이렇게 애태우는데, 정작 제일 중요한 본인이 소식을 끊어 버려선 곤란하지 않을까요?" 하며 원망하자 요노스케는 '그것참 안된 일이군요.'라는 가볍게 넘어갈 말도 나오지 않아, "그런 건 아닙니다." 하고 변명했다. 마침내 오타쓰는 정색을 하고, "제자는 자식과 마찬가지라서 저도 불쌍한 그 아이를 위해 일을 서둘렀지만, 어디까지나 이건 한쪽 의사예요. 이제는 세가와 군의 속마음도 고려해야 하죠. 소꿉질을 하던 옛날에 부모를 잃고 지금은 세가와 군 하나만을 의지하는 오신이 불쌍한 건 당연지사. 변명하시는 모습이 우스웠고, 그래서 오히려 세가와 군의 따뜻한 마음을 흐뭇

해하기도 했어요. 하지만 다하라 집안의 일도 이대로 둘 수는 없어요. 나만 좋으면 남은 상관없다는 그런 당치도 않은 말씀은 평소 성격으로 보아 하실 리 없으니, 역시나 두 길에 헤매며 고민하고 계시는 거겠지요. 어머니께는 직접 하기 힘든 말씀도 제게는 삼갈 게 없을 테니 뭐든 털어놓고 의논하세요." 하며 어린아이에게 밥을 떠먹여 주듯이 말했는데, 과연 거칠고 소란스럽게 논파당하는 것이 아니었기에 요노스케는 생각이 꼬여 한동안 말이 없었다.

점점 자기 본진에 쳐들어와 어떻게든 대답을 할 수밖에 없어진 데다 언제까지고 벙어리 흉내도 낼 수 없어서 마음을 먹고 요노스케가 "저는 오타쓰 님이 늘 말씀하시는 철없는 도련님이라 의리를 세우는 어려운 일은 모릅니다. 세태인정에 얼마나 밝든 간에 왕년에는 사내들이 추어올려 주기도 한 만큼 깊은 배려도 있으실 테니, 어떻게든 살펴서 좋게 헤아려 주십시오. 저는 역시 칠칠치 못한 어린애니 말입니다." 하고 능청스럽게 대답했다. "정말로 그런 마음이세요? 산전수전 다 겪은 저와 겨루다 힘이 달려서 지다니 우습군요. 모르는 걸 모른다고 말하라는 것도 주제넘겠지만,[56] 철없는 도련님이 더는 건방을 떨 필요는 없는 일이니, 이제 모든 일은 제게 맡기고 불평은 하지 마세요." 하고 말하자 "만사 잘 알려 주십시오." 하고 답했다. 요노스케는 어디까지나 농담인 마음이었는데.

---

56 『논어』 위정의 아래 구절에서.
  아는 것을 안다고 하고 모르는 것을 모른다고 하는 것, 이것이 아는 것이다.

6

그 이튿날 오타쓰는 다라하 집안에 급히 인력거를 타고 가서 무슨 말씀을 드렸다고 한다. 사모님의 찌푸린 얼굴을 풀어 보이게 했는데, 집에 돌아오자마자 손님의 혼을 빼 놓던 예로부터 익숙한 긴 편지를 막힘없이 써 내려갔다. 제가 보아도 만족하는 정취를 연적의 물에 담아 따랐고 가는 먹의 자취는 고왔으나, 그 내용은 "어제는 요노스케 군이 와서 기뻤고, 마땅히 재량껏 하라는 말이 있어서 방금 그곳에 가 사모님께도 자세한 말씀을 드린 참인데, 그 기뻐하신 모습을 한번 짐작해 보시기 바랍니다. 아울러 이후의 여러 가지에 관해 의논하고 싶은 것이 많아 제가 댁에 찾아 뵈려고 생각은 하고 있지만, 조금 지장되는 것이 있으니 오늘이나 내일 여유가 있으면 저희 집에 와 주시기 바랍니다." 하며 호기롭게 만세를 축하하는 것이었다. 이 편지를 받고 기뻐한 오치카의 모습에 질려 버린 요노스케는 너무도 엄청난 일이어서 장난이라고도 생각되지 않아 '그렇다고 핏대를 세워 화라도 내면 더 비웃고 놀릴 텐데, 그러면 내 주장은 어디에 설 수 있을까? 어머니는 애초에 백번 동의하고 바랐던 바이니, 내가 만일 싫다고 말하면 오타쓰와 동맹해 어떤 곤란한 말을 꺼낼지 알 수 없다. 이쪽저쪽에서 지겹게 성가신 말을 들으며 신세를 오랫동안 곤경에 두기보다 앞일에는 또 거기에 맞는 수가 있을 테니……' 하며 어쩔 수 없이 단념했는데, 오타쓰가 말한 철없는 도련님의 본성인지 보기 좋게 심연에 빠진 것을 분해하면서도 마음대로 조종당하며 막다른 데로 몰렸다.

오치카는 원래 오타쓰와 죽이 맞는 사이도 아니었다. 서로 친구였던 죽은 남편들의 아내일 뿐이다. 평소에는 요노스케가 좋아서 왕래하는 것마저 매우 불쾌하게 말했지만, 이번의 주선을 어떻게 보았는지 자기도 당해 내지 못한 아들을 잠재우고 일을 잘 풀어간 것이 기뻐 오신의 일마저 털어놓고 의논하게 되었다. "좁은 집안의 일을 숨긴다고 해도 결국에는 알 수밖에 없고 알았다고 해도 상관은 없지만, 거북한 생각을 하게만은 두기 싫으니 정식으로 예물을 주고받지 않은 동안에 어떤 좋은 수라도 있다면 오신의 장래에도 나쁘지 않도록, 남한테 시집을 가라고 하면 아직 요노스케의 사정을 모르는 그 아이가 반드시 승낙하지는 않을 테니, 교양을 배운다고 하기도 우습지만 어떤 구실을 붙여 화족 저택에 한동안 고용살이를 보낼까요? 하여간에 한두 해 정도 집을 떠나 있으면 두 사람에게 원추리가 꺾이는[57] 원인이 되기도 하고, 그런 뒤에 사위를 보든 며느리로 보내든 해서 남남이 되면 일이 수월할 텐데요." 하는 이야기를 했다. 그 사이에서 요노스케는 일이 이렇게 된지라 자신은 꼼짝할 수 없는 형편임을 알면서도 아쉬운 마음이 많이 남았다. 아내로 맞이하고 싶다는 마음은 새삼 분명히 드러내서도 안 될 테고, 순진하고 허물없는 사람을 한데 모여 술책 속에 빠뜨리는 듯한 것이 가엾지만, "제가 참견을 하자면, 그러는 것이 수상쩍게 비쳐 더욱 오신을 훼방꾼으로 만드는 원인이 될지도 모르니, 무엇에서건 얘기가 시작돼 만일의 경우를 맞는다면 오신을 부추겨 당사자한테서 싫

---

57 아래 와카에 근거.
    길만 안다면/꺾으러도 가리라/스미노에의/강기슭에 났다는/사랑을 잊히는
    풀. ─ 「고킨슈」 이본소재가(異本所載歌)
    스미노에는 현재의 오사카부 스미요시구 부근을 가리킨다.

다는 말을 시키는 것 말고는 방법이 없습니다. 오신이 싫다고 하며 고개를 흔들지 않는다면 아무도 억지로 말할 수는 없고, 저도 같이 말을 거들어 구실을 만들며 시간을 잠깐 끄는 정도로는 풍우지변과 마찬가지로 예상치 못한 데서 예상치 못한 일도 생기게 마련이니, 여태의 일을 그르친 나머지 혼담을 저쪽에서 깨지 않는다고도 하기 어렵습니다." 하며 남들은 꺼리는 파탄이라는 것을 헛되이 바랐다. 한편 제 마음에도 없이 시작되어 버린 인연인지라 만사가 농담인 양 진짜 같지 않고 지금 제 신세의 흐름이 꿈만 같아, '언젠가는 깨어나서 마음 편하게 즐겁던 옛날로 돌아가 오타쓰니 다하라니 하는 글자를 머리에서 지우고 큰 강에서 발을 씻은 것처럼 상쾌해지고 싶구나.' 하고 집에 돌아와 생각하고 있었는데, 공교롭게도 오신은 애처로운 듯 갸륵한 모습으로 조금이라도 자신을 더 잘 보이기 위한 친절함에서 빨래나 바느질을 하는 데 여념이 없었다. 꿈에서라도 이 모자의 마음을 눈치챘다면 아침저녁으로 그토록 다정한 모습은 보이지 않았을 터다. 그 신세에는 귀신과 마찬가지인 백모를 아무렇지도 않게 모시며 소홀히 하지 않아, 백모가 "오늘은 야나카에 다녀와 다리가 아프구나."라고 하자 "조금 주물러 드릴게요." 하며 다가서는 가련함. 평소에는 뭐라고도 생각하지 않은 것이 눈에 비쳐 들어 요노스케는 뭐라고도 할 수 없는 불쾌한 기분이 들었다.

7

집에 두고 싶다고 바라는 것은 요노스케의 마음 하나이

고 내보내려고 애쓰는 사람은 다수였기에, 사방팔방으로 수소문한 끝에 고용살이하기 좋은 곳이 두 군데 찾아졌다. 그 하나는 오타쓰의 연줄에서 찾은, 가스미가세키에 사는 어느 유명한 옛 영주의 사모님을 모시는 몸종 자리였다. 옛날과 달리 겉보기는 수수해졌지만 옷과 소지품을 마련하는 데 평범한 결혼보다 돈이 많이 들어 고용살이를 하는 사람이라고 해도 소상인이나 하급 관리 등의 딸은 없고 유서 있는 집안의 딸들이 상류층의 삶을 보고 배우러 가곤 하기 때문에, 교양은 물론이고 뜻이 있다면 여러 기예를 통달할 수도 있으며, 3년에서 5년 뒤에는 지금의 처지에서 살 수도 없는 하사품도 있기 때문에 만사 부귀에 모자람이 없는 저택이라는 것이었다. 또 하나는 세가와 집안의 옛 지기로 가끔 왕래도 했던 구로사와 아무개라는 화공의 집이었다. 속세에서는 대가나 명류라는 평판도 없었지만 화도(畫道)에 대한 두터운 뜻은 오히려 그 대가라는 말을 듣기 싫어해 스스로 세상을 피해 숨었다는 풍문도 있는 노인장으로, 집을 물려준 아들은 성품이 올곧아 뒤보아 줄 것도 없어서 자기는 선조의 고향이라는 가이의 사시데[58]에서 물떼새가 그대의 삶이 오래토록 이어지기를 바라며 운다는[59] 경치를 찾다가 싫증이 날 때까지 그 주변의 산골 집에 한동안 들어앉겠다고 했다. 아내는 도쿄에서 나고 자란 사람이었기에, "남편이 말동무도 없는 산속에 들어가 필시 쓸쓸할 세월을 떠

58   甲斐の差手. 현재의 야마나시현의 후에후키강(笛吹川) 부근.
59   아래 와카에 근거.
        소금의 산골/사시데의 물가에/사는 물떼새/그대가 오랜 삶을/살기 바라며 우네. —『고킨슈』하(賀)
        소금의 산골은 야마나시현의 엔잔(塩山)을 가리킨다.

올리니, 차라리 집에 있으며 돌아오기를 기다리는 편이 낫겠다고도 생각했지만, 오래전부터 의좋던 사이는 달을 보러 가든 꽃을 보러 가든 어디에 가는 데서도 손을 맞잡지 않은 때가 없었고 아주 잠시라도 헤어진 적이 없었기에 새삼 혼자서는 살 수도 없을 것 같아, 제 고집이지만 여기서 몸종 하나를 데려가고 싶어서…… 오신에게 좋은 자리가 있으면 하고 부탁하셨는데, 그렇게 예쁘고 점잖은 아가씨를 자식처럼 데려가기라도 하면 그림을 그리고 싶은 마음도 없는 우리 산사람의 근심도 덜어질 테고 만사에 기쁨이 따르겠지만, 남편을 따르는 나도 그리 자진해서는 가고 싶지도 않은 산속으로 도쿄를 버리고 젊은이가 가겠다고 할 리도 없을 테고, 또 고용살이를 하기 좋은 데를 바라시는데 가난한 화공이 맡고 싶다고 하는 건 주제넘은 소리라 부탁드릴 수도 없고……" 하며 그 아내라는 사람이 와서 넌지시 하소연했던 것이다. 이 두 가지가 요즘의 과제였다.

그 신세 평생의 이해(利害)를 설명하고 처음 고용살이를 권했을 때, 미심쩍은 일로 여겨 덜컥 수락하지는 않으리라 생각했는데, 오신은 정작 그리 놀라지도 않았고 마음의 준비라도 한 마냥 떠나야 하는 사정을 납득했다. 요노스케가 나중에 따로 마음을 슬쩍 물어보자 오신은 "물론 큰어머니, 오라버니 곁에서 언제까지고 지낼 수 있다면 그보다 더한 기쁨은 없겠지만, 그럴 수 없는 게 세상사라고들 하니 어쩔 수 없는 일이겠죠. 덧없는 세상이란 것의 힘이 어느 정도인지 눈에 보이지는 않지만, 슬픈 것도 기쁜 것도 내 뜻대로 되지 않는 일이라며 포기한 신세에는 괴로울 때는 '괴로운 때가 왔구나.' 하고 생각하고, 기쁠 때는 '기쁜 때가 왔구나.' 하고 생각해요. 이것 말고는 아무것도 할 수 없지 않을까요." 하며 결연한 단념을 보였는데, 이에 요노스케는 말문이 막혀 말릴 수도 없었다. "그럼 같은 고용살이라도 멋지고 근사한 사모님 몸종, 그러니까 잔걱정은 조금 있다고 해도 노는 거나 매한가지인 많은 사람들 속에 섞여 비단옷을 입고 지낼 수 있는 화족 댁의 고용살이라면 네 장래에도 좋고 세상의 평판도 좋을 텐데, 네 생각은 어떠냐." 하고 묻자 "거기로 가라고 하신다면 어쩔 수 없겠지만 제가 고르게 해 주신다면 저는 화족님 댁은 싫어요."라고 했다. "결국 구로사와 쪽이 좋다는 거냐? 네가 고집을 굽히지 않으며 편안해하는 건 틀림없어 보이지만, 장래로 보아 전혀 믿음직한 집도 아니고, 그것도 도쿄에서라도 사는 거라면 차라리 속 편하게 애초에 고용살이라는 말을 꺼낼 게 아니라 그 안주인한테 수공예라도 배우는 셈으로 보내는 것도 좋았겠는데, 이제 곧 시골에 은거해 끝없이 흘러가는 백운의 운수승이나 마찬가지인 그 사람들과 어디까지 갈 수 있겠느냐. 그런데 그 안주인도 머뭇거리며 딱 부러지게 부탁은 하지 않았는데 어째서 또 묘한 바람을 말하느냐."라고 하자, "구로사와 님은 화공이시잖아요. 오라버니도 그림은 좋아하시니 저는 그림을 배우고 싶어요."라고 한다. "그림을 배워서 뭐하려고." 하고 다시 물은 데에 "그리울 때 모습을 그려서라도 마음을 달래고 싶어서요." 하는 말을 듣고 요노스케는 더는 물을 수도 없이 홀로 가슴속으로 눈물지었다.

이렇게 일이 정해진 뒤에는 유예도 없이 준비가 이뤄져 하루라도 더 두고 싶다고 생각하는 사람은 요노스케뿐이었다. 곁에서는 구로사와 집안의 안주인이 출발이 다가왔다고 알려 왔는데, 다하라 집안 쪽은 어떤 뚜렷한 일도 없었지만 속에서는 물밑 왕래가 시작된지라 오치카의 가슴에는 조마조마함이 없지도 않은 탓에 그는 하루라도 더 빨리 보내고 싶다고 생각했고, 이 동안에 시비선악을 차별하지 않는 햇빛 아래서 오치카의 염려가 승리를 차지해 마침내 내일 우에노발 새벽 첫 기차로 떠나는 것으로 매듭지어졌다. 오신은 무슨 생각을 했을까. 말하지 않는 마음은 남이 알 도리가 없지만 짧은 말이라도 의미가 있는 요노스케는 날카로운 칼날에 도려지듯 가슴이 아려 밤잠을 이루지 못한 채 여명에 희미해져 가는 등불을 그대로 두었는데, 이윽고는 새도 울었을 테고 새벽종 소리도 요노스케를 놀랬을 터다. 막상 대문을 나섰을 때, 기차의 기적이 울렸을 때, 안개 속으로 점점 그 자취가 사라져 갔을 때 오라버니의 마음은 어땠을지 하는 생각에 사시데의 물가에서 물떼새를 벗 삼으며 슬픈 사랑의 흔적을 그린다고 한다. 가여워라, 오신의 마음속.

섣달그믐

상

　우물은 도르래를 쓰며 밧줄의 길이는 열두 길. 부엌은 북
향인지라 섣달 하늘의 강바람이 술술 불어 드는 추위. "아, 더
는 못 참아." 하며 부뚜막 앞에서 불을 쑤석이는 1분은 한 시
간으로 늘어나 장작개비처럼 사소한 일도 기루에 배달된 진
수성찬으로 치며 호되게 야단맞는 하녀의 신세 고달프구나.
처음에 고용살이 소개소의 할머니가 "자식은 아들딸 여섯이
지만 집에 늘 있는 건 장남과 두 막내뿐이란다. 사모님은 조금
변덕스럽기는 하지만 눈빛과 얼굴빛에 빠삭해지면 힘든 일도
없고, 오히려 치살리는 데 넘어가는 성격이니 네 태도 하나에
따라 장식용 옷깃 반 개나 앞치마의 끈이 없어서 어려움을 느
낄 일은 없을 게다. 재산이 동네 제일인 대신에 인색하기로도
둘째가라면 서럽지만, 그나마 다행히도 주인어른이 무른 편
이니 약간의 용돈이 없지는 않을 게다. 갔다가 정 못 하겠다
면 내게 엽서 한 장을 보내 주려무나. 자초지종은 쓰지 않아

도 된다. 딴 자리를 찾아 보라는 말에 네가 아쉬워해선 안 된다. 어차피 고용살이의 비결은 면종복배이니 말이다."라고 한 말을 듣고는 참으로 무서운 소리를 하는 사람이라고 생각했지만, '어떤 일도 결국 내 마음에 달린 거니 이 할머니의 신세는 또 지지 않아야지. 열심히 일하다 팔이라도 부러지면 마음에 차지 않는 일도 없을 거야.' 하고 다짐하고는 이런 귀신 같은 주인을 모시게 된 것이다. 임시 고용이 끝난 지 사흘째에 일곱 살 난 딸아이의 무용 발표회가 오후에 있었다. 그 채비로 아침 목욕을 준비해 깨끗이 씻기라고 분부한 것이 있어 서리가 어는 새벽에 뜨뜻한 이부자리 속에서 사모님은 대나무 재떨이를 두드리며 "얘야, 얘야." 하며 깨웠다. 이 말이 자명종 시계보다 가슴에 울려 세 마디까지는 듣지도 않고 오비보다 먼저 다스키를 후다닥 매고는 우물가에 나갔더니 달빛 그림자가 설거지 터에 길게 남아 있었고 살을 에는 찬바람 때문에 꾸던 꿈을 잊고 말았다. 목욕통은 아궁이 위에 붙어 있는 식이라 크지는 않았지만 두 개의 들통에 넘치다시피 길어서 열세 번은 부어야 했다. 땀을 뻘뻘 흘리며 나르던 중에 굽이 비틀린 물일용 게다의 앞쪽 끈이 헐거워져 발가락이 뜬 채로 걸을 수밖에 없게 되었다. 그런 게다를 신고 무거운 것을 들자 불안한 발밑 때문에 설거지 터의 얼음에 미끄러져 '으악!' 하고 소리를 지를 새도 없이 모로 나자빠지다 우물 벽에 정강이를 세게 부딪혀, 가엾게도 눈보다 더 깨끗한 살갗에 시퍼런 색이 생생해졌다. 들통도 거기에다 내팽개쳤는데 하나는 멀쩡했지만 다른 하나는 밑이 빠지고 말았다. 이 통이 얼마나 하는지는 모르겠지만, 이것 때문에 집안이 망하기라도 한 마냥 사모님의 이마에 핏대가 선 것이 무서웠고, 아침 식사 시중을 들

때부터 눈총을 받았으나 그날은 종일 아무 말도 하지 않았는데, 하루가 지난 뒤부터는 사소한 일마다, "이 집의 물건은 거저 생긴 게 아니란다. 네 것이 아니라고 소홀히 다루다가는 벌받을 거야." 하며 밤낮으로 잔소리를 해 대기 시작했다. 손님만 왔다 하면 그런 소리를 하니 앳된 마음에는 창피하게 여겨져서 그 뒤로는 모든 일에 정성을 들이며 실수를 하지 않게 되었다. "세상에 하녀를 쓰는 사람도 많겠지만 야마무라 집안만큼 사람이 바뀌는 데는 없을 거야. 한 달에 두 명은 예사이고, 사나흘 만에 집에 간 사람도 있으니 하룻밤만 있다가 내뺀 사람도 있겠지. 개벽 이래를 더듬는다면 열 손 안에 저 안주인의 별난 소맷부리가 꼽힐 거야. 그러고 보면 오미네는 마음이 참 꿋꿋해. 그런 애를 잔인하게 대하면 천벌이 곧 내려질 테니, 그 뒤로는 도쿄가 아무리 넓다고 해도 야마무라 집안의 하녀가 되겠다는 사람은 없겠지. 정말 기특해. 훌륭한 마음가짐이야." 하고 칭찬하는 사람도 있었고, "우선 용모부터 나무랄 데가 없지." 하는 말을 남자들은 곧잘 했다.

가을부터 단 하나뿐인 외삼촌이 앓느라 생업인 채소 가게도 어느덧 닫고 같은 동네이지만 뒷골목 셋집으로 들어갔다는 사정은 들었지만, 월급을 앞당겨 받아서 까다로운 주인을 모시는 신세는 몸이 팔려 온 것과 마찬가지였기에 병문안을 가고 싶다고 말할 수도 없었고 애초에 엄두도 내지 않았다. 심부름을 나간 아주 잠시 동안에도 시계를 쳐다보며 몇 걸음 몇 정을 갔느냐며 캐물으니 참으로 괴로운 노릇이다. 그냥 뛰쳐나가 버릴까 하는 생각은 들지만 악사천리(惡事千里)라고들 하니 어렵게 참아온 것을 물거품으로 만들고 물러나기라도 하면 환자인 외삼촌에게 더욱 걱정을 끼치는 일이며, 생활이

빠듯해진 그 집에서 하루하루 신세를 지는 것도 면목이 없어 그럭저럭 편지만 보내고 몸은 마지못해 이곳에서 지냈던 것이다. 섣달에 사람들은 대개 정신없는 시기를 일부러 골라 화려한 옷을 차려입곤 하는데, 그저께 배우들이 다 모였다는 어떤 연극과 막간극도 이때라서 그나마 재미있는 잡다한 것을 "이건 꼭 봐야 해." 하며 딸들이 야단스레 군지라 15일에 관람하기로 하며 드물게 온 식구와 어울리게 되었다. 하녀가 그런데 동행하기를 기뻐하는 것은 인지상정이지만, 부모가 떠나고 단 하나 남은 소중한 피붙이의 병상에도 찾아가지 못했기 때문에 바깥나들이를 할 수 있는 처지가 아니었고, 도리어 같이 갔다가 기분에 거슬리면 끝장이라는 생각에 놀러 가는 것 대신에 휴가를 청했는데, 과연 평소 일하는 태도도 있어서 하루 지난 다음 날에 사모님이 "빨리 갔다가 빨리 돌아오너라." 하며 변덕스러운 분부를 내리자 오미네는 고맙다는 인사는 했는지도 모르게 정신없이 인력거에 올라타고는 '고이시카와는 아직 멀었나? 멀었나?' 하며 속을 태웠다.

하쓰네초(初音町)라고 하면 가 보고 싶게 들리지만 실은 세상을 괴로워하는 휘파람새가 구슬피 첫 울음을 우는 빈민촌이다. 이름이 야스베인 외삼촌은 자기를 쇼지키 야스베[60]라고 여겨 신령님이 그 머리에 머무실[61] 만한 넓은 대머리를 번쩍이며 그것을 간판으로 삼아 다마치[62]에서 기쿠자카 주변에 걸쳐 가지나 무를 짊어지고 다니며 팔기도 했다. 적은 돈으

<hr />

60 正直安兵衛. 레이레이테이 류쿄 4대(麗々亭柳橋, 1860~1900)의 라쿠고『쇼지키 야스베 관음경』의 주인공. 이마 뒤로 머리가 없는 전통 남성 일본발을 했다.

61 "정직한 머리에 신령이 머문다."라는 일본 속담에서.

62 田町. 옛 고이시카와(小石川)구 다마치. 현재의 분쿄구 니시카타1초메 부근.

로 계속 꾸려 나갔기에 제철이라 값싸고 부피가 있는 채소 외에 작은 배 모양 그릇에 담은 햇오이나 짚으로 감싼 햇송이버섯 등은 취급하지 않아 "채소 장수 야스베의 물건은 늘 여전하군." 하며 남들은 웃기도 했지만, 고마운 단골에 힘입어 모자라나마 부모 자식 세 식구 입에 풀칠은 했고 산노스케라는 여덟 살 난 아들을 오리학교[63]에 보낼 정도의 의무도 다하고 있었다. 그런데 세상 사람이 고달프게들 보낸다는 9월 말 가을, 바람이 돌연 몸에 스민다고 하는 아침에 간다에서 뗀 물건을 집에까지 짊어져 오고는 그대로 열이 난 데 이어 신경통이 와서인지 세 달째에 접어든 지금까지 장사는커녕 식비를 점점 줄이다 저울까지 파는 형편에, 더는 큰길 가게에서 살 수 없어 월 50전의 뒷골목 셋집에 들어와 남의 창피를 사는 일을 면하지 못하게 되었다. 나중에 좋아질 때를 바랐으나 이사 오는 행색은 몹시도 처참했다. 수레에 실은 것은 병자뿐이고 한 손도 되지 않는 짐짝을 메고 같은 동네에서 더 후미진 데로 들어앉았으니 말이다. 오미네는 인력거에서 내려 주위를 두리번거리다 연이나 풍선 따위를 처마에 매달아 아이들을 모으는 막과자집 문간에 혹시 산노스케가 섞여 있지 않을까 싶어 살펴보았지만 그림자도 보이지 않아 낙담하고는 무심결에 지나가는 사람들을 보았더니, 자기가 있는 데서 맞은편에 몹시도 야윈 아이가 약병을 들고 가는 뒷모습이 있어서 산노스케보다는 키가 크고 더 마른 아이인 줄 알았지만 용태는 닮았기 때문에 서슴없이 달려가 얼굴을 들여다보자 아이가 "어, 누

---

63 五厘学校. 소학교령(1886)에 따라 만 6세 이상 아동의 취학 의무가 있던 심상소학교(수업 연한 4년) 가운데서도 수업료가 저렴한 빈민 학교를 가리키는 듯.

나!"라고 했다. "어머나, 산노스케였니? 마침 잘 만났다." 이렇
게 되어 오미네는 산노스케를 따라 걸어갔는데 술집과 고구
마 가게에서 더 깊숙이, 하수구를 덮은 널빤지가 덜커덕거리
는 좀 어두운 뒤로 들어가자 산노스케가 먼저 달려가, "아버
지, 어머니. 누나를 데리고 왔어요!" 하고 문간에서 외쳤다.

"뭣이? 오미네가 왔어?" 하고 야스베가 일어나 앉자 아내
는 바느질 부업에 여념이 없던 손을 멈추고는 "아이고, 이게
웬일이냐?" 하며 잡은 손을 놓지 않을 정도로 기뻐했는데, 집
을 둘러보니 다다미 여섯 장의 단칸방에 한 간짜리 찬장이 딱
하나 있었고 장롱이나 궤짝은 애당초 있을 집이 아니었으나
예전에는 보인 직사각 목제 화로의 모습도 없고, 네모진 이마
도 질그릇을 같은 모양의 상자에 넣어 놓은 것이 대체로 이 집
에서 그나마 도구다운 것이었는데, 물어보자 뒤주도 없는 사
정이라고 하니 참으로 서글픈 형편이다. '섣달의 하늘 아래 연
극을 보는 사람도 있는데……'라는 생각에 오미네는 눈물을
글썽글썽하며 "일단 바람도 찬데 좀 누우세요." 하고 빳빳한
전병과 같은 얇은 이불을 외삼촌의 어깨에 덮어 주고는 "오죽
이나 고생하셨을까요……. 외숙모도 어딘지 야위어 보여요.
걱정을 너무 하시다 병이라도 드시면 안 되는데……. 그래도
외삼촌은 나날이 좋아지시는 편이죠? 편지로 어떠하시다는
건 알았지만 직접 보지 못한 게 마음에 걸려서 오늘의 휴가를
기다리고 기다리다 겨우 왔어요. 집 같은 건 어떻든 좋아요.
외삼촌이 쾌차하시면 큰길가의 가게로 나가는 것도 문제없는
일이니 하루라도 빨리 나아 주세요. 외삼촌께 송구스러운 얘
기지만, 길은 멀고 마음은 급한 데다 차부의 발도 보통보다 느
린 것 같아 좋아하시는 엿 가게도 그냥 지나치고 말았네요. 이

건 적기는 하지만 제 용돈 남은 거예요. 고지마치의 친척분이 손님으로 오셨을 때 그 할머님이 백대하가 생기셔서 고생을 하셨는데, 밤새워 허리를 주물러 드렸더니 앞치마라도 사라고 하며 주셨어요. 사모님은 이래저래 엄하지만 다른 데서 온 분들이 특별히 돌봐 주니 외삼촌, 마음 놓으세요. 일하기 어려운 것도 없어요. 이 염낭과 장식용 옷깃도 모두 받은 거예요. 이 깃은 수수한 거니 외숙모 쓰세요. 염낭은 모양을 조금 바꿔 산노스케의 도시락 주머니로 만들면 딱 좋지 않을까요? 그래도 학교는 다니고 있죠? 정서한 글이 있으면 누나한테도 보여 주렴." 하고 연달아 하는 말들이 참으로 길다. 일곱 살 나이에 부친은 단골의 곳간을 공사하던 중에 발판에 올라가 중간 칠을 하는 연장을 들고서 밑에 있는 인부에게 무슨 말을 하려고 뒤돌아본 순간, 달력에 검은 점이 찍혀 있는 불멸일[64]이었던 탓인지 오랫동안 잘만 타던 발판을 헛디뎌 우당탕탕 떨어졌다. 바닥의 포석도 새로 깔고 있었는데, 하필이면 떨어지면서 땅을 파고 쌓아 놓은 포석의 모서리에 머리를 세게 부딪혀 허무하게 가 버렸던 것이다. "아이고, 내년이 마흔두 살의 액년이었다고 하잖아." 하며 사람들은 나중에 두려워했다. 모친은 야스베의 누이여서 이 집에 들어오게 되었으나 그 모친도 이태 뒤에 돌림감기가 느닷없이 중해져 세상을 뜬지라 그 뒤로는 야스베 내외를 부모로 삼았으니 열여덟 살의 오늘날까지 받은 은혜는 이루 말할 수가 없다. "누나." 하고 부르는 산노스케가 남동생처럼 귀여워 오미네는 "이리 와, 이리 와." 하고 불러 등을 어루만지고 얼굴을 보며 "아버지가 편찮으셔서

---

64 음양도에서, 만사가 불길하다고 하는 날.

너무 외롭고 힘들지? 설도 이제 코앞이니 이 누나가 뭘 좀 사 줘야겠다. 어머니한테 떼쓰며 애먹이면 안 된다?" 하고 타이르자 외삼촌은 "애먹이기는! 오미네야 들어 봐라. 산노스케는 나이는 여덟 살이지만 덩치도 크고 힘도 있지 않느냐. 내가 누운 뒤로는 벌지도 못하고 밥만 축내니, 그 고민을 차마 볼 수 없었던 건지 큰길의 절임생선집 아들하고 가막조개를 떼러 가서는 발바닥이 닳을 정도로 짊어지고 다니는데, 그 집 아들이 8전을 팔면 10전은 꼭 번단다. 어쩌면 하늘도 요 녀석의 효행을 다 보고 계셔서인지 하여간에 약값은 얘가 번 걸로도 충분하더구나. 오미네야, 칭찬 좀 해 주거라……" 하며 이불을 뒤집어쓰고 눈물겨운 목소리를 짜냈다. "학교 공부도 참 좋아해서 한 번도 신경 쓰이게 한 적이 없고, 아침밥을 먹으면 뛰쳐나가 3시에 마치고는 헛되이 한눈도 팔지 않고……. 자랑은 아니다만 선생님한테도 칭찬받는 아이를 가난하단 까닭에 조개더미를 짊어지게 하고, 이 추운 겨울날에 조그만 발에 짚신을 신기는 부모 마음이야 오죽하겠느냐." 하며 외숙모도 눈물 짓자 오미네는 산노스케를 꼭 껴안고는 "세상에 이런 효자가 또 어디 있을까? 아무리 덩치가 있다고 해도 여덟 살은 여덟 살인데……. 멜대를 메다 다치지는 않았니? 짚신 때문에 발에 껍질이 일어나지는 않았고? 용서해 주렴. 오늘부터는 나도 집에 돌아와 외삼촌 병구완을 돕기라도 해야겠다. 나는 그런 줄도 모르고 오늘 아침까지만 해도 두레박 밧줄에 붙은 얼음이 차갑다고 투덜댔는데, 정말 미안하구나. 한창 학교에 다닐 나이에 조개더미를 지게 하고, 이 누나가 긴 기모노나 입고 있을 수 있을까?[64] 외삼촌, 그만두게 해 주세요. 이제 고용살이는 그만둘래요!" 하며 이성을 잃고 울었다. 산노스케가 조용히 뚝뚝 흘리는 눈물을 보이지 않으려고 고개를 숙인 어깨 주변으로 유독 옷이 해져 있었는데, 저기로 짊어졌나 싶어 보는 눈도 괴로웠다. 야스베는 그만두겠다는 오미네의 말에 "그건 당치도 않다. 뜻은 고맙지만 돌아와 봤자 여자가 부업 말고 뭐가 있겠느냐. 더구나 그 집에서 월급도 가불한 마당이니 에라, 나 몰라라 하며 돌아올 수도 없을 게다. 첫 고용살이가 중요하다. 못 참고 가 버렸다는 인상을 줘서도 안 되니 마음 신중히 먹고 계속 애써 다오. 내가 아픈 것도 마냥 오래가지는 않을 게다. 조금 나으면 기분도 얹은활처럼 점점 좋아져 장사도 쉬지 않고 할 수 있을 터다. 하, 이제 보름 남은 올해가 지나면 새해에는 좋은 일도 오겠지. 무슨 일이든 참고 또 참아야 한다. 산노스케도 참아 다오. 오미네도 참아 다오." 하며 눈물을 머금었다. "귀한 손님인데 차린 건 얼마 없지만, 네가 좋아하는 팥 앙금 화과자나 토란조림은 있으니 많이 들려무나." 하는 외숙모의 말을 고마워하고 있자 외삼촌이 "수고를 끼쳐선 안 된다고 생각은 한다만 섣달 그믐날 전에 우리 집이 어려워질 게 뻔히 보여서 말이다. 가슴이 답답한 병은 정말로 속이 아파서 그런 게 아니라, 처음 몸져누웠을 무렵에 다마치의 고리대금업자한테서 세 달 기한으로 10엔을 빌리면서 생겼단다. 1엔 50전은 선이자로 떼이고 8엔 50전을 받았지. 9월 말부터였으니 이번 달에는 어쨌든지 갚아야 하지만 집안이 이러하니 뭘 어떻게 할 수가 있겠느냐. 머리를 맞대고 의논해 보았지만 네 외숙모는 남의 바느질을 해 주며 손끝에 피를 내 봤자 하루에 10전

65 긴 기모노를 입는다는 것은 부잣집에서 고용살이를 하며 몸 편하게 지낸다는 것을 말한다.

도 벌지 못한다. 산노스케가 같이 벌어도 어림이 없더구나. 그런데 네 주인은 시로카네다이마치에 임대 연립 가옥을 백 채나 가지고 있어 집세만으로도 늘 좋은 옷을 입지 않느냐. 내가 한번은 너를 보려고 대문 앞까지 간 적이 있는데, 천 엔을 들여도 할 수 없는 흙벽 광을 짓는 공사를 하는 게 참으로 부러운 부귀로 보였다. 그런 주인을 1년간 가까이서 모셨으니 마음에 든 하녀의 얼마 되지 않는 돈 부탁을 들어주지 않는다는 법도 없을 터다. 이달 말에 차용증 갱신을 애원하고 겹이자로 1엔 50전을 그 참에 내면 또 석 달은 연기할 수가 있다. 이런 말을 하면 욕심처럼 들리겠지만, 큰길에서 파는 떡을 사서라도 새해의 초사흘 동안 떡국에 젓가락도 대게 하지 못하면 출세하기도 전인 산노스케한테는 부모를 둔 보람도 없다. 그믐날까지 단돈 2엔을 어떻게 할 수 없을까? 말하기 힘들겠지만, 이 돈은 좀 부탁하고 싶구나." 하고 말을 꺼내자 오미네는 잠시 고민하다가 "알겠어요. 제가 책임질게요. 어려우면 월급을 가불해서라도 사정해 볼게요. 남이 우리를 보는 눈은 또 달라 설득하기 어려울 수도 있겠지만, 많이도 아니고 그것만으로도 이번을 넘길 수 있다면 우리 사정을 듣고 외면하지는 않겠죠. 이 일이 잘 풀리기 위해서라도 오늘은 이만 돌아가야 되겠어요. 휴가는 또 설날에 나와요. 그때는 모두 다 같이 웃을 수 있으면 좋겠어요." 하며 그 돈을 약속했다. "돈은 어떻게 주려고. 산노스케를 보내면 될까?"라고 하자 "좋은 생각이세요. 평일도 바쁜데 섣달 그믐날에는 더 짬이 없을 거예요. 오는 길이 멀어 마음이 좋지 않지만, 산노스케를 보내 주세요. 오전 중에는 어떡해서든 꼭 준비해 둘게요." 하며 흔쾌히 책임지고 오미네는 돌아갔다.

하

이시노스케라는 야마무라 집안의 장남은 어머니가 다른 데다 부친의 사랑도 박했는데, 10년 전 자기를 양자로 보내고 가독은 손아래 누이인 나카에게 물려주자는 부모 사이의 의논을 언뜻 듣고는 불만을 품었다. '요즘 세상에 의절[66]은 할 수 없으니 아무렴 좋다. 멋대로 놀며 어머니를 울리리라.' 하며 부친에 관해선 잊고 열다섯 살의 봄부터 엇나가기 시작했다. 사내다운 용모에 다부진 데가 있었고 눈빛은 영민한 듯 반짝였다. 얼굴빛이 검어도 풍채가 훤하다는 주변의 평판도 들렸지만, 무엇이든 앞뒤를 가리지 않는 성격인 탓에 시나가와 유곽에도 드나들었는데 이는 대수도 아니었다. 한밤중에 구루마마치[67]에 인력거를 급히 타고 가서 이미 뻗어 있는 건달들을 두드려 깨우며, "이봐, 술을 사 주지. 안주도." 하고 돈지갑을 털며 막 나가는 것이 도락이었다. "아무리 봐도 쟤한테 상속하는 건 석유 창고에 불을 지르는 격이에요. 재산이 연기가 돼 사라지면 뒤에 남은 우리는 어떻게 살라고요? 쟤 동생들이 참 불쌍하네요." 하는 모친의 끊임없는 참언에 부친은 "그렇다고 저 아이를 양자로 받아 줄 사람은 이 세상에 없을 거요. 차라리 지금 가진 재산을 좀 나눠 주고는 어디서 조용히 살라고 하며 가독을 넘기는 게 어떻겠소?"라고 하며 은밀히 이야기가 정해졌지만, 이시노스케는 그것을 흘려들으며

---

66 勘当. 에도 시대에는 영주의 허가를 받아 재택자를 집에서 추방하며 가족 관계를 공적으로 해소할 수 있었으나 메이지 시대에 들어 이 같은 제도는 폐지되었고, 다른 집안에 양자로 보내는 것이 의절과 비슷한 유일한 방법이었다.

67 車町. 현재의 미나토구 다카나와2초메. 당시 환락가가 있었다.

수에 넘어가지 않고는 "분배금으로는 만 엔을, 생활비는 다달이 보내 주셔야 합니다. 제가 어떻게 놀든 빚장을 걸지 마시고요. 아버지가 돌아가시면 그 대신인 저를 주인어른으로 받들고, 조왕신에게 소나무 장작 하나를 바치는 데도 제 분부를 들을 마음이시라면, 저는 더더욱 호주가 돼 이 집을 위해서는 일하지 않아야겠죠. 그래도 좋다면 말씀대로 하겠습니다." 하고 제멋대로 짓궂은 소리를 하며 골치를 썩였다. 한편 작년에 비해 연립 가옥도 늘어나 소득이 배로 늘었다는 세간의 소문으로 제 집안의 사정을 알고는 "수상해. 수상하단 말이야. 그렇게 불려 누구를 줄 생각일까? 불은 기름등잔에서도 나게 마련이지. 그런데 장남이라는 이름의 불덩어리가 굴러다니는 줄은 모르시는 건가? 결국에는 다 빼앗아 너희가 즐거운 설날을 보내게 해 주지!" 하며 이사라고 주변의 빈민들에게서 환호를 받았고 섣달 그믐날을 별러 거하게 마실 장소도 정해 놓았던 것이다.

"애들아, 오라버니 왔다!"라고 하면 여동생들은 질겁하고는 종기를 대하듯 다가가는 법이 없었다. 무슨 일이든 시키는 대로 다 하니 더 버릇이 나빠졌는데, 고타쓰에 두 발을 넣고 지지며 "술 좀 깨게 냉수 좀 가져와! 냉수!" 하는 행패는 단연 가관이다. 눈엣가시로는 여겼지만 역시나 의붓아들을 대하기는 어려웠던 것일까. 모친은 뒤에서 하는 독설을 숨긴 채로 감기에 들지 않도록 솜이불이나 베개까지 이것저것 챙겨 주고는 내일 쓸 멸치를 다듬으며, "남의 손에 맡기면 알뜰히 하지 못하니 원." 하고 베갯머리에서 은근히 자린고비 기질을 보였다. 정오가 다가오자 오미네는 외삼촌에게 한 약속 때문에 자꾸만 속이 타들어 갔다. 사모님의 기분을 엿볼 틈도 없어서 아주 잠깐 손이 비었을 때 머릿수건을 단단히 매고는 "일전에 드린 부탁 말인데요. 바쁘신 와중에 분별없는 소리 같지만, 오늘 오후까지 저쪽에 꼭 갚아야 하는 돈이어서요. 도움을 주신다면 외삼촌도 다행이고 저도 마음이 놓일 거예요. 평생의 은혜로 생각하겠습니다." 하고 두 손을 빌며 부탁했다. 애초에 말을 꺼냈을 때 시큰둥하다 끝내 알겠다고 한 대답을 믿었지만 그 뒤로 사모님의 기분에 다시 먹구름이 드리워 성가시게 말하면 오히려 일을 그르칠 수 있겠다고 생각해 오늘까지 참아 왔는데, 약속일인 오늘 섣달 그믐날의 점심 전까지도 잊어버렸는지 아무 말이 없어 초조했다. 자신에게는 매우 절박한 중대사라고는 차마 말하지 못하고 그렇게 말을 꺼낸 것이었다. 그런데 사모님은 깜짝 놀란 듯 어이없다는 표정으로 "그게 무슨 말이니? 네 외삼촌이 아프고 빚이 있다는 얘기는 들었지만, 오늘 우리 집에서 그걸 대신 내 주겠다고는 하지 않았을 거야. 네가 착각한 건 아니니? 나는 전혀 기억에 없는 일이구나."라고 했다. 이것이 이 사람의 장기였으니 참 비참한 노릇이다.

꽃과 단풍 무늬를 아름답게 넣어 딸들의 설빔으로 솜 명주옷을 지었기에 사모님은 옷깃을 여미어 주고 여러 옷을 더 입히고는 그 모습을 보고, 보게 하며 기분을 내고 싶었지만, '훼방꾼 장남의 시선이 거슬리는구나. 얼른 나가! 멀리 가 버려!' 하는 속마음은 말하지 못해 타고난 화를 견디기 어려웠으니, 덕 높은 스님의 눈에는 그 모습이 불꽃에 휩싸여 몸은 검은 연기가 되고, 마음은 광란에 빠진 것으로 보였으리라. 말을 하기는 했지만, 돈은 원수이자 적약(敵藥)이다. 지금, 그 부탁을 떠맡은 기억은 자기에게 있지만, 그것을 들어줄 것이 뭐가 있으랴. 이에 사모님은 네가 잘못 들은 것이라고 하며 밀고 나갔고, 담배 연기를 둥글게 내뿜으며 나는 모른다고 하며 때웠다.

'아! 큰돈이기라도 한 건가? 단돈 2엔인데. 제 입으로 알았다고 한 지 열흘도 되지 않았으니 망령을 부리는 건 아닐 거야. 그래, 저 문방구 서랍장에는 아직 사모님이 보지 않은 돈이 한 다발 있었지. 열 장이었던가, 스무 장이었던가. 전부도 아니고 단 두 장으로 외삼촌이 기뻐하고 외숙모가 미소 짓고 산노스케가 젓가락으로 떡국도 집을 수 있다고 생각하니 아무래도 그 돈이 생각을 떠나지 않네. 아무렴, 원망스러운 건 사모님이야.' 하는 분한 마음에 오미네는 말도 나오지 않았다. 평소 점잖게 처신한 탓에 이치를 따지며 몰아세울 줄도 몰라 맥없이 부엌에만 서 있자 오포 소리가 높게 들렸는데, 마침 그런 꼴을 당했던지라 더욱 깊이 가슴에 울렸다.

"사모님, 바로 오시라고 합니다. 오늘 아침부터 진통이 왔는데 오후에는 애가 나올 거 같답니다. 처음이라 사위분은 허둥거리며 소란만 피우고 있고, 나이 든 사람이 없는 집이라 어수선한 정도가 말이 아닙니다. 지금 바로 가시죠." 하고 말을 전하며 생사의 기로라는 초산에 즈음해 사이오지초에 사는 딸애 집에서 인력거를 보내왔다. 이는 섣달그믐이라고 해도 어쩔 수 없는 일이었다. 집 안에는 돈도 있고 방탕한 자식도 누워 있다. 마음은 둘이어도 몸은 갈라질 수 없어 결국 자식 사랑의 중함에 끌려 인력거에는 탔지만, 하필 이럴 때 속 편하기만 한 남편의 심지가 너무해, "오늘은 난바다 낚시에 나가지도 않았을 텐데." 하며 한가한 낚시꾼을 뼈저리게 원망하며 사모님은 집을 나섰다.

이와 길을 엇갈려 산노스케는 여기가 시로카네다이마치 라는 말을 듣고는 틀리지 않고 찾아왔는데, 제 초라한 행색 때문에 누나의 체면을 신경 써 부엌문으로 흠칫흠칫 엿보자, "누가 왔나?" 하며 부뚜막 앞에서 고개 숙여 울던 오미네가 눈 물을 감추고 보러 나갔더니 그 아이였다. 잘 왔다고도 할 수 없는 형편인데 이를 어쩌면 좋을까. "누나, 들어가도 혼나지 않을까? 약속한 건 받아 갈 수 있어? 주인어른이나 사모님께 감사 인사를 잘 드리고 오라고 아버지가 말했어." 하며 사정 을 몰라 해맑은 얼굴을 보자 가슴이 아팠다. "일단 기다려 주 렴. 잠시 볼일도 있으니까." 하고는 뛰어가 집의 안팎을 둘러 보자, 딸들은 마당에 나가 오이하고[68]에 여념이 없고 사환 아 이는 아직 심부름에서 돌아오지 않았으며, 침모는 2층에 있기 는 하지만 귀가 들리지 않는 사람이라 상관없었다. '큰 도련님 은 어디 갔나.' 하며 보았더니 거처방의 고타쓰에 들어가 세상 모르게 꿈나라에 있었다. '이렇게 빕니다. 신령님, 부처님! 저 는 곧 악인이 됩니다. 되고 싶지는 않지만 돼야만 해요. 벌을 내리신다면 저 하나한테만 내려 주세요. 돈을 쓴다고 해도 외 삼촌이나 외숙모는 모르는 일이니 용서해 주시고요. 죄송하 지만 이 돈을 훔치게 해 주세요!' 하고 다짐하고 오미네는 보 아 놓은 문방구 서랍장의 돈다발 속에서 딱 두 장을 빼냈다. 돈을 손에 쥐고 나서는 꿈인지도 생시인지도 알지 못했다. 산 노스케에게 돈을 건네주고 돌려보낸 자초지종을 본 사람이 없다고 생각하다니 참 어리석다.

---

68   追羽子. 주걱과 같은 나무 채로 깃털이 달린 공을 치며 노는 설날 놀이.

*

　그날도 해 질 녘이 다 되어 주인어른은 낚시에서 싱글벙글 웃으며 돌아왔고 사모님도 곧이어 왔다. 순산한 기쁨에 태워 준 차부에게도 살갑게, "오늘 밤을 보내고는 또 보러 가죠. 내일은 아침 일찍 여동생 중에 누가 됐든 한 명은 꼭 도와주러 보낼 거라고 전해 주세요. 정말 수고했어요." 하며 제등에 쓸 양초 값 따위를 얹어 주고 "아, 바쁘네. 손이 빈 사람의 몸을 반쪽 빌리고 싶구나. 오미네야, 소송채는 데쳐 놓았니? 말린 청어알은 씻었고? 그이는 왔니? 큰아들은?"이라고 한다. 마지막 물음에 작은 목소리로 "아직 있어요⋯⋯."라고 하자 이마에 주름살을 잡았다.

　이시노스케는 그날 밤에 차분한 어조로 "새해에는 내일부터 사흘 동안은 집에 남아 축하를 해야겠지만 아시다시피 제가 절도가 없잖아요. 예장을 차려입은 갑갑한 사람들한테 인사하기도 귀찮고, 설교도 정말이지 싫증이 나도록 들었습니다. 친척 중에 예쁜 사람이 있는 것도 아니니 보고 싶은 마음도 없고, 뒷골목의 친구들과 오늘 밤에 약속도 있으니 하여간 오늘은 물러가고 설날에 받을 여러 가지는 다음에 또 말씀드리도록 하죠. 마침 경사스러운 일도 생겼는데 새해 용돈으로는 얼마나 주실 건가요?" 하고 말했는데, 아침부터 뒹굴다 부친의 귀가를 기다린 것은 다름 아닌 그 돈 때문이었던 것이다. 자식은 삼계의 굴레라고 하지만 실로 방탕아를 자식으로 둔 부모만큼 불행한 사람은 없다. 인연의 핏줄은 끊을 수 없다고 하니, 자식이 온갖 못된 짓을 일삼다가 와해되는 날에는 다만 구렁에 떨어지는 것이다. 부모는 모르는 일이라고 해도 세상은 그것을 용서하지 않는다. 그래서 집안의 명예가 아쉽고 제 체면이 창피하기 때문에 아까운 곳간도 여는 것일 터다. 그것을 기대하고 이시노스케는 "오늘 밤이 기한인 빚이 있습니다. 남의 보증을 서서 도장을 찍었더니, 좋은 꼴을 보기는커녕 사나운 바람이 한바탕 불게 됐네요. 건달들한테 줄 걸 안 주면 뒷수습이 어렵습니다. 저는 어찌 됐든 간에 집안에는 면목이 없군요."라고 했다. 결국은 돈이 필요하다는 소리로 들렸다. 모친은 아침부터 그럴 줄로 염려한 것이 딱 들어맞아, '얼마나 조르려나? 그이가 미적지근하게 넘어가는 건 답답한데.' 하고 생각했지만, 자기도 말로는 못 당해 내는 이시노스케의 변설에, 오미네를 울린 아침과는 또 다르게 부친의 안색이 어떻게 변할지 언뜻언뜻 엿보았는데, 그 눈매가 무서웠다. 부친은 조용히 금고가 있는 방에 들어갔다가 결국은 50엔 다발 하나를 가져와, "이건 네놈한테 주는 게 아니다. 아직 시집가지 않은 네 동생들이 불쌍하고 네 매형의 체면도 마음에 걸리니 어쩔 수 없는 게지. 우리 야마무라 집안은 대대로 한결같은 건실함을 바탕으로 정직과 두터운 의리를 지키며 살아와 악평은 나게 한 적도 없는데, 천마(天魔)가 환생해 너 같은 시먹은 놈이 태어난 거냐? 혹시라도 돈이 없다고 해서 함부로 남의 품속을 엿보게 되기라도 한 거라면 그 부끄러움은 내 한 세대에 그치지 않는다. 재산이 아무리 중하다고 해도 그건 둘째 문제라는 거야. 형제와 부모를 부끄럽게 만들지 말거라. 네놈한테 말해 봤자 소용은 없겠다만, 네가 보통 놈 같았으면 야마무라 집안의 큰 도련님 소리를 들으며 세상의 군말도 없었을 거고, 이 아비 대신 새해 인사를 돌며 조금은 고생을 덜어 주었을 텐데, 예순이 다 된 부모한테 눈물을 빼는 건 천벌받을 짓이 아니겠느냐. 어릴 적에는 책도 좀 보던 녀석이 어째서 그걸 모르는 거야? 자, 가라. 저리 가! 어디로든 가 버려라! 우리 집안을 부끄럽게 만들지 말거라."라고 하고는 안방에 들어갔고, 돈은 이시노스케의 품속에 들어왔다.

*

이시노스케는 "어머니, 건강하시고 새해 복 많이 받으세요. 그럼 가 보겠습니다." 하며 짐짓 공손하게 인사하고는 "오미네야, 게다를 가지런히 놔둬라. 현관에서 돌아온 게 아니고 나가는 거란다." 하고 거나한 듯이 활개를 쳤는데, 대관절 어디에 가려는 것일까. 부친의 눈물은 하룻밤의 소동으로 꿈처럼 없던 일이 될까? 가지면 안 되는 것은 방탕아, 가지면 안 되는 것은 방탕아를 만드는 계모인 것이다. 부정을 씻는 소금을 뿌리지 않은 자리를 일단 비질하며 사모님은 장남이 사라져 버린 기쁨을 만끽했다. 돈은 아까웠지만 그 시선은 얄미워, "집에 없는 게 제일 낫지. 어쩜 저렇게 뻔뻔할 수 있을까? 재를 낳은 여자의 낯짝을 보고 싶구나." 하며 사모님은 여느 때처럼 독설을 갈고닦았다. 오미네는 이 소동이 귀에나 들어왔으랴. 저지른 죄가 두려워 내가 한 일인지 남이 한 일인지 하며 새삼 꿈길을 더듬었다. '그러고 보니 이 일이 애초에 들키지 않고 넘어갈 수 있는 걸까? 만 장 중 하나라도 세어 보면 금방 보이는데, 부탁한 액수와 같은 돈이 가까운 데서 없어진 걸 알면 나라도 의심은 어디로 향할까. 세어 보면 어쩌지? 뭐라고 해야 하지? 오리발은 죄가 크고 자백하면 외삼촌도 말려들게 돼. 내 죄는 각오했지만, 올곧은 성품인 외삼촌이 누명을 쓰고 그걸 벗지 못하면, 가난하기 때문에 그런 짓도 한다고 남들이 욕하지는 않을까. 어쩌면 좋지? 외삼촌께 누가 되지 않게 그냥 내가 확 죽어 버릴 방법은 없을까?' 이런 생각에 눈은 사모님의 거동을 좇았고 마음은 문방구 서랍장 주변을 헤맸다.

대결산이라고 해서 이날 밤 이 집에서는 있는 돈을 다 모으고는 돈다발에 띠지를 두르고 얼마라고 쓰는 일을 한다. 사모님이 아차 생각이 났다는 듯이 "문방구 서랍장에 지난번 지붕장이 다로한테 꿔 줬다 받은 돈이 있는데, 그게 20엔이었을 거예요. 오미네야, 오미네야. 그 서랍장을 이리 들고 오너라." 하고 안방에서 불렀으니, 이미 이때 자기 목숨은 없는 셈이었다. '주인어른을 똑바로 쳐다보며 그동안의 일을 다 말씀드리고 사모님의 무정함도 그대로 일러바치자. 이제는 도저히 어쩔 도리도 없으니 정직만이 내 몸의 방패인 거야. 도망치지도 숨지도 않고, '욕심이 나서인지는 모르겠지만 훔쳤어요.' 하며 자백하자. 외삼촌과 모의하지 않았다는 것만은 끝까지 말하고, 그래도 들어주지 않는다면 어쩔 수 없지. 그 자리에서 혀를 확 깨물고 죽어 버리면 결코 거짓말로 생각하시진 않을 거야.' 그 정도로 배짱이 있었지만 안방으로 가는 마음은 도살장에 끌려가는 양이었다.

*

오미네가 빼낸 것은 단 두 장이니 열여덟 장이 남아 있어야 할 텐데, 어찌된 일인지 다발이 통째로 보이지 않은지라 서랍을 거꾸로 뒤집어 흔들어 보아도 헛일이었다. 수상한 것은 팔랑 떨어진 쪽지에 언제 썼는지 모를 한 글귀.

서랍의 것도 빌려 쓰겠습니다.

이시노스케

"아뿔싸! 그놈 짓인가?" 하며 두 사람은 서로의 얼굴을 쳐다보았기에 오미네는 문초를 받지 않았다. 효심의 여덕이 저도 모르게 이시노스케의 죄가 된 것일까? 아니, 어쩌면 다 알고서 뒤집어쓴 죄인지도 모른다. 그렇다면 이시노스케는 오미네의 수호 본존일 터다. 뒤의 일을 알고 싶구나.

십삼야

상

　평소라면 검게 옻칠되어 위세 좋은 인력거를 부모가 "어라, 대문에서 소리가 멈췄네. 딸이 아닐까." 하며 맞이해 주었을 텐데, 오늘 밤에는 급히 잡아탄 인력거마저 네거리에서 돌려보내고 맥없이 격자 대문 밖에 서 있자 집 안에서는 여전히 쩌렁쩌렁한 부친의 목소리가 들려왔다. "말하자면 나도 참 복 받은 사람이야. 자식이 둘 다 점잖아 키우는 데 수고도 들지 않는데 남들한테 칭찬을 들으니까. 분에 넘치는 욕심을 내지 않으니 더는 바람도 없어. 아, 이것 참으로 고마운 일이구먼."이라는 이야기를 한다. '상대는 분명 어머니겠지. 아! 아무것도 모르고 저렇게 기뻐하고 계신데 무슨 얼굴로 이혼장을 받아 달라고 할 수 있을까.[69] 분명 야단맞을 거야. 다로라는

69　당시의 관습에서 아내의 이혼 청구는 주로 그 부모가 대신해 남편 측으로부터 이혼장을 받아 냄으로써 이뤄졌다.

자식이 있는 처지도 돌아보지 않고 뛰쳐나오기까지는 수없이 고민을 하기도 했지만, 새삼 나이 드신 부모님을 놀래며 여태의 기쁨을 물거품으로 만들기란 역시 괴롭구나. 차라리 얘기하지 말고 돌아갈까. 돌아가면 다로 엄마라고 불리며 언제까지고 하라다 집안의 사모님으로 있게 돼. 부모님은 주임관 사위가 있다며 자랑할 수 있고 나만 알뜰하게 살면 가끔은 맛난 것이나 용돈도 드릴 수 있는데, 생각대로 밀고 나가 이혼을 하게 되면 다로는 계모한테 자라는 슬픔을 겪을 거고 부모님께서는 높던 콧대가 한순간에 꺾일 텐데, 그러면 남들은 뭐라고 할까. 남동생의 장래는…… 아아, 나 하나의 마음 때문에 출셋길이 막힐 수밖에 없게 되겠지. 돌아갈까? 돌아갈까? 그 귀신 같은 내 남편의 곁으로 돌아갈까? 그 귀신 같은, 귀신 같은 남편 곁으로…… 아, 싫어! 싫어!' 하며 몸서리를 치는 바람에 비틀거리다가 뜻하지 않게 격자 대문에 부딪혀 툭 소리를 냈다. "누구시오!" 하는 부친의 큰 목소리가 들렸다. 길 가는 악동의 장난으로 착각했을 것이 틀림없다.

　밖에 있던 사람은 오호호 웃으며 "아버지, 저예요." 하고 몹시 애교 섞인 목소리를 냈다. 부친은 "아니, 누구? 누구라고?" 하며 장지문을 열고는 "이야, 오세키 아니냐. 무슨 일이야, 그런 데 서 있고. 어째서 이런 늦은 시간에 나온 거냐. 인력거도 없고, 하녀도 따라오지 않은 거냐? 아이고, 뭐 일단 안으로 들어오너라. 자, 들어와. 너무 뜻밖인 데 놀라서 정신이 없구나. 대문은 안 닫아도 된다, 내가 닫을 테니. 하여간에 안채가 좋겠구나. 달빛이 오래 비쳐 드는 데로…… 자, 방석에 앉아라, 방석에…… 다다미가 좀 지저분해 집주인한테 말은 해두었는데, 일하는 사람이 사정이 있다고 해서 말이다. 전혀 삼갈 건 없다. 네 옷이 더러워질 수 있으니 이걸 깔려무나. 아이고, 어째서 이렇게 늦게 나온 거냐. 사돈댁에는 모두 별고 없고?"하고 예와 다름없이 극진히 대해 주자, 오세키는 가시방석에 앉은 듯하고 사모님으로 여겨지는 자신이 한심하게 느껴져 눈물을 꾹 삼키고는 "네, 이런 날씨에도 모두 잘 지내세요. 그동안 죄송하게도 안부를 전해 드리지 못했는데 아버지, 어머니 모두 건강하세요?" 하고 묻자 부친은 "그럼! 나는 이제 재채기 한 번을 하지 않는 정도이고, 네 엄마는 가끔 그 부인병이 도지기는 한다만, 그것도 이불을 뒤집어쓰고 반나절만 있으면 언제 그랬느냐는 듯이 낫는 병이니까 문제는 없단다." 하며 껄껄껄 기운차게 웃었다. "이노가 안 보이는데 오늘 밤에는 어디 갔나요? 걔도 여전히 열심히 하고 있지요?" 하고 묻자 모친은 매우 기쁜 표정으로 차를 권하며 "이노는 방금 전 야학[70]에 나갔단다. 걔도 네 덕에 얼마 전에는 승급되기도 했고, 과장님께서 잘 봐주셔서 얼마나 마음이 든든한지 모른다. 집에 와선 '이런 것도 역시 하라다 집안의 연줄이 있어서예요.'라는 말만 노상 하고 있단다. 네가 붙임성이 없다는 건 알지만 그래도 앞으로도 사위가 기분 좋도록…… 이노는 알다시피 입이 무거운 성격이라 어차피 얼굴을 봐도 싱거운 인사 말고는 하지 못할 테니 아무쪼록 네가 중간에 서서 우리 집안의 뜻을 잘 전달해 주고, 또 이노의 장래에 관해서도 잘 부탁해 주려무나. 요새 참으로 환절기라 날씨가 좋지 않은데 다로는 평소처럼 잘 노느냐. 오늘 밤에는 왜 데려오지 않았

---

70 「실업보습학교규정」(1893년 문부성 공포)에 따른 실업보습학교로 추정. 대개 야학이었으며, 수신, 독서, 습자, 산술, 실업에 관한 교과목을 교육했다.

니. 네 아버지도 보고 싶어 하셨는데." 하고 말했는데, 이에 오세키는 또 새삼 서글프게, "데려오려고 했는데 개는 초저녁만 되면 눈이 감기는 아이라 그냥 두고 왔어요. 정말이지 장난만 심해져 말도 전혀 듣지 않고 밖에 나가면 제 뒤를 졸졸 따라오고요. 집에 있으면 제 곁에만 와서 보채니 손이 너무 많이 가네요. 왜 그런 걸까요?" 하고 말하자 눈앞에 그 아이가 떠올라 눈물이 가슴속에 넘칠 것만 같았다. '마음먹고 두고는 왔지만 지금쯤이면 눈을 떠서 '엄마, 엄마' 하고 부르며 하녀들을 귀찮게 하고 있을 테고, 전병이나 밥풀과자로는 한시도 속여 달랠 수 없을 테니 모두 다 손을 떼고는 '귀신한테 잡아먹으라고 한다!' 하며 겁을 주고 있겠지. 아, 가여워라.' 소리를 내어서라도 울고 싶었지만 부모의 웃는 얼굴을 보자 차마 말을 꺼내지 못해 담배를 두세 모금 피우며 연기로 기분을 달랬다. 콜록콜록 마른기침을 하며 눈물을 주반[71] 소맷자락에 감추었다.

"오늘 밤은 구력으로 십삼야다. 낡은 관습이지만 달구경을 한다는 셈 치고 경단을 만들어 달님께 바쳐 드렸단다.[72] 이건 너도 좋아하는 먹거리라 조금이나마 이노스케한테 쥐여서 보내 주려고 했지만 이노스케는 거북해하며 '그런 건 그만두세요.'라고 하더구나.[73] 십오야에는 안 보냈으니 반쪽 명절이 돼서도 좋지 않겠지만,[74] 먹이고 싶다는 생각만 계속하다

71   襦袢. 기모노 안에 속옷으로 입는 옷. 보통 허리 길이까지 내려온다.

72   음력 9월 13일에는 달구경을 하거나 달에게 콩, 밤 등을 바치며 제사를 지내는 풍습이 있었다. '낡은 관습[旧弊]'이라고 말한 것은 메이지 5년(1872) 태양력이 채택된 이후 음력 명절은 점차 유행하지 않게 되었기 때문.

73   하라다 집안은 '낡은 관습'과 거리가 먼 집안이기 때문.

74   음력 8월 15일도 십삼야와 비슷하게 쇠었다. 반쪽 명절[片月見]이란 위 두 명절

가 결국은 주지 못했는데, 오늘 밤 이렇게 와 주다니 정말 꿈만 같구나. 마음이 가 닿은 거겠지. 사돈댁에서 맛있는 건 얼마든지 먹겠지만 부모가 만든 건 또 다르단다. 오늘 밤만은 사모님치레를 버리고 예전의 오세키가 돼 겉모양에 신경 쓰지 말고 콩이든 밤이든 마음에 든 걸 먹는 모습을 보여 주려무나. 네 아버지하고 늘 하는 얘기지만, 네가 출세를 한 건 틀림없고 남들도 대단하게 보는 만큼 지위가 높은 분들이나 신분이 높은 사모님들과 어울리다 보니, 하여간에 하라다 집안의 안주인 행세를 하는 데는 마음고생깨나 할 터다. 하녀들을 야무지게 부리거나 드나드는 상인들한테 신경을 쓰면서 남의 머리 위에 서 있는 사람은 그만큼 고생이 많은데 친정이 이런 처지이니 더더욱 남들이 깔보지 않게 조심하고 있겠지. 그걸 여러모로 생각해 보면 네 아버지도 나도 손자나 자식의 얼굴을 보고 싶은 건 당연하지만 너무 야단스럽게 드나들기는 또 조심스러워서 말이다. 정말로 대문 앞을 지나가는 일이 있어도 무명 기모노에 모수자(毛繻子) 양산을 쓴 행색일 때는 빤히 알고도 2층에 쳐진 발을 보며 '아, 우리 오세키는 뭘 하고 있을까.' 하고 상상만 하고 지나쳐 버린단다. 친정에서도 뭔가를 좀 이뤄 놓은 게 있었다면 너도 어깨를 쭉 폈을 거고 같은 시집을 가도 조금은 숨이 트였을 텐데, 어느 면에서도 형편이 이 모양이라 달구경 경단을 주려고 해도 담는 찬합부터가 부끄럽지나 않을까 싶으니 네 마음고생이 절실히 떠오르더구나."라고 하며 모친이 기쁜 가운데서도 뜻대로 왕래가 이뤄지지 않아

가운데 어느 한쪽만 쇠는 것을 가리키는데, 이는 미신 탓에 꺼려진 일이었으나 여기서는 그럼에도 십삼야 음식으로 딸을 반기고 싶다는 뜻.

푸넘 한 줌으로 비천한 신분에 관해 안쓰럽게 이야기했다. 이 말에 오세키가 "정말로 저는 불효자식인 것 같아요. 과연 보드라운 기모노를 입고 자가용 인력거를 탈 때는 대단하게도 보이시겠지만 아버지나 어머니께 그런 호강을 시켜 드릴 생각은 할 수가 없네요. 말하자면 저는 별로 달라지지도 않았으니 차라리 부업을 하더라도 부모님 곁에서 지내는 편이 훨씬 속 편할 것 같아요."라는 말을 꺼내자 부친은 "이 바보, 바보야. 그런 말은 농으로라도 해선 안 된다. 시집간 여자가 친정 부모의 뒤를 봐준다니 당치도 않은 일이다. 우리 집에 있을 때는 사이토 집안의 딸, 시집가서는 하라다 집안의 사모님이 아니더냐. 이사무의 마음에 들도록 해서 집안을 잘 굴러가게만 하면 아무 문제가 없는 거다. 고생을 한다고 해도 그만큼 운수가 있는 처지이니 견딜 수 없는 일은 없을 게다. 여자는 아무래도 어리석어서, 네 엄마 같은 사람은 시답잖은 말을 꺼내니 참 골치 아픈 노릇이구나. 아마 경단을 먹지 못해 안절부절 못해서 그랬겠지. 매우 열심히 빚은 듯 보이니 많이 먹어서 안심시켜 주거라. 엄청 맛있겠지?" 하며 분위기를 풀었다. 그 말에 오세키는 또 말할 기회를 놓치고는 차려 준 밤과 풋콩을 고맙게 먹기만 했다.

시집가고 7년이 되도록 아직 밤중에 손님으로 찾아온 적은 없었고, 선물도 없이 혼자서 걸어온 것도 전혀 전에 없던 일인데, 그런 탓인지 옷도 예전처럼 화려해 보이지 않았다. 오랜만에 얼굴을 본 기쁨에 그다지 생각도 들지 않았지만 사위 안부도 한마디가 없고, 억지로 웃는 얼굴을 만들며 속에 풀죽은 데가 있는 것은 분명 무슨 사정이 있다는 뜻이다. 부친은 탁자 위에 놓인 시계를 바라보며 "이제 곧 10시가 되는데 우리 집에서 묵고 가도 되는 거냐. 돌아간다면 진작 돌아갔어야 하지 않느냐." 하며 속마음을 떠보았는데 딸은 그런 얼굴을 새삼 올려다보며 "아버지, 저는 부탁이 있어 나왔어요. 부디 들어 주세요." 하고 말했다. 굳어진 표정을 보이며 다다미에 손을 짚자 비로소 눈물 한 방울이 무수한 근심을 뚫고 새어 나오기 시작했다.

부친이 심상찮은 얼굴로 바라보며 "왜 갑자기 진지해지고 그러느냐." 하며 조금 다가앉자 오세키는 "저는 오늘 밤을 끝으로 하라다 집안에 돌아가지 않을 결심으로 나왔어요. 이사무 씨가 허락해서 온 게 아니라, 그 아이…… 다로를 재우고 이제 더는 그 얼굴을 보지 않을 결심으로 나왔어요. 아직 제 손이 아닌 다른 사람의 보살핌도 받아 주지 않는 그 아이를 속여 잠재우고, 꿈속을 헤치며 저는 귀신이 돼 나왔어요! 아버지, 어머니, 부디 헤아려 주세요. 저는 여태 하라다 집안 사람이 되고 나서 있었던 일을 들려 드린 적도 없고 이사무 씨와 제 사이를 남한테 말한 적도 없지만, 천 번이고 백 번이고 고쳐 생각하고 2년이고 3년이고 울어 버리다가 이윽고 오늘에 이르러 이혼장을 받아 달라는 부탁을 드릴 결심을 굳혔습니다. 제발 부탁이에요. 이혼장을 받아 주세요. 저는 이제부터 부업이든 뭐든 해서 이노스케의 오른팔이 될 수 있게 맘을 다잡을 테니 평생 홀로 지내게 해 주세요!" 하며 와락 호소하고는 주반의 소맷자락을 악물었다. 무늬로 물들여진 대나무 묵화도 자죽의 색으로 번지지나 않을까 싶을 만큼 애처로웠다.

무슨 연유에서냐며 부친과 모친이 모두 바짝 다가서서 묻자, "여태 말씀드리지 않았지만, 우리 부부가 마주 보는 걸 반나절만 봐 주신다면 거의 이해가 되실 거예요. 용건이 있을 때만 퉁명스러운 말로 뭔가를 시키고, 아침에 일어나 안녕히 주무셨냐고 물으면 그이는 느닷없이 옆을 보며 정원의 풀꽃을 짐짓 칭찬해요. 여기에도 화가 나지만 '남편이 하시는 일이니……' 하고 참으며 저는 전혀 말다툼을 한 적도 없는데, 아침 식사 때부터 잔소리가 끊이지 않고, 아랫사람들 앞에서 호되게 제 서툰 행실과 버르장머리를 들먹이고, 이건 그나마 참을 만하다고 해도, 두 마디째에는 '못 배운 것, 못 배운 것' 하며 업신여겨요. 애초에 화족 여학교 의자에 앉으며 자란 처지가 아닌 건 틀림없고, 남편 동료의 사모님들처럼 꽃꽂이니 다도니, 와카니 서화 같은 건 배운 적도 없어서 그런 얘기에 상대가 될 수는 없지만, 될 수 없다면 남몰래 배우게 해 줘도 되잖아요? 대놓고 친정이 나쁘다느니 하며 아랫사람인 하녀들의 눈치를 보게 만드는 그런 말은 굳이 안 퍼뜨려도 되잖아요. 시집가고 정확히 반년 동안은 '세키야, 세키야.' 하며 한시도 저를 내버려두지 않았는데, 아이를 임신하고 나니 사람이 확 변해 버려선 생각만 해도 무섭네요. 캄캄한 계곡에 나가떨어진 듯 따스한 햇볕이라는 게 보이지 않았죠. 처음에는 장난으로 일부러 매정하게 대하는 거라고 생각했는데, 사실은 제게 싫증이 난 거였어요. '이렇게 하면 나갈까? 저렇게 하면 이혼 얘기를 꺼낼까?'라고 생각하는 건지 괴롭히고, 괴롭히고, 몹시도 괴롭히더군요. 아버지, 어머니는 제 성격을 아실 거예요. 설령 남편이 게이샤에 빠져 놀아나고 첩한테 딴살림을 차려 줘도 그런 데 질투할 제가 아니고, 하녀들한테서 정말 그런 말도 들리기는 하지만, 하여간 그만큼 능력이 있는 사람이에요. 남자 신변에 그 정도 일은 흔히 있다고 생각하며 외출할 때는 입는 옷도 신경을 써서 챙겨 놓으며 기분을 맞추려고 노력

하지만, 그냥 이제는 제가 하는 일이라고는 하나부터 열까지 재미없게 생각하며 사사건건 트집을 잡아, 집안이 즐겁지 않은 건 마누라가 하는 짓이 나쁘기 때문이래요. '어떤 게 나쁘다, 어떤 구석이 재미없다' 말해 주면 그나마 좋겠는데, 그저 하찮다느니 시시하다느니 뭘 모른다느니 도저히 말이 안 통한다느니, 실은 다로의 유모로 두고 있는 거라느니 하며 비웃을 뿐, 정말로 그이는 남편이 아니라 귀신이에요! 자기 입으로 나가라고 말하지는 않지만, 약한 마음 때문에 다로가 불쌍하다는 데 마음이 끌려 제가 무슨 말에도 거기에 등지지 않고 '네, 네.' 하며 잔소리를 듣고 있으면 '줏대도, 패기도 없는 무시근한 년. 그것 자체가 마음에 안 들어.'라고 말해요. 그렇다고 해서 제가 조금이라도 주장을 내세워 지지 않을 마음으로 말대답을 하면 분명 그걸 트집 잡아 나가라고 하겠죠. 어머니, 저는 나오는 건 아무래도 좋아요. 이름값뿐인 하라다 이사무한테 이혼당해도 결코 아쉽다고 생각하지는 않을 테지만, 아무것도 모르는 다로가 편부한테서 큰다고 생각하니 어쩔 수 없이, 제 뜻이나 고집도 없이 사과를 하고 비위를 맞추고, 아무것도 아닌 일에 싹싹 빌며 여태껏 말씀드리지 않고 참아 왔어요. 아버지, 어머니, 저는 불운아예요." 하며 생각하지도 못한 억울함과 슬픔을 털어놓았다. 부모는 얼굴을 마주 보며, 정말로 그런 괴로운 관계인 것인가 생각하며 잠시 동안은 질려서 말도 없었다.

　어머니는 자식에게 무른 법이라 들은 말마다 전부 가슴에 사무치고 억울해, "네 아버지는 뭐라고 생각하실지 모르겠지만, 애초에 너는 우리가 아내로 맞이해 달라고 사정사정해서 보낸 자식이 아니다. 신분이 나쁘다느니 학교가 어떻다느니 참으로 잘도 그런 건방진 소리를 한 게로구나. 그 집에서는 잊었을지 모르겠지만 우리는 날짜도 확실히 기억하고 있다. 오세키 네가 열일곱 살이던 때의 1월, 그것도 아직 장식 소나무를 치우지도 않은 7일 아침의 일이었다. 옛날 그 사루가쿠초의 집 앞에서 옆집의 어린 딸과 오이하고를 하다가 그 집 딸이 친 흰 깃털 공이 지나던 하라다 집안의 인력거 안에 떨어져서 오세키 네가 받으러 갔었지. 그때 처음 얼굴을 봤다며 사자를 보내와서는 여차저차 너를 아내로 맞고 싶다고 하더구나. '신분이 맞지도 않고, 이쪽은 아직 완전히 어린애라 교양도 전혀 가르쳐 놓지 않았다. 결혼을 준비한다고 해 봤자 지금 이게 다다.'라고 하며 몇 번을 거절했는지 모른다. 그랬는데도 '딱히 까다로운 시부모가 있는 건 아니다. 내가 원해서 내가 아내를 맞이하는데 신분 같은 건 논할 필요가 없다. 교양은 시집와서도 충분히 배울 수 있으니 걱정할 게 없다. 하여간 딸을 주기만 하면 소중히 여길 테니······.'라고 하며 정말이지 불붙듯이 재촉했고, 우리가 조른 건 아니지만 준비까지 그 집에서 해 줘서, 말하자면 너는 사랑을 듬뿍 받고 결혼한 아내였단다. 이 엄마나 네 아버지가 삼가면서 그다지 그 집에 드나들지 않은 것도 이사무의 신분을 겁내서는 아니다. 우리가 너를 첩으로 보낸 것도 아니고, 정당하고 도리에 맞게 골백번 부탁을 받고 보낸 며느리의 부모이니 아주 으스대며 드나들어도 상관은 없었지만, 그 집은 그리 위세가 대단한데 우리는 이렇게 하찮은 생활을 하고 있으니, 네 연줄에 매달려 사위 도움을 보려는 게 아니냐고 말할 남들의 입방아가 억울해서, 억지로 참은 건 아니지만 왕래만은 신분에 걸맞게 해야 한다고 생각해 평소 만나고 싶은 딸의 얼굴도 보지 않고 있었다. 그랬는데 무슨 어리석은 부모 없는 자식이라도 주워 간 마냥 그런 헛소리로, 뭐를 할 수 있다느니 못한다느니 잘도 그 입을 놀린 게로구나. 입을 다물고 있으면 끝도 없이 치달아 그야말로 버릇이 돼 버린단다. 무엇보다 하녀들 앞에서 사모님의 위광이 깎이다 끝내는 네 말을 듣는 사람도 없을 테고, 다로가 크면서 제 엄마를 바보로 여기는 마음이라도 들면 어떡하려고 그러느냐. 할 말을 분명히 하고는 뭐가 나쁘다느니 하고 잔소리를 들으면 '나한테도 집이 있어요!'라고 하며 나와 버리면 되잖아. 아무리 어리석다고 해도 그런 일에 여태 입 다물고 있어서야 되겠느냐. 네가 너무 온순해 이사무의 건방짐을 키운 거겠지. 듣기만 했는데도 화가 나는구나. 이제 더는 물러서 있을 수는 없다. 신분이 어떻든 네겐 아버지도 있고 이 엄마도 있다. 아직 어리기는 하지만 이노스케라는 남동생도 있으니 그런 불구덩이 속에 곰처럼 있을 건 없다. 아, 네 아버지가 이사무를 만나 한번 호되게 야단을 쳐 주면 좋겠는데." 하고 모친은 흥분해 앞뒤도 돌아보지 않았다.

부친이 아까부터 팔짱을 끼며 눈을 감고 있다가 "이봐, 여보, 당치도 않은 소리는 하지 말라고. 나도 금시초문이라 어째야 좋을지 방법이 떠오르지 않는군그래. 우리 오세키가 그런 말을 꺼낸 정도면 이만저만한 일 때문은 아닐 테고 괴로움을 견디다 못해 나온 걸로 보이는데, 그래서 오늘 밤에 사위는 집에 없니? 무슨 일이라도 새삼 겪고 나온 게냐? 결국 이혼하자는 말이라도 들은 게야?" 하고 침착하게 묻자 오세키는 "남편은 그저께부터 집에 들어오지 않았어요. 대엿새씩 집을 비우는 게 예사라 그리 신기하게 생각지는 않지만, 집을 나설 즈음에 제가 챙겨 놓은 옷이 마음에 안 든다고 해서 그렇게 사과를 했는데도 들어 주지 않고는, 그걸 벗어 내팽개치고 자기 양복으로 갈아입으며 '아, 나만큼 불행한 사람은 없을 거야. 너 같은 걸 마누라라고 두곤!' 하는 말을 툭 던지고 나갔어요. 어찌된 일일까요? 1년 365일 대화를 나누는 일도 없고, 간혹가다가 듣는다는 소리는 이런 비참한 말이고…… 이런 꼴을 당하고도 하라다 집안의 안주인으로 불리고 싶은 건지, 다로의 엄마로 있으며 눈물을 꾹 닦고 있을 마음인지, 제 몸이지만 제가 어떻게 이걸 참고 견뎠는지 모르겠어요. 이제, 여기에 온 이상 저는 남편도 자식도 없는 거예요. 시집가지 않은 예전이라고 생각하면 그만이죠. 다로의 그 천진난만한 자는 얼굴을 바라보면서도 두고 올 마음이 든 이상, 이제는 어떻게 해도 이사무씨 곁에 있을 수는 없어요. 부모가 없어도 자식은 큰다는 말도 있고, 그리고 저 같은 불운한 엄마 손에서 자라기보다 계모든 첩이든 그이 마음에 맞는 사람한테 자란다면, 조금은 그이도 귀여워해 줘서 훗날 다로한테도 보탬이 되겠지요. 저는 오늘 밤을 끝으로 절대 그 집에 돌아가지 않겠어요."라고 했다. 끊으려야 끊을 수 없는 자식과의 인연이 안타까워 목소리는 단호했지만 말은 떨렸다.

부친은 탄식하고는 "무리는 없다. 거기 있기도 괴롭겠지. 관계가 틀어져 버렸으니 말이다." 하며 잠시 오세키의 얼굴을 바라보았다. '큼직한 마루마게[75]에 금색 띠 머리 장식을 두르고 오글쪼글한 검은 비단의 하오리를 걸친 모습이 전혀 어색하지 않으니 내 딸이지만 어느덧 사모님 풍채가 다 됐구나.

---

75 丸髷. 기혼 여성의 둥글게 틀어 올린 머리 모양. 보통 젊은 사람은 크게, 나이 든 사람은 작게 틀어 올린다.

그런데 이런 아이가 머리를 평범하게 바꿔 묶고 거친 무명 한 텐[76]에 다스키를 맨 차림으로 물일을 하는 걸 어떻게 볼 수 있을까. 다로라는 자식도 있는 마당에 찰나의 분노 탓에 백년의 운수를 잡지 못하고 남들의 웃음거리가 돼 지난날의 사이토 가즈에[77]의 딸로 돌아온다면, 울고불고해도 두 번 다시 하라다 다로의 엄마로 불릴 수는 없다. 남편한테는 미련을 남기지 않을지라도 제 자식에 대한 끊기 힘든 사랑은 헤어진 뒤에 더 생각이 날 테니 어쩌면 지금의 고생을 그리워하는 마음도 생길 터. 이렇게 참하게 태어난 몸의 불행이로구나. 팔자에도 없는 인연에 얽혀 이게 무슨 고생인지……'라는 생각에 애처로운 마음은 늘어났지만 부친은 "저기, 오세키야. 이런 말을 하면 이 애비가 무자비하게 헤아린 걸로 생각할지도 모르겠지만 너를 결코 꾸짖는 건 아니란다. 사실 신분이 맞지 않으면 하는 생각도 자연히 달라서 너는 진심을 다하는 마음일지라도 받아들이기에 따라서는 재미없게 느껴지기도 할 게다. 그런데 이사무도, 실은 너도 알다시피 만사의 이치를 아는 똑똑한 사람이기도 하고, 배운 게 참 많은 사람이기도 하다. 내 말을 곧이곧대로 들으라는 건 아니지만, 흔히 세상에서 민완가라는 평을 듣는 사람은 몹시도 무서운 제멋대로인 사람이라서, 밖에서는 그렇지 않은 체하며 둘러대지만 일에서 받은 불평까지 집에 가져와 화풀이를 하기도 한단다. 그 과녁이 되면 무척 괴롭기도 하겠지. 하지만 그것도 그만한 남편을 가진 사

76   半天. 주로 작업용. 방한용으로 입는 겉옷으로, 하오리와 달리 옷깃을 되접어 꺾지 않으며, 앞에서 묶는 끈이 달려 있지 않다.

77   '가즈에(主計)'는 직위명으로, 그가 에도 막부에서 회계 관련 일로 봉직하였음을 알 수 있다. 영락하였지만 사족 출신임에 대한 자부가 엿보인다.

람의 일인 게다. 구청에 다니는 말단 월급쟁이가 친절히 아궁이에 불을 대신 지펴 주기도 한다는 것과는 격이 다른 얘기란다. 그러니 까다롭기도, 어렵기도 하겠지만 그걸 기분 좋게 잘 타일러 가는 게 아내의 역할이다. 겉으로는 보이지 않지만 세간의 사모님이라는 사람들이 전부 다 남편과 친밀하고 즐거운 관계인 건 아닐 게다. 자기 혼자 이 모양이라고 생각하면 한스러움도 생기겠지. 하지만 어차피 이게 세상사라는 거다. 특히 이토록 신분 차가 나니 남의 갑절로 고생하는 것도 당연하지. 네 엄마가 입찬소리를 하기는 했다만, 사실 이노가 최근 월급쟁이로 자리를 잡은 것도 결국은 다 하라다 집안의 입김이 아니었겠느냐. 위광이 그야말로 하늘과 같아 은연중에라도 은혜를 입지 않았다고는 할 수 없는데, 고달프더라도 우선은 네 부모와 동생을 위해 애써 다오. 다로라는 아이가 있어 여태껏 참을 수 있는 정도였다면 이 훗날에도 그러지 못하리라는 법은 없을 게다. 이혼장을 받고 헤어지는 게 과연 상책일까? 다로는 하라다 집안의 사람, 너는 사이토 집안의 딸. 이렇게 한번 연이 끊기면 두 번 다시 얼굴을 보러 갈 수도 없다. 똑같이 불운 때문에 운다면 차라리 하라다 집안의 안주인으로서 목청껏 울거라. 응? 세키야, 그래야 하지 않겠느냐. 내 말이 납득됐다면 전부 다 가슴에 묻고 아무렇지도 않은 얼굴로 오늘 밤은 이만 돌아가 지금까지처럼 삼가면서 살아 다오. 네가 말하지 않아도 우리는 다 알고 네 동생도 다 안다. 네 눈물은 우리 가족이 모두 나눠 흘릴 테니 말이다." 하며 체념하도록 설득했다. 그러면서 부친도 눈물을 닦자 오세키도 와락 울음을 터트리며 "역시 이혼 얘기를 꺼낸 건 제 고집이었네요. 과연 다로하고 헤어져 얼굴도 못 보게 되면 이 세상을 살아 봤자 아무 보람도 없는 건데, 단지 눈앞의 고생만 피한다고 해서 무슨 소용일까요. 정말로 저만 죽은 셈 치면 어느 면에서도 풍파는 일지 않을 테고, 하여간에 그 아이도 양친의 손에서 클 수 있는데, 하찮은 생각에 이끌려 아버지한테까지 언짢은 말씀을 드렸군요. 오늘 밤으로 이 세키는 죽고 혼 하나만이 그 아이의 몸을 지키는 걸로 생각하면 남편이 괴롭게 구는 정도는 백년도 참을 수 있을 것 같아요. 하신 말씀도 납득됐어요. 이제 더는 이런 말씀은 드리지 않을 테니 걱정 마세요." 하며 눈물을 닦고 또 흘린다. 모친은 목소리를 높여 "어쩜 우리 딸은 이토록 불행할까?"라고 하며 또 한바탕 통곡의 비를 불렀다. 구름에 가려지지 않은 달도 때마침 쓸쓸히 보였으며, 남동생 이노가 집 뒤의 둑에서 꺾어 와 병에 꽂아 놓은 참억새 이삭의 손짓하는 듯한 모양도 애처롭게 보인 밤이었다.

친정은 우에노 신자카 밑에 있었는데, 스루가다이까지 가야 했기에 우거진 숲의 나무 그림자는 적적했지만, 이날 밤에는 달도 잘 보여 히로코지에 나가면 대낮이나 마찬가지일 만큼 맑은 날씨였다. 단골 인력거 주선집이 없어 부친은 길가는 인력거를 창문에서 부르고는 "납득됐다면 일단 돌아가거라. 남편이 없을 때 무단으로 한 외출이니 이걸 트집 잡아 타박한다고 해도 너는 할 말이 없을 테니 말이다. 시간은 좀 늦었지만 인력거를 타면 금방이다. 얘기는 거듭 들으러 가마. 일단 오늘 밤은 돌아가 다오." 하고 타일렀다. 딸의 손을 잡아당기며 재촉을 하는 듯한 모습도 일을 크게 만들지 않고자 하는 부모의 자비였다. 오세키는 딸 노릇은 이것으로 끝이라고 각오하며 "아버지, 어머니, 오늘 밤 일은 이걸로 덮을게요. 돌아가면 저는 하라다 집안의 안주인이에요. 남편을 욕하기도 미안하니 이제는 말하지 않을게요. 제가 대단한 남편을 가져 동생한테도 좋은 오른팔이 되니 '아, 안심이구나.' 하고 기뻐해 주시기만 한다면 저는 아무 고민도 없어요. 나쁜 생각은 절대, 절대 하지 않을 테니 그것도 걱정하지 마시고요. 제 몸은 오늘 밤부터 이사무 씨 것이라는 생각으로, 그 사람 생각대로 무엇이든 받도록 하겠습니다. 그럼 이만 갈게요. 이노가 돌아오면 잘 말해 주세요. 아버지도 어머니도 건강히 계세요. 이다음에는 웃으며 올게요." 하며 어쩔 수 없는 듯이 일어나자, 모친은 얼마 들어 있지도 않은 염낭을 들고 나와서는 "스루가다이까지는 얼마에 가는지요." 하며 대문 앞에 있는 차부에게 물었다. "아, 어머니, 그건 제가 낼게요. 고맙습니다." 하며 점잖게 인사를 하고 격자 대문을 나가더니 얼굴로 소맷자락을 올렸다. 눈물을 감추며 좌석에 오르는 그 애처로움. 집 안에서 들리는 부친의 헛기침, 이 역시 울먹임이 섞인 목소리였다.

하

깨끗하고 밝은 달빛에 바람 소리가 더해져 벌레 소리가 끊일 듯 말 듯 구슬픈 우에노에 들어선 뒤로 채 한 정도 가지 않은 듯한데, 어찌 된 영문인지 차부가 인력거를 불쑥 멈추고는 "정말 죄송합니다만 저를 여기서 면직해 주십시오. 차비는 됐으니 내려 주세요." 하며 느닷없이 말하자 오세키는 뜻밖의 일이라 가슴이 덜컥하며 "이보세요. 그런 말씀을 하면 어떡해요. 급히 가는 길이기도 하고, 차비는 더 드릴 테니 수고 좀 해 주세요. 이런 한산한 곳에는 다른 인력거도 없잖아요. 사람을 그냥 버리고 가겠다는 건가요? 머뭇거리지 말고 얼른 가 주세요." 하고 목소리를 조금 떨며 사정하듯이 말했다. "차비를 더 달라는 뜻은 아닙니다. 제가 부탁을 드리는 겁니다. 얼른 내리세요. 더는 끌고 가기가 싫어졌습니다."라는 말에 "몸이라도 안 좋으신 건가요? 대체 무슨 일이세요? 여기까지 와 놓고 싫어졌다니 말이 된다고 생각하세요?" 하고 힘을 준 목소리로 나무라자 차부는 "죄송합니다. 더는 아무래도 싫어서요."라고 하며 제등을 든 채로 불쑥 옆길로 벗어났다. 오세키가 "도저히 못 말리겠군요. 그럼 처음 목적지까지 가 달라고는 하지 않을게요. 다른 인력거가 있는 데까지만 가도 좋아요. 차비는 드릴 테니 어디 그 주변으로, 적어도 히로코지까지는 가 주세요." 하며 살가운 목소리로 어르듯이 말하자, "역시 젊은 분이기도 하니 이런 한산한 데 내려선 분명 난처하시겠네요. 제가 잘못했습니다. 그럼 태워 드리죠. 모셔 드리겠습니다. 많이 놀라셨죠?"라며 나쁜 사람인 것 같지도 않게 제등을 들고 돌아왔다. 오세키는 비로소 가슴을 쓸어내리며 든든한 마음으로 차부의 얼굴을 보자, 스물대여섯 살의 낯빛이 검고 몸집이 작은 야윈 남자였다. '어, 달빛을 등진 저 얼굴은 누구였더라? 누구와 닮았어.'라는 생각에 그 사람의 이름까지 낮은 소리로 되뇌다 "혹시 당신은?" 하고 자기도 모르게 말을 걸자 남자는 "네?" 하며 놀라 뒤돌아보았다. "저, 당신은 혹시 그분이 아닌가요? 저를 설마 잊지는 않으셨겠죠." 하고는 미끄러지듯 인력거에서 내리고 지그시 바라보자 "당신은 사이토 집안의 오세키 씨로군요. 면목이 없네요, 이런 꼴이라. 등 뒤에는 눈이 없어 전혀 눈치채지도 못했네요. 그래도 목소리로 짐작했어야 했는데, 저도 참 둔해졌나 봅니다." 하며 고개를 숙이며 창피해했다. 오세키는 차부를 머리부터 발끝까지 바라보며 "아네요, 아네요. 저도 길을 지나다 마주치기만 해서는 역시 당신인 줄 몰랐을 거예요. 저도 방금 전까지만 해도 전혀 모르는 사람인 줄 알았는데, 못 알아보시는 게 당연하죠. 아까는 정말 몰라서 그런 거니 용서해 주세요. 그나저나 언제부터 이 일을 하셨나요? 그런 마른 몸으로 힘들지도 않으세요? 아주머니께서 시골로 떠나 오가와마치의 가게를 접었다는 말은 멀리서나마 들었지만, 저도 예전의 처지가 아니라 여러모로 걸리는 게 있어서요, 찾아가기는커녕 편지도 보내지 못했네요. 지금은 집이 어디세요? 아내분은 건강하세요? 아이도 생겼나요? 저는 요즘도 오가와마치 권공장[78]에 가끔 구경하러 갈 때마다, 가게가 예전과 똑같이 그대로 담배 가게 노토야라는 간판을 걸고 있는 것에 언제 지나도 눈이 가, '아, 고사카 집안의 로쿠 씨가 어렸을 때는 학교에 갔다 오는 길에 들러 남은 엽궐련을 얻어 주제넘게 피워 대곤 했는데. 지금은 어디서 뭘 하고 있을까. 그 약한 마음으로 고달픈 세상을 어떻게 살아가고 있을까.'라는 생각이 들어 친정에 갈 때마다 요즘에는 어떻게 사는지 혹시나 알까 싶어 물어봤는데, 어느덧 사루가쿠초를 떠난 지도 5년이 됐네요. 소식을 전해 들을 길이 전혀 없어 얼마나 보고 싶었다고요." 하며 제 신분도 잊고 묻자 남자는 흐르는 땀을 수건으로 닦으며 "부끄러운 처지로 떨어져 지금은 집

78　勸工場. 건물 안에 많은 가게가 들어가 여러 가지 상품을 즉매하던 곳. 1878년 도쿄에 최초로 생긴 이후 백화점의 발달과 함께 점차 쇠퇴하다 간토 대지진 이후 자취를 감췄다.

이라고 할 것도 없습니다. 이불은 아사쿠사마치의 무라타라는 싸구려 여인숙 2층에 펴 놓았는데, 마음이 가면 오늘 밤처럼 늦도록 인력거를 끌기도 하고 좀 지긋지긋하다는 생각이 들면 진종일 뒹굴뒹굴하며 연기처럼 살고 있죠. 당신은 여전히 아름답군요. 사모님이 되셨다는 말을 들었을 때부터, '그래도 한번은 얼굴을 볼 수 있지 않을까. 죽기 전에 다시 말을 나눌 수 있지 않을까.' 하며 꿈처럼 바랐어요. 지금까지는 목숨을 쓸데없는 걸로 여기며 내버린 것처럼 다뤘는데, 그래도 목숨이 붙어 있으니 얼굴을 보기는 하네요. 용케도 저를 고사카 로쿠노스케라고 기억해 주셨군요. 고맙습니다." 하고 고개를 숙였다. 오세키는 하염없이 눈물을 흘리며 '어느 누구도 쓰라린 세상에서 저 홀로 고생한다고 생각해선 안 돼요.' 하고 생각했다.

"그런데 아내분은요?" 하고 오세키가 묻자 남자는 "아마 아실 거예요. 비스듬한 맞은편에 있던 스기타야의 딸. 얼굴빛이 희다느니 용모가 어떻다느니 하며 사람들이 호들갑 떨던 여자가 제 아내였죠. 제가 너무도 방탕함을 일삼으며 집에 들어올 생각을 않자, 혼기인데 장가를 가지 않아 그런 거라고 벽창호인 한 친척이 착각을 했고, 또 어머니는 그걸 과연 그렇구나 하며 곧이곧대로 듣고는 반드시 가야 한다, 가야 한다고 하며 막무가내로 성가시게 권하시더군요. 그래서 될 대로 되라, 멋대로 돼 버리라는 생각으로 그 여자를 집에 들인 게 마침 당신의 임신 소식을 들었을 때였어요. 이듬해에는 저도 남한테 축하 소리를 들으며, 서 있는 개 인형과 팔랑개비를 늘어놓게 됐지만 어떻게 그런 걸로 제 방탕함이 그쳤겠습니까. 남들은 예쁜 아내를 가지면 밖에 나돌아 다니지 않을 거고, 애가 태어나면 정신을 차리리라 생각했겠지만, 설령 고마치와 서시가 제 손을 붙잡고 가서 소토오리히메[79]의 춤을 보여 준다고 해도 이 방탕한 기질은 결코 고쳐지지 않았을 텐데, 어떻게 젖내 나는 애 얼굴을 보고 보리심이 일어났겠습니까. 놀고 또 놀고 실컷 놀고, 마시고 또 마시고 실컷 마시며 집도 장사도 내팽개치다 무일푼으로 나앉은 게 3년 전 일입니다. 어머니는 시골로 시집간 누나 집에서 맡아 모셨고 아내는 애를 데리고 친정에 가 버린 뒤로 소식이 없더군요. 여자애라서 아깝다느니 어떻다느니 생각은 하지 않았는데, 개도 작년 말 티푸스에 걸려 죽었다고 들었습니다. 여자애는 조숙하다고들 하니 숨이 넘어갈 즈음에는 분명 아버지가 보고 싶다느니 하는 그런 말을 했겠죠. 살아 있었다면 올해 다섯 살입니다. 이 얼마나 하찮은 처지입니까? 얘깃거리도 안 되죠."하고 이야기했다.

남자가 허수한 얼굴에 웃음을 띠며 "사모님이 된 당신인 줄도 모르고 엄청난 실수를 저질렀군요. 자, 타세요. 모셔 드리겠습니다. 너무 느닷없어서 깜짝 놀라셨지요. 실은 인력거를 끈다는 것도 그저 모양뿐입니다. 무슨 낙이 있어 인력거 채를 쥐고, 무슨 바람이 있어 마소의 흉내를 내겠습니까. 돈을 받으면 입꼬리가 올라갈지, 술을 마실 수 있으면 기분이 좋을지⋯⋯. 가만히 생각해 보면 전부 다 지겨워서 손님을 태웠을 때건 빈차일 때건 싫어지면 가차 없이 싫어지고 맙니다. 정말이지 기가 막히는 사내죠. 어떻습니까. 아마 정이 뚝 떨어지시겠죠? 타세요. 모셔 드리겠습니다."하고 권해 오세키는 "저, 모를 때는 어쩔 수 없었지만 알고서 어떻게 제가 거기에 탈 수

79   일본과 중국의 역사적 인물들로, 여기서는 미인의 대명사.

있겠어요. 그래도 이런 적적한 곳을 혼자 가기는 불안하니 히로코지에 갈 때까지만 그냥 길동무가 돼 주세요. 얘기를 나누며 가요."라고 하며 옷자락을 조금 잡아 올렸는데, 옻칠한 게다의 소리도 적적하게 들렸다.

'옛 친구 중에서도 이 사람과의 인연은 잊을 수 없어. 오가와마치의 고사카라고 해서 조촐한 담배 가게의 외아들. 지금은 이렇게 얼굴빛도 검게 보이지 않는 사내가 됐지만, 번영하던 시절에는 도잔[80] 무명옷을 입고 세련된 앞치마를 두른 차림으로 응대도 잘했고, 붙임성도 있어 젊은 나이에도 노련미가 있었지. 아버지가 살아 있을 때보다 가게가 더 잘된다는 평판을 들은 똑똑한 사람이었는데 지금은 전혀 딴판이네. 내가 시집간다는 소식을 듣고부터 '다 팽개치고 놀며 난리를 피우는 게, 고사카 집안의 아들은 사람이 전혀 달라진 것 같다. 마라도 들었나. 탈이라도 났나. 아무래도 예삿일이 아니다.'라는 말을 그 시절에 들었는데, 오늘 밤에 보니 이토록 만신창이에다 싸구려 여인숙에 살게 된 줄은 생각지도 못했구나. 나는 이 사람을 좋아하게 된 뒤로 열둘부터 열일곱 살까지 나날이 얼굴을 마주할 때마다 훗날에는 저 가게의 어디에 앉아 신문을 펼쳐 보며 장사를 하겠거니 생각했지. 그러다 생각지도 못한 데로 인연이 정해졌지만 부모님 말씀이니 어떻게 거스를 수 있었을까. 담배 가게의 로쿠 씨한테 가고 싶다고 생각했지만 그건 단지 어린 마음에서였어. 로쿠 씨 쪽에서 무슨 말을 꺼낸 적은 없었고 나는 더욱이 그러했지. 이런 종잡을 수 없는 꿈같은 사랑이었기에 '마음을 끊자. 마음을 끊자. 뒤돌아 버리

---

80 唐桟. 감색 바탕에 엷은 남색, 빨강 등의 가는 세로 줄무늬를 짜낸 면직물.

자.' 하고 결심하고 지금의 하라다 집안에 시집을 가기는 했지만, 그 막바지까지도 눈물이 흘러 차마 잊지 못한 사람이었지. 내가 좋아한 만큼은 그 사람도 좋아해, 그 탓에 신세가 파멸에 이르렀는지도 모르는데 이런 마루마게나 하며 점잔을 빼는 듯한 내 모습이 얼마나 밉살스러울까. 실은 나도 전혀 만족스러운 처지가 아닌데……' 하고 생각하며 오세키는 뒤돌아 로쿠노스케에게 눈길을 주었지만 그는 무슨 생각을 하는지 넋이 나간 표정이었다. 오랜만에 오세키와 얼굴을 마주했는데도 그다지 기쁜 모습도 보이지 않았다.

히로코지에 오자 다른 인력거도 있었다. 오세키가 지갑에서 지폐 몇 장을 꺼내 흰 종이[81]에 조심스럽게 싸고는 "로쿠 씨, 이건 정말 실례지만 휴지라도 사는 데 쓰세요. 오랜만에 만나서 하고 싶은 말은 산더미 같지만 말 못 하는 걸 이해해 주세요. 그럼 저는 이만 갈게요. 몸을 아껴서 아프시지 않도록 하세요. 아주머니도 얼른 안심시켜 드리시고요. 뒤에서 저도 기도할게요. 부디 예전의 로쿠 씨가 돼서 근사하게 가게를 여는 모습을 보여 주세요. 그럼." 하며 인사하자 로쿠노스케는 그 포장을 받아들며 "사양해야겠지만 직접 주신 거니 고맙게 받고 추억으로 삼겠습니다. 헤어지기 아쉬워도 이게 꿈이라면 어쩔 수 없는 노릇이죠. 자, 가세요. 저도 가겠습니다. 밤이 이슥해지면 길이 쓸쓸합니다."라고 하며 빈차를 끌며 뒤돌았다. 그 사람은 동쪽으로, 다른 사람은 남쪽으로…… 큰길의 버드나무가 달빛 아래 나부꼈고 힘없는 듯 울리는 옻칠한 게

---

81 小菊紙. 다용도 백지로, 와카 쓰기, 손 닦기 등을 위해 당시 여성이 교양 차원에서 품속에 넣고 다녔다.

다 소리. 무라타 여인숙 2층에서도, 하라다 저택 안채에서도 피차 쓰라린 세상 탓에 하는 고민은 몹시도 많다.

키 재기

1

길을 꺾으면 정문 어귀에서 실가지를 길게 드리운 미련의 버드나무[82]까지는 꽤 멀지만 오하구로 도랑[83]에 등불을 비추는 3층 기루의 야단스러움도 손에 잡히는 듯하고, 주야분주하게 오가는 인력거로 이루 헤아릴 수 없을 전성(全盛)이 점쳐지는데, 다이온지 앞[84]이라고 불려 이름은 불교 냄새가 나지만,

---

82 見返り柳. 신요시와라(新吉原) 유곽(이하 유곽, 현재의 다이토구 센조쿠3·4초메의 일부)에서 앞쪽의 정문으로 나와 굴곡진 길을 조금 걸어 나온 곳에 있던 버드나무로, 그쯤에 오면 손님이 유녀에 대한 미련 때문에 정문 쪽을 뒤돌아보게 된다는 데서 이 같은 이름이 붙었다.

83 お歯ぐろ溝. 유곽 부지를 둘러싼 용수로(이하 도랑). 당시 폭은 약 3.5미터로 유녀의 도망을 막았다. 유녀들이 쓰고 남은 오하구로(이를 검게 물들이는 용액)를 창문에서 이곳에 버렸다는 데서 이 같은 이름이 붙었다. 이를 검게 물들이는 것은 에도 시대로부터 이어진 기혼 여성 및 유녀의 관습.

84 大音寺前. 옛 류센지마치(竜泉寺町), 현재의 다이토구 류센3초메에 해당한다. 유곽의 남동쪽에 인접해 있다. 이치요는 한때 이 동네에서 잡화점을 운영했다.

그래도 살고 있는 사람들은 활기찬 동네라고 했다. 미시마 신사의 모퉁이를 꺾고부터는 이렇다 할 큰 건물도 없이 처마 끝이 기울어진 열 집 연립 가옥과 스무 집 연립 가옥이 보일 뿐이다. 결코 장사는 되지 않는 곳이라고 해서 반은 닫아 놓은 덧문 바깥에 요상한 모양으로 종이를 잘라 호분을 바른 것은 채색이 있는 두부 산적을 보는 듯하다. 뒤에 매달아 놓은 꼬챙이의 모양도 우습다. 이렇게 해 놓은 집이 한두 곳이 아니다. 동틀 녘에 말리고 저물녘에 거두는 수고가 엄청나 일가 식구가 여기에 매달리는지라 그것이 대체 무엇이냐고 혹여 물으면 "모르시오? 11월 닭날〔酉日〕 그 신사[85]에 욕심 많은 사람들이 짊어지고 가잖소? 이게 바로 그 복갈퀴를 미리 만드는 준비라오." 하고 대답할 터다. 정초에 장식 소나무를 치울 무렵부터 시작해 1년 내내 만드는 사람은 진정한 장사꾼이며, 부업으로 여름부터 손발을 얼룩덜룩 더럽히는 것만으로도 이듬해 설빔은 댈 수 있다고 한다. "높으신 오토리 신령님! 사는 사람에게도 큰 복을 내려 주신다면 만드는 우리에게는 만 배의 이익을 내려 주소서." 하며 모두가 빈다고 하지만 그랬다는 사람치고 뜻밖에 이 주변에서 큰 부자가 되었다는 소문도 들리지 않았다. 주민 대부분은 유곽에서 일하는 사람으로, 남편들은 어느 하급 기루 앞에서 신발 물표를 탁탁 부딪치며 영업 시작을 알리는 데 정신이 없었는데, 어쩌면 해 질 녘에 하오리를 걸치고 집을 나선 것을 끝으로 더는 뒤에서 부시를 쳐 정화를 끼얹어 준 아내의 얼굴을 보지 못할지도 모른다. 치정 살

---

85 유곽 뒤편의 오토리(大鳥·鷲) 신사를 가리킨다. 11월 닭날 축제[酉の市]는 이 신사에서 열리는 것이 가장 유명하다.

인에 잘못 휘말리거나 유녀와 무리한 정사를 시도하다 자기만 살아나 남의 원한을 사기 딱 좋은 신세이므로 잘못하면 목숨이 날아갈 수도 있는 출근이기 때문인데, 이것이 나들이처럼 보이는 것도 우습다. 딸들은 최고급 기루에서 유녀의 잔심부름을 한다느니 어떤 명당 찻집[86]으로부터 손님을 기루에 안내한다느니 하며 제등을 들고 종종걸음 치는 법을 배웠는데, 그것을 졸업하면 무엇이 될까. 하여간 그런 일을 명예롭게 보는 것도 우습지 않은가? 한편 촌티를 벗은 서른 남짓한 여자는 산뜻한 도잔 기모노를 차려입고 감색 다비 차림으로 셋타[87]를 타박타박 조급한 듯이 내딛으며 옆구리에 어떤 보자기를 끼고 다녔는데, 그것이 무엇인지는 묻지 않아도 뻔하다. 찻집에서 놓은 간이 다리[88]에서 발을 굴리는 소리와 함께 "돌아가기 머니까 여기서 드릴게요!" 하는 말이 들리기도 했는데, 바로 유곽 밖에서 지은 맞춤옷을 배달해 오는 여자였다. 이 일대의 풍속은 다른 곳과 달라 오비를 허리 뒤에서 정식으로 묶은 여자는 적었고, 화려한 무늬를 선호해 넓은 폭의 오비를 날림으로 두르기만 했다. 서른쯤의 여자는 그렇다 쳐도, 열대여섯 살의 아이가 건방지게 꽈리 피리를 불며 그런 차림으로 있어도 눈감아 주는 사람은 있을 터다. 장소가 장소이니만큼 어쩔 수 없는 것이다. 어제까지만 해도 도랑 옆의 하급 기루에서 무

---

86 七軒. 정문으로 유곽에 입장했을 때, 바로 오른편에 있던 일곱 곳의 찻집. 유곽에서 찻집은 기루를 주선해 주는 창구였다.

87 雪駄. 밑바닥에 가죽을 대고 뒤꿈치에 쇠붙이를 박아 튼튼하게 만든 일본 신. 다비는 일본식 버선.

88 桟橋. 찻집의 뒷문에 만들어 놓은, 도랑 위로 올리고 내리는 것이 가능한 다리로, 정문 출입이 원칙이던 유곽에서 일종의 샛길 역할을 했다.

슨 무라사키니 하는 이름으로 있던 여자가 오늘은 유객들을 놀리며 다니기나 하는 불량한 사내와 함께 손에 익지 않은 닭 구이 야간 노점을 내고, 그러다 밑천을 다 날리고는 다시 원래 기루에 들어가기도 했다. 이것이 어딘지 평범한 여염집 여자 보다는 멋있는 듯이 여겨져 이런 데 물들지 않는 아이들도 없 었다. 가을에는 9월 니와카[89] 무렵의 큰길을 보시라. 참 용케 도 배워 로하치나 에이키[90]를 흉내 내는데 맹자 어머니가 놀 랄 정도로 숙달이 빨랐다. 잘한다는 칭찬을 듣고는 "오늘 밤 도 한 바퀴 돌아 볼까?" 하고 내뱉는 건방짐은 일고여덟 살부 터 점점 심해지다, 결국은 어깨에 수건을 걸치고 콧노래를 부 르며 유객을 놀리는 열다섯 살 소년의 되바라진 모습으로 이 어지니 참 무서운 노릇이다. 학교에서 창가를 부르는 데도 '깃 춘춘' 하며 속요의 후렴구로 박자를 타고, 운동회에서도 노동 요를 부르지 않을 수 없는 풍치다. 그러잖아도 교육은 어려운 데 교사의 고생이 짐작되는 것은 이리야 가까이에 있는 이쿠 에이샤[91]라고 해서, 사립이지만 학생 수는 1000명에 가깝고, 좁은 교실에 학생들이 빽빽이 들어앉은 갑갑한 곳이지만 교 사의 인망이 바야흐로 널리 알려져 있어 '학교'라는 한마디만 으로도 이 주변에서는 모두 그곳으로 알 정도다. 다니는 수많 은 학생들 가운데는 높은 데서 토목 노동을 하는 아이도 있는

---

89 仁和賀. 유곽에서 행해진 즉흥 연극. 18세기 초부터 시작되어 메이지 시대에 들어서는 매년 9월 중순에서 10월 중순까지 이어졌다(전·후반 2회로 나누어 개최). 거리에 설치된 무대 위에서 남자 예능인과 게이샤 등이 공연을 벌이는 요시와라 3대 행사의 하나.

90 露八, 栄喜. 모두 유곽을 근거로 두고 활동한, 실재했던 남자 예능인.

91 育英舍. 가공의 소학교 이름. 이리야는 유곽에서 서남쪽 방면.

것 같다. 제 아버지가 간이 다리의 파수막에 있는 줄을 배우지 않고도 알 만큼 영리했다. 사다리에 오르는 흉내를 내며 "어라, 담장울을 부러뜨려 버렸네?" 하고 나대며 놀기도 했다. 무면허 변호사의 자식도 있을 터다. "네 아버지는 돈 안 내고 튄 사람 돈이나 받으러 졸졸 쫓아다니는 사람이지?" 하고 놀림 당하고는 제 이름을 대기 괴로워하는 어린 마음에 얼굴을 붉히기도 하는 가련함. 잘나가는 기루의 귀동자가 기루 소유의 별택에 살고 있으면서도 화족 행세를 하느라 술이 달린 모자를 쓰고 여유로운 표정으로 양복을 거뜬히 화려하게 입은 것을 "도련님! 도련님!" 하며 떠받드는 아이의 모습도 우습다. 이 수많은 가운데 류게지[92]의 신뇨라는 아이는 빽빽한 검은 머리를 이제 몇 해나 성히 가지고 있을 수 있을까. 끝내는 잿빛으로 바뀔 소맷자락의 색. 승려가 되겠다는 결심은 과연 진정에서 나온 것일까. 훗날 절을 물려받을 이 아이는 부모를 닮아 공부에 열심이었다. 점잖은 천성을 답답하게 여겨 친구들은 여러 장난을 치기도 했다. 한번은 고양이 시체를 새끼줄에 옭아매고 "네 일이니까 관 앞에서 설법을 해 주는 게 어때!" 하며 내던지기도 했지만 이제는 다 지난 일이다. 요즘은 교내에서 제일가는 학생이기 때문에 장난으로라도 깔보는 아이는 없었다. 나이는 열다섯. 키는 보통이지만 밤송이머리를 해서 그런지 범상치 않은 분위기였다. '후지모토 노부유키(藤本信如)'라고 훈독으로 불러도 충분하지만, 어딘지 석가의 제자 같다고 말하고 싶은 몸가짐이었다.

92　竜華寺. 가공의 절 이름.

2

8월 20일은 센조쿠 신사의 축제라는 까닭에 화려한 장식 수레와 가설무대가 동네마다 위세를 뿜내며 제방[93]을 넘어왔는데 유곽 안까지도 들어올 기세였다. 젊은이들의 끓는 피가 짐작될 터다. 한편 어깨너머로 들은 어린애라고 해서 얕보기가 어려운 것이 이 일대이므로 아이들도 유카타를 단체로 맞춰 입은 것은 물론이다. 저마다 의견을 모아 건방진 차림의 끝을 보았는데 어떤지 들어 보면 분명 기겁할 것이다. 골목파라고 자칭하는 난폭한 아이들의 대장인 '우두머리 조키치'라는 아이는 열여섯 살밖에 되지 않았지만, 한번은 니와카 행사에서 제 부친을 대신해 행렬의 선두에 쇠 장식이 달린 지팡이를 흔들며 나선 뒤로 우쭐거리게 되어, 오비는 허리 끝에 대강 걸쳐서 맸고 대답은 코끝으로 얼굴을 까딱거리며 하는 것이 예사가 되었다. "얄미운 꼬락서니 하고는. 쟤가 십장의 자식이 아니었다면……." 하며 토목 노동자의 아내들은 험담을 하기도 했다. 그만큼 실컷 건방진 모습을 밀고 나가며 분수에 넘치는 위세를 떨쳤지만, 큰길 다나카야의 쇼타로라고 해서 나이는 조키치보다 세 살 어리지만 집에 돈이 있고 붙임성이 있어 남들도 미워하지 않는 그의 적이 있었다. '나는 사립학교에 다니는데 녀석은 공립에 다닌다고 해서 똑같은 창가를 불러도 자기들이 본가라는 표정을 짓고 있지. 작년, 재작년에도 녀석 무리에는 북 치는 어른들이 붙어 있었고 축제의 취향도 나

---

93 당시 정문 앞을 지나던 니혼즈쓰미(日本堤) 수로의 제방을 가리킨다. 이하에 나오는 '제방'은 모두 이 제방을 말한다.

보다 더 화려해 시비를 걸기 어려운 사정이 있었다. 올해 혹시 또 지면 "내가 누군 줄 알아? 골목파 조키치다." 하며 평소에 힘자랑을 하던 건 허세로 치부돼 벤텐 연못에서 헤엄칠 때도 우리 편이 되는 사람은 많지 않겠지. 힘으로는 우리가 더 세지만 다나카야의 살가운 태도에 넘어가, 일단 공부를 잘한다는 걸 두려워해 우리 골목파에서 다로키치나 산고로 같은 녀석들이 은근히 저쪽 편이 된 것도 분하다. 축제는 내일모레다. 결국 우리 편이 질 것 같으면 차라리 이판사판으로 나가 쇼타로 낯짝에 상처를 하나 내고, 우리도 한쪽 눈이나 발이 없는 셈 치면 속 편하겠지. 인력거 주선집의 우시마쓰하고 일본발 머리끈집의 분지, 장난감 가게의 야스케 같은 애들이 도와주면 녀석들 못지않을 거야. 아, 그렇지! 얘들보다는 개…… 그 후지모토라면 좋은 지혜도 빌려주지 않을까?' 하고 생각하여 조키치는 18일 저물녘에 입만 열면 눈과 입에 달려드는 귀찮은 모기를 떨쳐 내며 대나무가 우거진 류게지의 툇마루 쪽 정원에서 신뇨의 방에 살금살금 다가가 "노부유키야, 있어?" 하고 얼굴을 내밀었다.

"내가 하는 일을 사람들은 난폭하다고 해. 난폭할지도 모르겠지만 분한 건 분하단 말이야. 응? 노부유키야, 내 말 좀 들어 줘. 작년에도 우리 편 막내하고 쇼타로 편 꼬맹이 녀석이 등롱을 들고 치고받던 데서 시작해, 순식간에 녀석 패거리가 하나둘 뛰쳐나와선 웬걸, 우리 막내 등롱을 다 부수고 헹가래를 치며 '봐라, 골목 놈의 꼴을!' 하고 한 명이 말하니, 그 키만 멀대같이 커선 겉늙은 경단집의 열간이가 '우두머리는 무슨! 꼬리다, 꼬리. 돼지 꼬리!' 하며 욕을 했다더라고. 나는 그때 센조쿠 신사에 대열을 이뤄 들어가 있어서 나중에 얘기를 들었을 때 곧바로 복수하러 가겠다고 했더니, 아버지께서 엄청 잔소리를 하셔서 그때도 단념했어. 재작년에는 또, 너도 알다시피 붓 가게로 큰길 젊은 형들이 모여 익살극을 펼쳤잖아. 그때 내가 구경하러 갔는데 '골목에는 골목만의 취향이 있잖아?'라고 하며 쇼타만 손님으로 받은 일도 속에 남아 있고. 돈이 아무리 많다고 해도 전당포를 하다가 염치없이 고리대금업으로 틀었으니, 그런 놈은 살려 놓기보다는 때려죽이는 편이 세상에 도움이 될 거야. 나는 이번 축제에서는 어떻게 해서든 거칠게 시비를 걸어 지난번 일을 되갚아 줄 생각이야. 그러니 노부유키야, 친구 좋다는 게 뭐냐? 네가 싫다고 말할 걸 각오하고는 있지만 그래도 제발 우리 편을 들어 줘. 골목파의 치욕을 씻는 일이잖아. 응? 본가 중의 본가인 창가라고 하며 나대는 쇼타로를 한 방 먹여 주지 않을래? 내가 사립의 멍청이라는 소리를 들으면 너도 결국 마찬가지가 되잖아. 제발 부탁이야. 도와준다는 생각으로 큰 등롱을 좀 휘둘러 줘. 나는 머리부터 발끝까지 너무 분해! 이번에 지면 이 조키치가 설 자리는 없어." 하며 조키치는 몹시 이를 갈며 떡 벌어진 어깨를 부들거렸다. "그런데 나는 힘이 약한걸." "약해도 괜찮아." "등롱은 휘두를 수 없어." "안 휘둘러도 돼." "내가 끼면 질 텐데, 그래도 좋아?" "져도 돼. 그러면 어쩔 수 없는 줄로 알고 포기할 테니까. 너는 아무것도 안 해도 좋아. 그냥 골목파라는 이름으로 으름장만 놓아 주면 애들은 우르르 우리 편에 붙을 거야. 나는 이런 벽창호지만 너는 머리가 좀 되니까. 녀석들이 한자로 된 말로 놀려 대기라도 하면 너도 한자로 된 말로 받아쳐 줘. 이야, 기분 좋다! 됐어! 네가 내 말을 들어준다면 이제는 정말 든든해. 노부유키야, 고마워." 하며 조키치는 평소와 달리 다정한 말도 했다.

한 명은 산자쿠오비에 조리를 아무렇게나 걸쳐 신은 차림의 십장 아들인 데다 다른 한 명은 녹색을 띤 감색 무명 하오리에 보라색 헤코오비를 맨 도련님 풍채이기 때문에 하는 생각은 정반대이며 의견은 늘 엇갈리기 일쑤였지만,[94] 조키치는 우리 절 근처에서 첫울음을 운 아이라고 하며 큰스님 부부가 특별히 봐주기도 했다. 같은 학교에 다녔기 때문에 사립이 어쩌니 하며 무시당하는 것도 불쾌했던 데다 원래 붙임성이 없는 조키치이니 진심으로 같은 편이 되어 주는 아이도 없어 가엾게 느껴졌다. 게다가 저쪽 편에서는 동네 젊은 형들까지 뒷배로 두었으니 조키치가 비비 꼬인 생각을 하는 것도 아니었다. 조키치가 지고 다니는 것은 다나카야 쪽에도 죄가 적잖은 셈이었다. 어쩌다 부탁을 받아도 의리 때문에 차마 싫다고는 말하지 못해 신뇨는 "그럼 네 편이 될게. 이건 거짓말이 아니지만, 그래도 되도록 싸움은 하지 않는 편이 이기는 거야. 결국 녀석들 쪽에서 두 팔을 걷고 나온다면 어쩔 수 없겠지만. 하기야 만일 싸운다고 해도 다나카 쇼타로 정도는 한주먹감이지." 하고 말했다. 자기가 힘이 없는 줄은 잊어버리고 신뇨가 책상 서랍에서 교토 특산품으로 선물받은 고카지 주머니칼을 꺼내 보이자 조키치는 "잘 들겠네." 하며 살펴보았다. 위험하구나. 이런 것을 휘둘러서야 될까.

---

94 산자쿠오비는 무명 재질의 짧은 오비로 당시 직공, 방탕자의 대명사. 서생의 대명사인 헤코오비와 대비된다.

3

풀면 발에도 닿을 머리를 보통보다 높은 데서 단단히 묶고 앞머리를 크게 빗어 넘긴지라 틀어 올린 머리가 무겁게 보이는 샤구마라는 머리 모양은, 이름은 무섭지만 요즘 유행이라 대갓집 따님들도 하신다고 한다. 피부가 희고 콧날이 반듯하며, 입매는 작지 않지만 다물고 있으면 보기 흉하지는 않다. 한 군데 한 군데를 꼽아서 비교하면 미인의 모범과 거리가 멀지만 목소리는 가늘고 산뜻하며, 사람을 보는 눈은 애교가 흘러넘치고 몸짓에 생기가 있는 것은 더할 나위 없이 좋다. 단감색 천에 큼직한 나비와 새 무늬가 하얗게 들어간 유타카를 입고, 검은 수자직 천과 두세 빛깔로 홀치기염색을 한 천을 맞대어 만든 오비를 가슴 가까이에 올려 매고는 발에는 옻칠을 한, 이 주변에서도 많이 보이지 않는 비싼 게다를 신은 채 아침 목욕을 하고 돌아가는 길에 뽀얀 목덜미를 내비치며 손에 수건을 들고 선 자태를 보고 유곽을 나가는 젊은이들은 "3년 뒤에 다시 보고 싶구나." 하고 말하곤 했다. 바로 다이코쿠야[95]의 미도리라는 아이인데, 기슈[96] 태생이라 말에 사투리가 약간 섞인 것도 사랑스러웠지만 무엇보다 씀씀이가 시원시원한 성격을 좋아하지 않을 사람은 없었다. 어린아이에 걸맞지 않게 돈지갑이 무거운 것도 물론이다. 유녀로 잘나가고 있는 언니를 둔 여파다. 심지어 유녀를 관리하는 할멈이 언니에 대한 아첨으로 "미도리야, 인형을 사지 않겠느냐. 이건 정말 거저 주

---

95 大黒屋. 가공의 기루 이름.

96 紀州. 현재의 와카야마현.

는 값이란다." 하며 주기도 하지만 이를 은혜로 생각하지 않으니 받는 사람은 고맙게도 느끼지 않았다. "자, 전부 나눠 가져가." 하며 같은 반 여학생 스무 명에게 똑같은 고무공을 주는 어리석은 일은 물론이거니와 단골인 붓 가게에 쌓인 골칫거리 장난감을 싹쓸이하여 주인을 기쁘게 한 일도 있다. 그런데 매일 밤낮으로 하는 탕진은 그 나이와 그 처지에서 당해 낼 수 있는 것이 아니다. 나중에 커서 뭐가 되려는 것일까. 부모는 있으나 너그럽게 봐줘서 야단을 치는 일도 없었고, 기루 주인이 귀하게 대접해 주는 것도 신기한데, 들리는 말로는 양녀도 아니고 친척도 물론 아니며, 언니라는 사람이 몸이 팔리던 당시 그를 품평하러 온 기루 주인의 권유로 이 땅에서 살길을 찾겠다고 결심해 셋이서 먼 길을 떠나 왔다고 한다. 이주한 데는 이런 사정이 있었던 것이다. 이것보다 더 깊은 사정은 무엇일까. 지금은 기루 소유의 별택[97]을 관리하는 한편 모친은 유녀의 옷을 수선했고 부친은 하급 기루의 서기가 되었다. 미도리는 가무음곡, 수공예 학당에도 보내서 다니고 있는데, 이외에는 마음 가는 대로 반나절은 기루의 언니 방,[98] 또 반나절은 동네에서 놀며 종일 보고 배우는 것은 샤미센 소리나 북소리가 들리며 날이 새는 것과 붉은색이나 자주색의 화려한 복장이 전부였다. 처음에 연보랏빛으로 홀치기염색을 한 장식용 옷깃을 겉의 겹옷에 꿰매 입고 다녔을 때 "촌뜨기다, 촌뜨기." 하며 동네 여자애들에게 비웃음당한[99] 일을 분해하며 사

97　이 가공의 별택은 유곽 밖에 인접한 '다이온지 앞' 동네에 있는 것으로 설정되어 있다.

98　당시 창기는 관련 규칙에 따라 유곽 내 소속 기루에서 기우(寄寓)했다.

99　장식용 옷깃은 원래 주반의 옷깃에 꿰매어 붙이는 것이기 때문.

흘 밤낮으로 눈물을 짜기도 했다. 그러나 이제는 자기가 남들을 비웃으며 "촌스러운 꼴 좀 봐." 하며 거침없이 독설도 내뱉었는데, 이를 되받아치는 사람도 없었다. "20일은 축제니까 실컷 재미있는 일을 하자." 하고 친구가 졸라 대자, "취향은 뭐가 됐든 일단 각자 생각해 보고, 많은 애들이 좋아하는 일로 하는 게 좋지 않을까? 얼마가 들든 좋아. 내가 낼 테니까." 하며 예와 같이 돈 계산도 하지 않고 떠맡았으니 아이들 사이에서는 여왕님으로 받들어졌다. 이런 다시없을 은혜는 어른보다 약효가 빠른지라 한 아이가 "익살극으로 하자. 가게 한 곳을 빌려 길거리에서도 구경할 수 있게 만드는 거야."라고 하자 "바보 같은 소리. 그것보다는 신여[100]를 만들어 줘. 가바타야 안에 장식돼 있는 그런 진짜 신여를 말이야. 무거워도 괜찮아. 으라차차 들면 문제없으니까." 하고 수건을 꼬아 이마에 동여맨 남자아이가 말했다. 그러자 그 곁의 소녀 무리에서 "그럼 우리가 재미없잖아. 모두가 떠들썩한 걸 보기만 해선 미도리도 재미없게 생각할 거야. 미도리야, 뭐든 네가 하고 싶은 걸로 해." 하는 말이 나왔지만, 거기에 축제는 빼먹고 도키와자[101]에 가자는 말눈치가 있는 것도 우습다. 한편 다나카야의 쇼타가 귀여운 눈을 뱅글뱅글 움직이다 "환등[102]으로 하지 않을래? 환등 말이야. 나한테도 유리판은 조금 있고, 모자라는 건 미도리한테 사 달라고 해서 붓 가게에서 하지 않을래? 내가 비추는 역할을 하고 골목에 사는 산고로한테 목소리를

---

100 神輿. 신령을 안치하는 가마. 제례 때 멘다.

101 常盤座. 당시 아사쿠사 공원 내에 있던 소극장. 1887년 개관.

102 작은 유리판에 그림을 그려 강한 빛을 가해 그 확대된 영상을 전면의 벽에 비추는 도구. 당시 참신한 장난감으로 널리 유행했다.

내는 역할을 해 달라고 하는 거야. 미도리야, 이건 어때?"라고 하자 미도리는 "응. 그거 재밌겠다. 산고로의 입담이라면 웃지 않고선 못 배길 거야. 이왕에 한다면 그 얼굴이 비치면 더 재밌겠다." 하고 답하며 이야기는 마무리되었다. 쇼타가 모자란 물건을 사게 되었는데, 그러느라 땀을 흘리며 뛰어다니는 모습도 우스웠다. 한편 이 소식은 축제 하루 전에 골목 쪽까지도 알려졌다.

4

치는 북의 가락, 샤미센의 음색에 모자람이 없는 곳에서도 축제는 또 다른 이야기다. 11월의 닭날 축제를 빼면 1년에 한 번뿐인 성황이었다. 서로 가까이에 있는 미시마 신사나 오노테루사키 신사 사람들에게 지지 않겠다는 경쟁심에서 우습게도 골목과 큰길 사람들은 모두 모카산 무명에 동네이름을 흘려 쓴 단체 유카타를 입었는데, 작년보다 도안이 좋지 않다며 투덜대는 사람도 있었다. 치자 물을 들인 다소 두꺼운 삼베 다스키를 맨 열네다섯 살 아래의 아이는 거기에 다루마 인형이나 부엉이 인형, 개 인형 등 다양한 장난감을 많이 매달수록 의기양양했는데, 일곱 개나 아홉 개, 열한 개나매단 아이도 있다. 큰 방울, 작은 방울을 등에 달아 딸랑거리며 맨발로 뛰어다니는 아이는 씩씩하면서도 우습다. 무리에서 벗어난 데서 다나카야의 쇼타는 붉은 줄무늬 위에 상호가물들여진 한텐을 입었고 새하얀 목덜미에는 감색 작업용 앞치마를 매고 있었다. 꽤나 익숙하지 않은 차림으로 보였는데,

바짝 맨 푸른색이 어렴풋이 비치는 청록색 오비는 보기 좋게
두 번에 걸쳐 염색한 오글쪼글한 비단으로 된 것이었다. 옷깃
에 상호가 표시된 것도, 동여맨 머리띠 뒤에 장식 수레를 꾸
미는 꽃을 한 송이 끼운 것도 눈에 띄었다. 발을 구르면 쇠붙
이 부딪히는 소리가 나는 셋타를 신었지만 악기를 든 무리
에는 끼지 않았다. 어느덧 전야제는 별 탈 없이 지났고 오늘
의 해도 저물어 갔다. 붓 가게에 모여든 아이는 열두 명이었
다. 미도리가 저녁 화장을 오래 하느라 오지 않자 쇼타는 "아
직도 안 온 거야?" 하며 문을 들락날락거리다 "산고로야, 네
가 불러 와. 넌 아직 다이코쿠야 별택에 가 본 적 없지? 툇마루
쪽에서 '미도리야!' 하고 부르면 들릴 거야. 빨리 가 봐!" 하고
일렀다. 이에 산고로가 "알겠어. 내가 불러올게. 등롱은 여기
맡기고 가면 촛불을 훔쳐 가는 사람은 없겠지? 쇼타야, 잘 지
켜 줘."라고 하자 쇼타는 "이 쩨쩨한 자식아. 그런 말 할 시간
에 얼른 가 봐!" 하며 자기보다 나이도 많은 아이에게 호된 말
을 했다. "알겠사옵나이다!" 하며 쏜살같이 뛰쳐나갔으니 위
타천[103]이 따로 없다. "저것 봐. 뛰어가는 모습이 웃겨." 하며
뒤를 지켜본 여자아이들이 웃는 것도 무리는 아니다. 펑퍼진
체격에 키가 작고 머리 모양은 짱구라 목이 짧으며, 뒤돌아본
얼굴을 보면 튀어나온 이마에 사자코이니 뻐드렁니 산고로
라는 별명이 떠오를 터다. 얼굴빛은 물론 검지만 놀랍게도 눈
매는 어디까지나 익살맞고 두 볼의 보조개가 앙증맞았다. 아
무 데나 그려진 듯한 눈썹도 참으로 우스운 천진난만한 아이
다. 집이 가난해 아와산 무명 통소매 옷을 입으면서도 "나는

---

103 불법을 수호하는 신으로, 달음질이 빠르다고 한다.

단체로 맞춘 유카타가 몸에 맞지 않아서 말이야." 하고 모르는 아이들에게는 말했다. 이 아이를 맏이로 여섯 명의 자식을 키우는 부친도 인력거 채에 의지하는 신세였다. 정문 어귀에 있는 단골 찻집과는 일이 잘 굴러갔지만 집안 사정은 잘 굴러가지 못해 어쩔 수 없이 산고로는 열세 살이 된 재작년부터 이런 사정을 돕겠다고 하며 나미키[104]의 활판 인쇄소에도 다녔지만 게으름뱅이라 열흘을 채 참지 못했다. 한 달 이상 같은 일을 해 본 적 없이 11월부터 봄에 걸쳐서는 깃털 공 만들기 부업을 했고 여름에는 검사장 주변[105]의 빙수 가게에서 일을 도왔는데, 호객하는 소리가 웃겨 손님을 끄는 데 능숙했기에 사람들이 아꼈다. 작년 니와카 때 가설무대를 옮기기 시작한 뒤로 친구들이 너절하다고 하며 만넨초라고 지금도 부르지만,[106] 산고로라고 하면 재미있는 아이로 알고는 미워하는 사람이 없는 것도 하나의 덕이었다. 다나카야는 목숨줄이었다. 부모 자식이 입는 은혜가 적지 않았다. 날변으로 붙는 이자라 싸지는 않지만 다나카야가 아니면 빌려줄 곳을 달리 생각이나 할 수 있으랴. "산고로야, 우리 동네에 놀러 와." 하는 부름에 싫다고만은 할 수 없는 의리가 있었다. 하지만 자신은 골목에서 태어나 골목에서 자란 몸이고 사는 땅은 류게지의 것, 집주인은 조키치의 부모님이니 대놓고 그쪽을 등질 수도

104 並木. 옛 아사쿠사구 나미키초. 현재의 다이토구 가미나리몬.

105 유곽 뒤편의 가까운 외부를 가리킨다. 검사장은 당시 요시와라 병원(吉原病院)을 가리키는데, 창기는 관련 규칙에 따라 경시청 지정 일자에 매독 검사를 받았고, 이날은 기루 주인의 허가와 동행인 동반 아래 외부로 나갈 수 있었다.

106 만넨초(万年町) 등 극빈촌에 사는 빈민들이 주로 가설무대 소유자로부터 일당을 받고 그것을 운반하는 일을 했기 때문.

없었다. 은근히 이쪽의 일을 봐주다 눈총을 받고는 또 돌아설 것을 생각하니 괴롭기만 했다. 쇼타가 붓 가게에 들어앉아 기다리는 동안이 심심해 「남몰래 하는 사랑」[107]을 낮은 목소리로 부르자 "어머머, 애 좀 봐?" 하며 붓 가게 안주인이 웃음을 터트렸다. 쇼타는 부끄러움을 얼버무리기 위해 높은 목소리로 "너희도 이리 와 봐!" 하고 아이들을 부르고는 다 같이 가게 밖으로 뛰어나갔는데, 바로 그때 쇼타 할머니가 "쇼타야, 저녁은 먹고 놀아야지. 아까 전부터 불렀는데 노는 데 정신이 팔려 못 들었니? 얘들아, 나중에 또 놀아 주려무나. 이거 참, 신세를 지는군요." 하며 가게 안주인에게도 인사를 하며 나타났다. 할머니가 직접 찾아왔기 때문에 쇼타는 싫다는 말도 하지 못하고 그대로 돌아가 버렸는데, 그러자 가게가 돌연 허전해졌다. 사람 수는 별반 다를 것이 없었지만 그 아이가 보이지 않으면 어른까지도 쓸쓸해졌던 것이다. 야단법석도 떨지 않고 농담도 산고로만큼 재미있게는 못 해도 사람들이 좋아한 것은 재산가 도련님치고는 드문 붙임성 때문이었다. "방금 다나카야 과부 할멈의 망측한 얼굴을 어떻게들 보셨나요? 저래 봬도 나이는 예순넷이래요. 백분을 안 바른 건 그나마 다행이지만, 마루마게는 너무 크게 틀어 올린 거 같아요." "목소리는 사근사근하면서도 사람들이 죽는 소리를 하는 건 상관하지 않는다잖아요. 아마 말년에는 돈을 끌어안고 저세상에 가지 않을까요?" "그래도 우리가 고개를 들지 못하는 건 돈의

---

107 忍ぶ恋路. 사미센 반주의 속요.
     남몰래 하는 사랑은 참으로 부질없구나. 이다음의 만남은 목숨이 걸린 일. 눈물이 흘러 백분이 지저분해져도 그 얼굴을 감추는 건 무리한 술.

힘 때문이잖아요. 참 부럽네요. 유곽의 큰 기루에도 빌려준 돈이 상당하다고 들었어요." 이런 말을 나누며 두어 명의 아낙네가 큰길에 서서 남의 재산을 가늠해 보았다.

5

'화로만이 덩그런 방에서 밤새 시름겨워 기다리는, 그건 사랑이리니……' 이런 곡조가 절로 흥얼거려질, 바람이 서늘한 여름의 황혼을 저편에 두고 모친은 미도리에게 목욕으로 한낮의 더위를 흘려 보내라고 한 뒤에 몸단장을 해 주기 위해 큰 거울 앞에 세웠다. 손수 헝클어진 머리를 가다듬어 주며 제 자식이지만 아름다웠던 나머지 서서 보고 앉아서 보다 "목덜미에 분이 덜 칠해졌네." 하고 한마디를 덧붙였다. 유젠이 시원스럽게 보이는 물빛 홑옷을 입었고 담갈색 금란 비단의 예복용 오비는 폭이 조금 좁은 것을 매였는데, 이윽고 뜰의 징검돌 위에 게다를 나란히 두기까지 시간은 사정없이 흘러갔다. "아직이야? 아직?" 하며 산고로는 담장 주위를 일곱 번 돌다 하품도 더는 나오지 않았는데, 떨쳐 내려 하지만 도랑의 명물 모기에 목덜미와 이마를 호되게 물려 매우 지쳐 있을 때 미도리가 나와서는 "자, 가자."라고 하자 산고로는 말도 없이 소매를 붙잡고 내달리기 시작했다. 하지만 "숨차. 가슴이 아프단 말이야. 그렇게 서두를 거면, 나는 몰라! 너 혼자 가." 하고 미도리가 화내는 바람에 붓 가게에는 결국 따로 도착했다. 미도리는 그제야 쇼타가 지금 한창 저녁을 먹고 있다는 것을 알았다. "으앙, 재미없어! 재미없어! 걔가 안 오면 환등기를 틀기

도 싫어. 아줌마, 여기 칠교판은 안 팔아요? 열여섯 무사시[108]
든 뭐든요. 심심해 죽겠어." 하며 미도리가 따분해하자, "좋은
생각이네!" 하며 여자아이들이 즉석에서 가위를 빌려 말을 오
려 만들었다. 남자아이들은 산고로를 중심으로 니와카 축제
연습을 했다. "북쪽 유곽의 전성을 내다보건대 처마에는 제
등, 전기등 매달려 언제나 흥청거리는 다섯 동네."[109] 하며 다
같이 신명 나게 목소리를 높였는데, 기억들이 좋아서 작년과
재작년에 했던 손짓이나 손뼉과 하나도 다르지 않았다. 열 명
남짓한 활기찬 아이들이 떠들썩하게 노래하는지라 무슨 일
인가 싶어 사람들이 문간에 빙 둘러 구경했는데, 그 가운데서
"산고로 있니. 잠시 와 줘. 급한 일이야." 하며 머리끈집의 분
지라는 아이가 불러냈다. 산고로가 아무런 주의도 없이 "어,
나왔는데, 왜?" 하며 날래게 문턱을 뛰어넘자 바로 그때, "이
박쥐 같은 자식! 각오해! 골목파 체면에 먹칠을 했으니 그냥
은 둘 수 없어. 내가 누군 줄 알아? 조키치다 이 말이야. 어설
프게 연기하다 후회하지나 마." 하고는 광대를 한 대 쳤다. "으
악!" 하고 기겁하며 도망치자 골목파의 한 무리가 뒤통수의
머리털을 붙잡고 끌어냈다. "어이, 산고로를 때려죽여!" "쇼타
를 끌어내 패 버려!" "겁쟁이처럼 도망치지 마!" "경단집 얼간
이도 그냥은 두지 않을 테다!" 하며 들끓는 소금국처럼 소란
을 피운 바람에 붓 가게 처마에 건 제등이 맥없이 건들려 떨
어졌다. "등불이 걸려 있어 위험하잖아. 가게 앞에서 싸우면

108 十六武蔵. 전용 판에서 열일곱 개의 말을 움직이며 하는 전략 게임.

109 五ヶ町. 유곽 내 정식 구획이 에도마치(江戸町)1·2초메, 교마치(京町)1·2초메,
    스미초(角町)의 다섯 개로 되어 있었다는 데서. 이 가사는 당시 유곽을 기리던
    유행가의 일부.

안 돼!" 하고 외치는 가게 안주인의 말이라도 듣는다면야 좋겠건만…… 수는 열네다섯 명이었는데, 수건을 꼬아 머리에 동여매고 큰 등롱을 맞거나 말거나 휘둘러 대는 행패가 몹시도 어수선하다. 흙 묻은 신발로 가게 안에 들이닥치니 방약무인함이 따로 없다. 목표로 한 적인 쇼타가 보이지 않자 아이들은 "어디에 숨겼어?" "어디로 도망친 거야?" "자, 말 안 해? 안 할 거야?" "말하지 않고 그냥 둘까 보냐?" 하며 산고로를 둘러싸 주먹을 휘두르고 발길질을 했다. 미도리가 화가 나 말리는 사람을 뿌리치고 "야! 네들은 산고로가 뭘 잘못했다고 그러는 거야? 쇼타하고 싸우고 싶으면 개하고 싸우면 되지! 도망치지도 않았고 숨지도 않았어. 지금 쇼타 없는 거 안 보여? 여기는 내 구역이야. 너희들은 손가락 하나도 못 대. 이런, 나쁜 조키치 녀석. 산고로는 왜 때리고 난리야. 어머, 또 잡아 넘어뜨렸네? 원한이 있다면 나를 때려. 내가 상대해 줄게! 아줌마, 말리지 마세요!" 하고 몸부림치며 큰소리치자 조키치는 "이 창녀가 뭐라고 지껄이는 거야? 언니 뒤나 이어 빌어먹을 년. 너는 그냥 이거나 먹어라!" 하며 많은 아이들 뒤에서 흙 묻은 짚신을 쥐고 냅다 던졌는데, 그 더러운 것이 조금도 빗나가지 않고 이마에 세게 맞은지라 미도리가 표정을 바꾸고 달려들려 하자 "다치기라도 하면 어쩌려고?" 하며 안주인이 껴안았다. "꼴좋네! 우리 편에는 류게지의 후지모토가 붙어 있다고. 복수는 언제든 환영이다. 멍텅구리 자식. 겁쟁이 자식. 오금이 저려 일어나지도 못하잖아! 집에 가는 길에 기다리고 있으마. 골목길의 캄캄한 데를 조심하라고!" 하고 산고로를 흙마루에 팽개친 참에 구둣발 소리가 들렸다. 누가 파출소에 급히 신고했음을 이제야 안 것이다. "튀어!" 하고 조키치가 소리치자 우시마쓰와 분지 외에 열 명가량이 서로 다른 방향으로 뿔뿔이 도망치는 발들이 참 빨랐는데, 건물 사이 샛길에 그냥 웅크리고 앉은 아이도 있었을 터다. "분하다, 분해! 너무 분해! 분하다고! 조키치 녀석, 분지 녀석, 우시마쓰 녀석. 왜 나를 죽이지 않은 거야? 왜 죽이지 않은 거냐고! 나도 산고로다. 그냥 죽을까 보냐? 유령이 돼서라도 복수할 거야. 기억해라, 이 조키치 자식아!" 하며 산고로는 닭똥 같은 눈물을 뚝뚝 흘리다 끝내 엉엉 울음을 터트렸다. 온몸이 분명 욱신거릴 것이다. 통소매옷의 곳곳이 찢어졌고 등과 허리도 흙투성이다. 말리려 해도 말리지 못할 기세가 무서웠던 나머지 오들오들 숨만 죽이고 있던 안주인이 가까이 달려가 산고로를 안아 일으키고는 등을 토닥여 흙을 털어 주며 "참아야 한다, 참아야 해. 아무래도 저쪽은 수가 많고 이쪽은 전부 약한 애들뿐이잖아. 어른도 손대기 어려운데 못 당해 내는 게 당연하지. 그래도 크게 다치지 않아 다행이구나. 그런데 이제는 길 가는 데서 기다리고 있겠다니 불안하네. 다행히 순사님이 집에까지 데려다주신다면 우리도 안심이겠구나." 하며 때마침 도착한 순사에게 여차저차 사정을 설명했다. 순사가 "그것도 우리 일이니 데려다주지." 하며 산고로의 손을 잡자 산고로는 "아뇨, 아녜요. 데려다주시지 않아도 갈 수 있어요. 혼자 갈게요." 하고 목소리가 작아졌다. "얘야, 무서워할 건 없단다. 너희 집까지 데려다주는 것뿐이야. 걱정하지 말려무나." 하고 미소를 머금고 머리를 쓰다듬자 더 움츠러들어서는 "싸웠다고 하면 아버지한테 혼나요. 더구나 조키치와 싸움을 했다고 하면 더 심하게 혼날 거예요. 그 대장 애가 집주인 아들이거든요." 하며 풀이 죽었다. 이를 순사가 "그럼, 대문까지만 데려다주지. 네가 혼날 만한 말은 하지 않으마." 하며 달래고는 데려가자 주변 사람들은 그제야 가슴을 쓸어내리며 저 멀리 걸어가는 모습을 지켜보았는데, 무슨 영문인지 산고로는 골목 모퉁이에서 순사의 손을 뿌리치고는 쏜살같이 도망가 버렸다.

6

　"웬일일까? 이 땡볕에 눈이라도 내리려나. 우리 미도리가 학교에 가기 싫어하다니, 기분이 좀 안 좋은 모양이구나. 아침밥이 넘어가지 않는다면 나중에 초밥이라도 시켜 줄까? 감기치고는 열도 없으니 아무래도 어제 피로가 쌓인 것 같구나. 다로 신사[110]에 아침 참배는 엄마가 대신 갈 테니 오늘은 쉬는 게 어떻겠니."라는 말에 미도리는 "아뇨, 아녜요. 언니가 잘되도록 제가 기도하겠다고 했으니 가지 않으면 마음이 편치 않아요. 새전을 주세요. 갔다 올게요." 하며 집을 뛰쳐나갔다. 주변이 온통 논인 이나리 신사에서 줄을 흔들어 금고(金鼓)를 치고 합장했는데, 무슨 소원을 빌었는지 오가는 길 내내 모두 고개를 떨어뜨리고 논두렁을 걷기만 했다. 그 모습을 발견하자 쇼타는 미도리를 부르며 달려와 소맷자락을 붙잡고, "미도리야. 어제저녁에는 미안했어." 하며 불쑥 사과했다. "딱히 네가 사과할 건 없어." "그래도 내가 미움을 받은 거고 내가 싸움 상대인걸. 할머니가 부르러 오시지만 않았다면 돌아가지 않았

110　옛 아사쿠사구 고게쓰초(光月町)에 있던 이나리(稲荷. 오곡을 관장하는 신령) 신사. 현재의 센조쿠2초메 남부에 해당한다.

을 거야. 산고로도 그렇게 무참히 맞게 두지는 않았을 거고. 오늘 아침에 산고로네에 가서 봤더니 개도 울면서 분해했어. 나는 듣기만 해도 분해. 네 얼굴에 조키치 자식이 짚신을 던졌다면서? 그 자식, 행패를 부려도 정도가 있지. 하지만 미도리야, 용서해 줘. 나는 알면서 자리를 피한 게 아니야. 저녁을 급히 먹고 밖에 나가려 했는데 할머니가 목욕탕에 나간다고 하셨거든. 그래서 집을 지키고 있는 동안 그 난리가 났겠지. 정말 몰랐던 거니까 용서해 줘, 응?" 하며 자기 잘못인 양 그저 잘못을 빌고는 "아프진 않아?" 하고 이마를 올려다보자 미도리는 방긋 웃으며 "다친 정도는 아니야. 그런데 쇼타야. 누가 묻는다고 해도 내가 조키치한테 짚신을 얻어맞았다고 말하면 안 된다? 만에 하나 엄마 귀에라도 들어가면 내가 혼날 테니까. 엄마 아빠도 내 얼굴 쪽으로는 손을 올리지 않는데, 조키치 녀석 짚신에 맞아 이마를 진흙으로 더럽힌 건 짓밟힌 거나 마찬가지잖아." 하며 고개를 돌렸다. 그 모습이 너무나 마음에 걸려 쇼타는 "정말 미안! 다 내 잘못이야. 그러니 사과할게. 기분을 풀어 주지 않을래? 네가 화내면 내가 몸 둘 바 모르겠잖아."라는 말을 하다 어느덧 자기 집 뒤편의 근처에 닿자, "미도리야, 우리 집에 오지 않을래? 아무도 없어. 할머니도 일수를 걷으러 나가셨고, 나 혼자만 있으면 너무 외로워서 그래. 언젠가 말한 니시키에[111]를 보여 줄 테니 와 줘. 여러 가지 많으니까." 하며 소매를 붙잡고 놓지 않았다. 미도리는 말없이 고개를 끄덕이고는 고색창연한 여닫이문을 열고 들어갔

---

111 錦絵. 우키요에(浮世絵, 에도를 중심으로 성행한 서민 풍속화)를 다색 인쇄로 찍어낸 목판화의 총칭으로, 여기서는 그 우키요에 자체를 가리킨다.

다. 넓지는 않지만 분재가 정취 있게 나란히 놓여 있었고, 처마에는 시원해 보이도록 넉줄고사리를 매달아 놓았다. 쇼타가 말날[112]에 산 모양이었다. 사정을 모르는 사람은 고개를 갸웃할 것이다. 동네 제일의 재산가라면서도 집에는 할머니와 이 아이 둘밖에 없으니 말이다. 수많은 열쇠를 차고 다녀 아랫배가 시릴 정도였으니 집을 비워 놓아도 내다보이는 연립 가옥이 모두 지켜보아 주는 셈이었다. 때문에 집에 함부로 자물쇠를 깨부수고 들어오려는 사람도 없었다. 쇼타가 먼저 집 안에 들어가 바람이 잘 드는 데를 찾고는 "여기 오지 않을래?" 하며 미도리에게 부채도 건네주었는데, 그 모습이 열세 살 아이치고는 너무 아른스러워 우습다. 오래전부터 간수해 온 니시키에를 여러 폭 꺼내자 굉장하게 여기는 것을 기쁘게 생각해, "미도리야, 옛날 하고이타를 보여 줄게. 이건 우리 엄마가 대갓집 저택에서 일할 때 받은 거래. 이렇게 커다라니 참 우습지? 그려진 사람 얼굴도 요즘 거하고는 다르고. 아, 엄마가 살아 계셨다면 좋겠지만 내가 세 살 때 벌써 돌아가셨고, 아버지는 계시지만 지금은 시골의 본가에 가셔서 나는 할머니뿐이야. 네가 참 부럽네." 하며 공연히 부모 이야기를 꺼내자 미도리가 "야, 그림이 젖잖아. 남자는 우는 게 아니야."라고 했다. 그러자 쇼타는 "나는 마음이 약한 걸까? 가끔은 별생각이 다 들어. 요즘은 좀 괜찮지만, 겨울에 달이라도 뜬 밤에는 다마치[113] 주변으로 수금을 돌고는 제방까지 와서 몇 번이

---

112 午の日. 이나리 신사의 잿날로, 특히 이 주변의 요시와라 신사(吉原神社)는 유곽 내에서 수호신으로 여겨져 매월 말날에 많이 참배했다.

113 田町. 옛 아사쿠사구 다마치. 현재의 가미나리몬1초메.

고 운 적이 있어. 추워서 우는 건 아니야. 왠지는 나도 모르겠지만 별생각이 다 들어. 아차, 재작년부터는 나도 일수를 받으러 다니게 됐어. 할머니는 연세가 드셔서 전부터도 밤에는 위험했고, 눈이 안 좋으셔서 도장을 찍는 데 불편하셨거든. 여태 남자 직원을 여러 명 썼지만, '노인에다 어린애니까 얕봐서 생각대로는 움직여 주지 않는구나.' 하고 할머니께서 말씀하시곤 했어. 하여간 할머니께선 내가 조금 더 크면 전당포를 내 줘서 옛날 같지는 않더라도 다나카야 간판을 걸기를 기대하고 계셔. 남들은 할머니더러 인색하다고 말하지만, 그것도 나 때문에 알뜰하신 거라 너무 죄송스러워. 수금 도는 곳 중에서도 도오리신마치[114] 같은 데는 사정이 정말 딱한 사람들이 많으니까 분명 할머니를 욕할 거야. 그런 생각을 하면 나는 막 눈물이 나. 역시 마음이 약한 거야. 오늘 아침에도 산고로네에 받으러 갔는데, 그 자식…… 몸이 욱신거릴 텐데도 아버지한테 들키지 않으려고 열심히 일하고 있었어. 그걸 보니 차마 입이 떨어지지 않더라고. 남자가 운다는 건 가소롭잖아. 그러니 골목파 건달들도 나를 바보 취급하는 거겠지." 하고 털어놓으며 자신의 약함을 부끄럽게 여기는 기색이었다. 무심히 미도리와 마주 보는 시선이 가녀렸다. "축제 때 네 모습은 정말 잘 어울려서 부러웠어. 나도 남자라면 그렇게 입어 보고 싶더라. 누구보다 멋져 보였어." 하고 미도리가 칭찬하자 쇼타는 "나 따위가 뭐라고. 너야말로 예뻤어. 유곽의 오마키 누나보다 예쁘다고 다들 말했지. 네가 내 형제라면 나는 얼마나 자랑스러울까? 어디에 가도 따라다니고 아주 으스대며 자랑할 텐데. 하

---

114 通新町. 현재의 미나미센주 일부 지역에 해당한다.

지만 형제가 하나도 없으니 어쩔 수 없지. 있잖아, 미도리야. 다음에 나랑 같이 사진 찍지 않을래? 나는 축제 때 입었던 차림으로, 너는 성긴 줄무늬의 얇은 비단옷을 뽐내듯이 입고 스미초의 가토 사진관에서 찍자. 류게지 녀석이 부러워하도록 말이야. 진심이야. 녀석은 분명 화를 내겠지. 얼굴이 새파래져 화를 내겠지. 음침한 불뚱이니까 빨개지지는 않을 거야. 아니면 비웃으려나? 비웃어도 상관없어. 크게 찍어서 간판에 내걸고 싶다. 너는 싫어? 싫은 표정이네." 하며 원망했는데, 그 모습도 우습다. "이상한 얼굴로 찍히면 네가 날 싫어할 테니까." 하며 미도리가 웃음을 터트리자 쇼타도 미성으로 높게 웃으며 "이제 기분이 풀린 거야?"라고 했다.

시원한 아침이 어느덧 지나 햇볕이 뜨거워지자 미도리는 "쇼타야, 저녁에 또 보자. 우리 별택에도 놀러 와. 등롱을 띄우고 물고기를 쫓으며 놀자. 연못의 다리가 수리돼 무서울 건 없어." 하는 말을 툭 던지고 일어나 나갔다. 쇼타는 기쁜 듯이 뒤를 지켜보며 아름답구나 생각했다.

7

류게지의 신뇨, 다이코쿠야의 미도리. 둘 다 학교는 이쿠에이샤다. 지난 4월 말쯤, 벚꽃이 지고 난 푸른 잎과 함께 등나무 꽃놀이를 할 즈음에 춘계 대운동회를 미즈노야 들판[115]

---

115 옛 류센지마치와 가나스기카미초(金杉上町, 현재의 류센1초메)에 펼쳐져 있던 들판.

에서 했는데, 줄다리기, 공 던지기, 줄넘기 놀이에 흥을 돋우며 긴 하루가 저무는 것을 잊은 그 무렵의 일이었다. 신뇨가 어찌 된 일인지 평소 침착한 모습에 맞지 않게 연못가의 소나무 뿌리에 걸려 넘어져 붉은 흙길에 손을 짚어서 하오리 소맷자락에도 진흙 범벅이 되어 지저분해졌는데, 마침 거기에 있던 미도리가 차마 보다 못해 자신의 다홍색 비단 손수건을 꺼내 "이걸로 닦아." 하며 신경 써 주자, 친구들 중에 질투가 많은 아이가 이를 발견하고는 "후지모토는 밤송이머리인 주제에 여자애하고 얘기를 하고 헤벌쭉하며 인사를 하다니 웃기지 않아? 아마 미도리는 후지모토의 아내가 되겠지. 스님의 아내를 다이코쿠라고도 하잖아." 하고 수군거렸다. 신뇨는 원래 남에 관해서도 그런 말은 듣기 꺼려 얼굴을 찌푸리며 고개를 돌리는 성격이었는데, 하물며 자기에 관한 말을 어떻게 참을 수 있었을까. 그 뒤로는 미도리라는 이름을 들을 때마다 흠칫했고, 또 그 이야기가 나오지는 않을까 싶어 가슴속이 답답해 뭐라고도 말할 수 없는 언짢은 기분이었다. 하지만 그렇다고 해서 무슨 일마다 화를 낼 수는 없었기 때문에 되도록 모르는 체를 하고 태연을 가장하고 근엄한 표정을 보이며 지나 보낼 작정이었지만, 누가 눈을 보며 물었을 때는 몹시 당혹스러웠다. 대개는 모른다고 하는 한마디로 넘겼지만 식은땀이 온몸에 흘러 마음이 조마조마했다. 한편 미도리는 애당초 그 일을 마음에 두지 않아 처음에는 "후지모토야, 후지모토야." 하고 거리낌 없이 불렀으며, 학교를 마치고 집에 가는 길에는 자기가 조금 앞서서 가다가 길가에서 진귀한 꽃을 발견하면 뒤에 오던 신뇨를 기다리다 "저기, 저렇게 예쁜 꽃이 펴 있는데 가지가 높아 나는 못 꺾겠어. 너는 키가 크니까 손이 닿겠지?

부탁이니 좀 꺾어 주라."라고 하며 같이 오던 다른 아이들보다 나이가 위임을 언뜻 눈치채고 부탁했는데, 과연 신뇨도 소매를 뿌리치고 지나가 버리지는 않았다. 하지만 다른 아이들이 이를 어떻게 볼지 하는 생각에 점점 괴로워져, 신뇨는 가지를 당겨 잡히는 대로 꺾고는 내던지다시피 주며 총총히 가 버렸는데, 이에 미도리는 신뇨를 매우 붙임성이 없는 아이라고 생각하며 질려 버리기도 했다. 그런데 그런 태도가 계속 이어지자 저절로 일부러 심술을 부리는 것처럼 느껴져 미도리는 '다른 애들한테는 그러지 않으면서 나한테만 매정한 모습을 보이고, 말을 물으면 제대로 대답한 적도 없고, 곁에 가면 피하고, 이야기를 하면 화를 내고……. 음침하고 답답한 녀석. 어떡하면 좋지? 기분을 맞춰 줄 방법도 없어. 그런 꾀까다로운 녀석은 제멋대로 비비 꼬여선 화내고 심술부리고 싶게 마련일 테니, 나를 친구라고 생각지 않는다면 이제는 말을 걸 필요도 없는 거야.' 하고 생각했는데, 그 뒤로 미도리는 화가 나서 용건이 없으면 신뇨를 스쳐 지나도 말을 걸지 않았고, 길에서 마주쳐도 인사할 생각은 하지도 않았다. 단지 어느새 두 사람 사이에 큰 강 한 줄기가 가로놓인 가운데, 배나 뗏목마저 모조리 발이 묶인 강가를 따라 저마다 제 생각의 길을 걸어갈 뿐이었다.

　축제는 어제로 끝나고 그 이튿날부터 미도리가 훌쩍 학교를 나오지 않게 된 것은, 물어볼 것도 없이 이마의 진흙을 씻어도 지울 수 없는 치욕이 뼈저리게 분해서다. '큰길이든 골목이든 같은 교실에 죽 늘어세우면 친구인 데는 변함없을 텐데, 이상한 구별을 지어선 허구한 날 고집을 부리고, 내가 여자라는 도저히 못 당해 내는 약점을 노려 축제 전야에 그런 짓을 하다니 너무 비겁해. 벽창호 조키치는 누구나 다 아는 더없이 난폭한 애지만, 신뇨가 뒤에서 밀어 주지 않았다면 그렇게 막 무가내로 큰길을 휩쓸지는 못했을 거야. 남들 앞에서는 유식한 듯 순진한 체하고 있지만, 음지에서 태엽 인형의 줄을 당긴 건 분명 후지모토 짓일 거야. 설사 학년이 위이든 공부를 잘하든 류게지의 도련님이든, 이 다이코쿠야의 미도리는 종이 한 장만큼의 신세도 지지 않았으니 저번처럼 빌어먹는다는 소리를 해도 녀석한테 입은 은혜는 없어. 류게지에는 얼마나 훌륭한 시주가 있는지 모르겠지만, 우리 언니의 3년 단골 중에는 은행가 가와 씨, 증권가 요네 씨도 있어. 의원인 지이 씨는 몸값을 내고 부인으로 삼겠다고 말했지만 언니는 성격이 맘에 들지 않아 받아 주지 않았지. 그렇지만 그 사람도 세상에서는 유명한 사람이라고 포주 할멈이 말했어. 흥, 거짓말 같으면 물어보라지. 다이코쿠야에 오마키가 없으면 그 기루는 앞날이 캄캄하다는 말도 있으니까. 그래서 기루의 주인아저씨도 아빠나 엄마나 나는 함부로 대하지 못해. 늘 애지중지하며 도코노마[116]에 장식해 두신 다이코쿠텐[117] 도기를 내가 언젠가 방 안에서 깃털 공을 친다고 하며 난리를 피웠을 때 옆에 함께 장식된 꽃병을 치는 바람에 같이 산산조각 냈는데, 그래도 주인아저씨는 곁방에서 술을 마시던 중에 '미도리야, 장난이 지나치구나.'라고만 하시고 잔소리는 없었잖아. '다른 사람이었다면 야단 한 번으로 끝나지 않았을 거야.' 하며 다른 여자들한

---

116 床の間. 다다미방에서 바닥보다 조금 높게 만든 공간으로, 보통 족자를 걸거나 화분을 두어 장식한다.

117 大黑天. 일본의 칠복신(七福神)의 하나. 일본에서는 복덕의 신으로서 민간의 신앙을 모은다.

테서 오랫동안 부러움을 샀던 것도 분명 언니의 위광 덕분이야. 내가 남의 별택이나 지키며 산다고 해도 언니는 다이코쿠야의 오마키라는 말씀. 조키치 따위보다 못한 처지도 아니지. 류게지의 까까머리한테 당한 건 뜻밖이지만.' 이런 생각에 미도리는 더는 학교에 다니는 것도 재미가 없었다. 활개를 치고 다니던 제 성품을 모욕당한 것이 분해, 석필을 부러뜨리고 먹을 버리고, 책이나 주판도 다 내던져 버리고는 친한 친구들과 종잡을 수 없이 놀기만 했다.

8

활기에 넘쳐 뛰어 들어오는 저녁과는 반대로 새벽녘의 이별에 꿈을 싣고 떠나는 인력거는 쓸쓸하기 그지없다. 모자를 꾹 눌러 써 시선을 피하시는 나리도 있다. 손수건을 쥐고 뺨을 훔치던 유녀가 헤어질 때 등을 찰싹 때린 그 아픔이 절절히 느껴진 나머지 다시 얼굴이 떠오를 만큼 기분이 좋아져서는 이상한 소리로 히죽거리는 사람도 있다. 사카모토 대로[118]에 들어서서는 조심하시라. 센주 시장에서 채소를 떼고 돌아오는 수레 탓에 발밑이 위험하다. 미시마 신사 모퉁이까지는 미치광이 거리[119]다. 얼굴 근육이 모두 풀려 체통 없이 인중을 길게 늘어뜨린 꼴들을 보이는지라 "저 어디에서는 대단한 나

<hr />

118 坂本. 미시마 신사 앞의 대로.

119 気違ひ街道. 유곽 내 아게야마치(揚屋町) 비상문에서 미시마 신사까지 이어지는 거리. 이 길이 붓 가게가 있는 '큰길'이다.

리라도 여기선 반 푼어치 값도 안 되겠네!" 하며 네거리에 서서 막말을 하는 사람도 있다. 양가(楊家)의 딸이 임금의 총애를 받는다느니 하는 「장한가」를 언급할 것도 없이 딸아이는 어디에서도 귀하게 여겨지는 시대인데, 이 주변의 뒷골목 셋집에서는 유독 가구야히메[120]가 태어났다는 선례가 많았다. 지금은 쓰키지[121]의 어느 가게로 자리를 옮겨 높으신 분을 상대하는, 춤 솜씨가 영묘한 유키라는 미인은 요즘 연회석에서 "쌀이 열린다는 나무를 아세요?" 하며 몹시 세상 물정 모르는 소리를 하고 있지만, 원래는 이 동네의 날라리패의 한 명으로서 화투짝 만들기 부업을 했던 여자다. 그 시절에는 예쁘다는 소문이 자자했는데, 멀리 떨어지면 마음에서도 멀어진다는 말대로 명물은 그렇게 자취를 감추었고, 뒤이어 두 번째로 핀꽃이 염색집의 작은딸이었다. 요즘에는 센조쿠마치의 한 게이샤집 입구에 자기 이름이 들어간 신등을 은은히 밝히고 있는데, 바로 고키치라고 불리는 공원[122]의 미인이 그 여자였다. 나날이 들리는 소문에도 출세를 했다는 것은 여자뿐이니 남자는 쓰레기 더미를 뒤지는 검은 얼룩 고양이처럼 있어 봤자 쓸모없는 것으로도 보일 터다. 이 일대에서 젊은 형이라고 불리는 동네의 아들들은 건방이 하늘을 찌르는 열일곱 살쯤부

---

120 赫奕姬. 『다케토리 모노가타리(竹取物語)』의 주인공. 댓조각 사이에서 세 치의 크기로 태어나 아름답게 성장하고는 천황의 구혼까지도 받게 되는 인물로 여기서는 출세한 여자의 대명사.

121 築地. 현재의 주오구 교바시에 있던 게이샤 거리로, 이 주변을 포함한 지역에 사는 게이샤 집단을 신바시(新橋) 게이샤라고 불렀다.

122 아사쿠사 공원. 게이샤집이 많았고 공원예기(公園芸妓)라고 불리는 게이샤 집단이 있었다.

터 다섯 명씩, 일곱 명씩 몰려다녔는데, 허리에 도를 찬 협기는 보이지 않지만 어떤 무시무시한 평판이 있는 두목의 졸개가 되어 하나같이 맞춘 수건과 긴 제등을 들고 다녔다. 주사위 엎기[123]를 익히지 못한 동안에는 유녀가 늘어선 기루의 격자 창문 앞에서 작정하고 농담도 하기 어렵다고 한다. 성실하게 가업에 임하는 것은 낮 동안뿐이며, 목욕물을 한번 끼얹고 날이 저물어 가면 불량하게 게다를 대강 걸쳐 신고 품이 좁은 옷을 입고는 "○○에 새로 온 애 봤냐? 가나스기에 있는 실 가게 딸하고 닮았는데 코는 조금 낮더라고." 하는 이야기를 나누곤 했다. 머릿속이 이런 생각으로 가득했기에 기루 한 집마다 격자 창문 뒤에서 유녀가 피던 담뱃대를 억지로 빼앗거나 코 푸는 종이를 달라고 조르며 실랑이를 벌이는 일을 평생의 명예로 알았다. 이 때문에 견실한 집안의 상속자가 눈요기꾼으로 오해받고는 정문 주변에서 기둥서방한테 애먼 봉변을 당하기도 했다. "보아라, 여자의 위세를!" 하고 말만 하지 않을 뿐 유곽은 계절도 모르게 흥청거렸다. 기루로 손님을 안내할 때 제등을 들고 다니는 것은 요즘 유행하지 않았지만, 손님을 대동한 찻집 여자의 셋타 소리와 울려 퍼지는 가무음곡의 소리는 떠나갈 것만 같았다. 기대에 몹시 들떠 찻집에 들어온 사람에게 혹시 어떤 유녀를 원하느냐고 묻는다면 붉은 장식용 옷깃을 달고 샤구마 머리를 한 데다 소맷자락이 긴 덧옷을 입은, 싱긋 웃는 인상인 젊은 유녀라고 답할 터다. 어디가 어떻게 아름답다고 말하기는 어렵지만 오이란[123]들은 이 바닥에서 존

---

123 주사위 홀짝 맞추기 도박에서 두 개의 주사위를 통에 넣어 바닥에 엎고는 그 눈의 수를 도박사들 앞에서 공개하는 역할.

경을 받았는데, 이곳에 자주 오지 않는 이상 이런 풍속은 알 도리가 없다. 이런 가운데서 종일을 보내면 옷의 흰 천이 붉은빛으로 물드는 일도 무리는 아니다. 때문에 미도리의 눈에는 남자라는 것이 조금도 겁나지 않았고 무섭지도 않았다. 매춘을 그다지 천한 일로도 생각하지 않았기에 과거에 언니가 고향을 떠날 당시 울면서 배웅한 일이 꿈처럼 생각되었으며, 요새 언니가 매우 잘나가게 되어 부모님에게 효를 다하고 있는 것이 부러웠다. 그러나 일을 쉬지 않는 언니의 신세가 얼마나 시름겹고 고달픈지 몰랐기에 격자 창문 안에서 단골을 부르기 위해 쯧쯧 하고 혀 차는 소리를 내거나 격자 기둥을 치며 주문을 외는 일, 헤어질 때 손님의 등을 때리는 손의 힘 조절 비밀까지 그저 흥미로운 이야깃거리로 듣고는 동네에서 유곽 말[125]을 쓰는 것을 그다지 창피하게 생각하지도 않았으니 참으로 딱한 노릇이다. 나이는 세는나이로 겨우 열네 살.[126] 인형을 껴안고 볼을 부비는 마음은 화족 집안의 따님과 다름없지만, 수신 과목과 가정학의 이모저모도 배운 것은 학교에서 일 뿐 주야장천 보고 듣는 것은 좋다느니 싫다느니 하는 손님에 대한 소문, 기루 주인이 철따라 직원에게 주는 단체복, 손님이 유녀와 친해졌다는 표시로 기루에 선물한 침구, 찻집에 보내는 뇌물 같은 것이었다. 그러한 것들이 근사하면 멋지게

---

124 華魁. 상급 유녀의 별칭.

125 廓ことば. 유곽의 유녀만이 쓰는 특이한 말과 말투. 지방 출신의 유녀에게 방언을 쓰게 하지 않기 위해 쓰였다고 한다. 메이지 시대 이후로는 쇠퇴하였다.

126 만으로 13세. 이로써 3장에서 젊은이들이 3년 뒤에 다시 보고 싶다고 말한 것이, 당시 유녀의 연령 제한이 만 16세였다는 데서 미래에 유녀가 된 미도리를 기대했기 때문임을 알 수 있다.

여겼고 생각에 미치지 못하면 초라하게 보았으니 남의 일, 내일을 비판함에 사리분별을 말하기에는 아직 일렀다. 어린 마음에도 눈앞의 화려한 것만은 확실히 알았기에 지기 싫어 하는 타고난 성격은 제멋대로 날뛰어 마치 구름 같은 모양을 만들었다. 미치광이 거리, 잠에 취한 길…… 아침이 되어 손님들이 다 돌아간 뒤에야 아침잠을 청하는 동네였다. 그러나 기루 앞에 둥근 파도 무늬를 그리며 비질을 하고 먼지가 일지 않도록 물을 적당히 뿌린 뒤에 큰길을 내다보면 여전히 오는 사람이 끊이지 않았다. 만넨초, 야마부시초, 신타니마치와 같은 빈민촌을 보금자리로 해도 한 재능, 한 기술만 있으면 재주꾼의 이름은 떠나지 않았다. 요카요카 엿장수[127], 곡예사, 괴뢰사, 다이카구라[128], 스미요시 춤[129], 가쿠베 사자[130]…… 복장이 참 다양했는데, 오글쪼글한 비단이나 얇은 비단의 옷을 입고 멋을 부리는 사람도 있거니와, 하도 빨아서 색이 바랜 감색 비백 무늬 무명옷에 폭이 좁은 검은 수자직 오비를 맨 멋진 여자도 있고 남자도 있다. 다섯 명, 일곱 명, 열 명이 한 조를 이룬 큰 무리도 있으며, 야윈 노옹이 홀로 망가진 샤미센을 안고 다니기도 한다. 대여섯 살쯤 되는 여자아이에게 붉은 다스

---

127 よかよか飴や. 엿을 담은 대야를 머리에 이고, 북을 치고 노래를 부르며 돌아다닌 엿장수.

128 大神楽. 우산 위에서 물건 굴리기, 저글링, 무게 중심 잡기 등 각종 소도구를 이용해서 하는 묘기.

129 住吉踊り. 오사카 스미요시타이샤(住吉大社)에서 유래한 춤으로, 선창자가 중간에서 큰 우산을 세워 잡으며 그 자루에 부채를 치면서 노래를 부르면, 다른 사람들이 손으로 부채를 치고 그를 중심으로 돌면서 춤을 추게 되어 있다.

130 角兵衛獅子. 옛 에치고(越後, 현재의 니가타현)에서 유래한 1인 사자춤으로, 사자탈을 쓴 아이가 호령자의 피리 소리, 북소리에 맞춰 여러 곡예를 선보인다.

키를 매이고 "저것은 기노쿠니"[131] 하며 춤추게 하는 것도 보인다. 유곽에서 죽치는 손님들의 심심풀이와 유녀들의 시름풀이에 제격이다. 유곽에 사람들이 들어가는 것은 그곳에 평생 그만두지 못하는 벌이가 있기 때문이라고 소문이 났기에 오는 사람마다 주변 민가에서 벌리는 푼돈에는 관심이 없었고, 소맷자락이 걸레처럼 떨어진 거지마저 정문에는 서 있지 않고 들어온다고 한다. 용모가 빼어난 여자 다유[132]는 삿갓에 숨겨질 수 없는 우아한 뺨을 보이며 목청 자랑에 연주 솜씨 자랑을 하기도 했다. "아, 저 목소리를 우리 동네에서는 들려주지 않는 게 얄미워." 하고 붓 가게 안주인이 혀를 차자, 목욕탕에 갔다 오고는 가게 앞에 앉아 길거리를 바라보던 미도리가 사르르 내려온 앞머리를 회양목 귀밑머리 빗으로 싹 빗어 올리고는 "아줌마, 저 다유 언니를 불러올게요!" 하며 척척 달려갔다. 소맷자락을 붙잡고 찔러준 것이 무엇인지는 웃으며 아무에게도 말하지 않았지만, 좋아하는 「아케가라스」[133]를 술술 노래시켰다. "아가야, 다음에 또 보자꾸나." 하는 간드러지는 목소리. 이는 웬만해서는 사기 어려운 것이다. "저게 어린애가 불러 세운 거란 말이야?" 하고 모여든 사람들은 혀를 내두르며 다유보다는 미도리의 얼굴을 보았다. "나는 멋지게 여

---

131 あれは紀の国. 속요의 일부.
   앞바다 어두운데 흰 돛이 보이네. 저것은 기노쿠니(*에도 시대 밀감 거상)……. 밀감 실은 배, 밀감 실은 배……

132 女太夫. 대개 무명옷 차림에 삿갓을 쓰고 샤미센 따위를 켜며 노래하고 돌아다닌 여성 걸립 예능인으로 에도 시대에도 있었다.

133 明烏. 샤미센 음악.
   어제의 꽃은 오늘의 꿈. 지금은 내 일처럼 가슴이 아프니 의리라는 글자는 어쩔 수도 없네. 몸을 파는 신세는 뜻대로 되는 게 없구나.

봐란듯이 예능인들을 여기에 막아 세우고 샤미센 소리, 피리 소리, 북소리, 치게 하고 춤추게 하며 남들은 안 하는 일을 해 보고 싶어." 하고 미도리가 마침 옆에 있던 쇼타에게 속삭여 들려주자, 쇼타는 놀라 질리며 "나는 별로……." 했다.

9

"여시아문……."『불설아미타경』을 외는 목소리가 솔바람에 섞여 마음의 티끌도 날려 가야 할 경내의 공수간에서 생선을 쬐어 굽는 연기가 나부끼거나 난탑장에서 갓난아기의 기저귀를 말리거나 하는 것은 교의의 취지에서 문제가 되지 않는 일이지만, 스님을 나뭇조각인 줄로 아는 눈에는 공연히 속기(俗氣)가 있는 듯 보일 것이다. 재산이 불며 배도 부른 류게지 큰스님의 때깔 번지르르한 얼굴을 무슨 말로 칭찬해 주면 좋으랴. 벚꽃색도 아니거니와 복사꽃색도 아니다. 바싹 깎은 머리와 얼굴에서부터 목덜미까지 구릿빛으로 탄 데에는 한 점의 얼룩덜룩함도 없었는데, 새치가 섞이기도 한 굵은 눈썹을 올리며 허허허 크게 웃을 때는 본당의 부처님께서 놀란 나머지 대좌에서 굴러떨어지시지는 않을까 조마조마해질 정도였다. 사모님은 아직 마흔을 넘긴 지 얼마 되지 않았지만, 얼굴빛이 희고 성긴 머리를 마루마게로 작게 틀어 올린 모습이 보기 흉하지는 않은 사람이었다. 참배객에게도 살가웠는데, 절 앞에서 꽃집을 하는 욕쟁이 여편네도 별다른 험담을 하지 않는 것을 보면 분명히 낡은 유카타나 남은 반찬 등의 도움을 직접 받고 있을 터다. 사모님은 원래 시주의 한 명이었는데 일찍이 남편을 여의고 기댈 데가 없는 신세였기에 잠시 여기에 침모로 들어오고 싶다는 청과 마찬가지로 "입에 풀칠만 하게 해 주신다면……." 하며 들어와 빨래부터 시작해 반찬 준비는 물론 묘지 청소와 남자들 일까지 거들게 되었다. 이에 스님은 너무 돈을 아꼈나 싶어 측은함을 느꼈고, 나이는 스물이나 차이가 나 여자도 남사스러운 일인 줄은 알았지만, 갈 데가 없는 신세였기 때문에 차라리 여기라면 딱 죽기 좋겠다는 생각이 들어 남의 눈을 돌아보지 않게 되었다. 좀 쓸쓸한 일이었지만 여자의 마음씨가 나쁘지 않아 시주들도 그리 좋지 않은 말은 하지 않았다. 맏이인 하나를 가졌을 무렵에 시주 중에서 오지 랖이 넓기로 유명한 사카모토 대로의 기름집 노인장이, 중매를 섰다고 말하기도 좀 그렇지만, 하여간 서로를 더 붙여 줘서 겉모양을 갖추게 되었다. 신뇨도 이 사람에게서 태어나 아들 딸이 한 명씩인 남매를 이뤘다. 한 녀석은 정말이지 편벽해서 종일 방 안에서 눈을 말뚱거리며 있는 음침한 성격이었지만, 누나인 오하나는 피부가 고운 데다 턱이 접치는 것이 귀여운 아이였기 때문에 미인까지는 아니었지만 혼기도 찼고 남의 평판도 좋아 평범한 여염집 여자로 내버려 두기에는 아까운 처지였다. 그렇다고 해도 스님의 딸로 태어나 게이샤가 된다 는 것은, 부처님께서 샤미센을 켜시는 세상이라면 몰라도 남 들의 말이 조금은 꺼려졌다. 그래서 대신에 다마치의 거리에 서 찻잎 가게를 아담하게 내주고는 계산대의 격자 칸막이 안에 이 아이를 앉혀 애교를 팔게 하자, 저울의 눈금은커녕 셈도 할 줄 모르는 젊은이들이 우르르 들른지라 거의 매일 자정 시 보를 들을 때까지 손님이 끊긴 일이 없었다. 바쁜 사람은 큰스 님이었다. 빌려준 돈을 거두러 다니고 가게를 한번 둘러보고,

법회도 치렀다. 달의 몇 날은 설교일로 정해 두기도 했지만, 장부를 넘기느니 경을 외느니 이래서는 몸이 남아나지 못하겠다고 하며 저물녘 툇마루에 화문석을 깔게 하고는 한쪽 소매를 벗어 어깨를 드러내고 부채질을 하며 큰 잔에 아와모리 소주를 차란차란 따르게 했으며, 안주는 좋아하는 장어 꼬치구이를 큰길의 무사시야에 길고 통통한 놈으로다가 챙겨 놓으라고 주문해 두곤 했다. 그것을 받으러 가는 심부름꾼은 신뇨였는데, 신뇨는 그때마다 이 일이 끔찍할 정도로 싫었던 나머지 길을 걸을 때도 똑바로 앞을 보고 다닌 적이 없었다. 장어집과 비스듬히 맞은편에 있는 붓 가게에서 아이들의 목소리가 들리면 자기를 욕하는 것처럼 느껴져 비참했기 때문에 아닌 체하며 장어집 문을 지나고는 주변 시선이 없는 틈을 살펴 다시 가게로 돌아 들어갔는데, 그때의 심정으로 신뇨는 자기만큼은 결코 비린 것을 먹지 않으리라 다짐하곤 했다.

아버지 스님은 세상일에 도가 튼 사람으로, 욕심이 조금 많다는 평판이 있었지만 남의 말에 귀를 기울이는 소심한 사람이 아니었기에 손만 빈다면 복갈퀴 부업도 벌이고 싶다고 하는 기풍이었다. 때문에 11월 닭날에는 두말할 것도 없이 절 앞 공터에 비녀 노점을 열고 사모님에게 머릿수건을 덮어씌워 "운수 대통할 비녀입니다." 하고 외치게 하기도 했다. 사모님도 처음에는 부끄러운 일로 여겼지만 어느 노점이든 풋내기 수완으로 막대한 벌이가 된다고 듣자, 이 붐비는 와중에는 아무도 신경을 쓰지 않을 테니 저녁부터는 남의 눈에 띄지도 않으리라고 생각해 낮에는 꽃집 안주인에게 맡아 달라고 하고 밤에는 몸소 호객을 벌였는데, 욕심이 생기자 어느덧 부끄러움도 가셔 자기도 모르게 목소리를 높여 "깎아 줄게요, 깎아 줄게요." 하며 손님의 꽁무니를 쫓게 되었다. 인파에 부대껴 사는 사람도 앞뒤 분간이 되지 않을 때였기에 손님은 깜빡 내세의 극락왕생을 빌려 그저께 왔던 절의 앞인 것도 잊어버리고는 비녀 세 개에 75전이라는 값을 듣고는 "다섯 개에 73전이면……." 하며 흥정하기도 했다. 이 어두운 세상에서 뒷주머니를 채우는 일은 이것 말고도 더 있을 터다. 신뇨는 이런 일들이 너무나 마음 괴롭게 느껴져, 설령 시주의 귀에는 들어가지 않더라도 주변 사람들의 평판, 아이들 사이의 소문에서 '류게지에서는 비녀 노점을 낸 노부유키 엄마가 미친 듯이 혈안이 돼 팔고 있더라.'라는 말이 돌지나 않을까 부끄러워 "그런 일은 관두는 게 좋지 않겠습니까?" 하고 말린 적도 있지만 큰스님은 허허허 웃고는 "잠자코 입 다물고 있거라. 네놈이 알 일이 아니다."라고 하며 전혀 상대해 주지 않았다. 아침에는 염불, 저녁에는 돈 계산. 주판을 손에 들고 싱글벙글하는 표정은 제 아버지이기는 하지만 한심하게 느껴져 '저 머리는 대체 왜 깎으신 걸까?' 하며 원망도 했다.

　애초에 동복인 형제와 온전한 부모 밑에서 자라, 남의 피가 섞이지 않은 화목한 집안이기에 딱히 이 아이를 침울하게 만들 씨앗은 없었지만, 천성이 점잖은 데다 자기 말이 죄다 소용이 없자 좌우지간 염증이 스멀스멀 피어났다. 부친이 하는 일이나 모친의 처신, 누나의 됨됨이가 모두 잘못되었다고는 생각했지만 '말해 봤자 귓등으로 듣겠지.' 하고 단념하자 서글프고 비참했다. 이런 모습을 친구들은 편벽한 아이가 심술을 부리는 것으로 보았지만 제풀에 가라앉은 마음은 이미 한없이 약해져, 누가 자기를 조금이라도 헐뜯는다는 말을 들어도 두 팔 걷고 나서 싸우고 따질 용기도 없었기에 겁쟁이처럼 방에 틀어박혀 남에게 얼굴을 보이지 않았다. 하지만 학교에서 공부를 잘하고 신분이 천하지 않은 것을 보아서 신뇨가 이런 약한 아이인 줄은 아는 사람이 없었기에 류게지의 후지모토는 하는 말마다 훈장님 같아서 신경에 거슬리는 녀석이라고 하며 미워하는 아이도 있는 듯했다.

10

신뇨는 축제 전야에 다마치의 누나 가게에 심부름을 갔다가 밤이 늦도록 집에 돌아오지 않았기 때문에 붓 가게에서의 소동은 꿈에도 몰랐다. 다음 날에야 우시마쓰나 분지 같은 아이들에게 여차저차한 일이 있었다는 말을 듣고는 조키치의 난폭함에 새삼 놀랐지만, 이미 끝난 일이라 심하게 탓하기도 소용없었고 자기 이름을 빌려준 것만이 뼈저리게 폐를 끼친 것처럼 생각된지라 자기가 한 일은 아니었지만 아이들에 대한 미안함을 자기 한 몸에 짊어진 듯한 기분에 잠겼다. 조키치도 조금은 자기가 일을 그르친 것을 부끄럽게 여겨, 신뇨를 만나면 잔소리를 들으리라 생각해 그 뒤로 사나흘은 코빼기도 보이지 않았다. 그러다 늦더위가 조금 식을 무렵에 조키치가 "노부유키야, 너는 화를 낼지도 모르겠지만 어쩌다 그렇게 된 거니 용서해 주라. 쇼타가 거기 없을 줄 누가 알았겠나? 계집애 하나를 상대로 놓고 딱히 산고로를 때리고 싶지도 않았지만, 등롱을 휘둘러 보인 이상 그냥 돌아올 수도 없었어. 겉으로 위세를 좀 보여 주려다가 그만 일이 그렇게 돼 버린 거야. 물론 다 내 잘못이지. 네 말을 듣지 않은 건 잘못이지만 지금

네가 나한테 화를 내면 우리가 손을 잡은 의미는 없어. 너라는 뒷배가 있었기 때문에 나는 큰 배에 탄 거 같았는데, 네가 나를 팽개쳐 버리면 죽도 밥도 안 되는 셈이잖아. 싫더라도 우리 쪽 대장으로 있어 주라, 응? 그렇게 무리를 짓지만은 않을 테니까."라고 하며 면목 없는 듯이 사과하자 신뇨는 '그래도 나는 싫어!'라고 하기도 어려워 "어쩔 수 없네. 하는 데까지는 해 보자고. 하지만 약한 애들을 괴롭히는 건 우리가 부끄러워지는 짓이니 산고로나 미도리를 상대해 봤자 아무런 득은 없어. 쇼타한테 졸개가 붙는다면 모르겠지만 절대 우리가 시비를 걸어선 안 돼." 하고 다짐을 주며 그다지 조키치를 호되게 꾸짖지는 않았지만 속으로는 두 번 다시 싸움이 없기를 빌었다.

　죄 없는 아이는 골목의 산고로였다. 한바탕 얻어맞고 차인 뒤로 2~3일은 앉고 일어서기도 괴로워 저녁마다 부친의 빈 인력거를 정문 어귀의 찻집 앞까지 옮기는 데서도 "산고로야, 무슨 일 있니? 힘을 영 못 쓰는 거 같은데?" 하는 말을 기루에 음식을 대는 가게의 주인장에게 들을 정도였지만, 부친은 별명이 '굽실이 데쓰(鉄)'라고 해서 윗사람에게 고개를 든 일이 없으니 기루 주인에게는 더 말할 것도 없다. '집주인님, 땅주인님. 어떤 어려운 일이든 분부만 내려 주십쇼.' 하고 받는 성질이었기에 '조키치와 싸우다 이런저런 험한 꼴을 당했습니다.'라고 호소해 봤자 '그건 아무래도 어쩔 수가 없구나. 집주인 댁의 아드님이 아니더냐. 네가 일리가 있든 그쪽이 잘못을 했든 함부로 싸울 상대는 아니다. 사과하고 오너라. 어허! 사과하고 오라니까. 터무니없는 놈이로구나.' 하며 제 자식을 호통치고 조키치네에 사과하러 보낼 것이 틀림없어 산고로는 분을 삭이며 이레고 열흘이고 날을 보냈는데, 그러자 과연 아픈 데가 나으면서 그 원망도 어느덧 잊혀 산고로는 십장 집의 갓난아기를 보아 주고 심부름 값 2전을 받을 것을 기뻐하며 "자장자장, 잘도 잔다." 하며 업고 다니기도 했다. 나이로 말하자면 한창 건방질 열여섯 살이면서도 그 산만 한 덩치를 부끄러워하지도 않아, 그런 모습으로 큰길에도 어슬렁어슬렁 나왔기 때문에 미도리나 쇼타에게 늘 "너는 근성을 어디에다 두고 온 거냐?" 하고 놀림받기도 했지만 다 같이 노는 데는 빠지지 않았다.

봄에 벚꽃이 만개할 때와 다마기쿠를 추모하는 등롱을 매달 즈음,[134] 그리고 가을의 니와카 축제 때는 이 거리만 해도 10분 동안 날아가듯 지나다니는 인력거가 일흔다섯 대로 헤아려졌는데, 그 후반 축제도 모두 끝나고 어느덧 고추잠자리가 논에 어지러이 나니 용수로에서 메추리가 지저귈 무렵도 가까워진 셈이었다. 아침저녁의 가을바람이 온몸에 스민지라 잡화점 조세이의 모기향은 회로용 재에 자리를 넘겨주었고, 돌다리 근처의 소금전병집 다무라야에서 가루를 빻는 절구 소리도 쓸쓸했으며, 한편 기루 가도에비 3층 지붕에서 울리는 시계도 공연히 애처로운 소리를 전하게 되자 사철 끊임없는 닛포리 쪽의 연기도 저것이 사람을 태워 피어오르는 것인가 싶어 슬펐고, 찻집 뒤편에 나 있는 도랑과 나란한 좁은 길로 흘러 떨어지는 듯한 샤미센 소리를 우러렀을 때 나카노초 게이샤가 맑은 음색으로 "그대 마음이 선잠을 자는 잠자리

---

134 유곽에서 각각 봄여름에 열리는 나카노초 밤벚꽃(仲之町夜桜), 다마기쿠 등롱 (玉菊灯籠) 행사를 가리키는데, 니와카와 함께 요시와라 3대 행사로 꼽힌다. 위 여름 행사는 유곽의 명기였던 다마기쿠(1702~1726)를 추모하기 위해 우란분에 유곽 건물의 처마마다 등롱을 매달던 것이 연례행사로 발전한 것이다.

에……." 하며 뽑는 대수롭지 않은 한 곡조가 들리는 것도 애처로움이 깊어, "이 무렵에 들어 유곽에 다니기 시작하는 사람은 신나고 들뜬 유객이 아니라 신세에 절절한 사연들이 몸에 사무친 사람들이지." 하며 유녀를 은퇴한 어떤 여자는 이야기하기도 했다. 최근에 있던 일을 쓰기도 장황스럽겠지만 다이온지 앞에서 있던 드문 일로는, 맹인 안마사였던 스무 살쯤 되는 아가씨가 이루지 못한 사랑 탓에 부자유한 신세를 한탄하며 미즈노야 연못에 뛰어든 일을 그나마 새로운 사건이라고 전할 수 있는 정도다. 채소 가게 기치고로에게 목수 일을 하던 다키치가 통 모습이 보이지 않는데 어떻게 되었느냐고 묻자 "이걸로 잡혀갔어요." 하며 얼굴 한가운데에 손가락을 가리킬 뿐[135] 더 자세한 사정은 없으니 특별히 이야기를 꺼내는 사람도 없었다. 큰길을 내다보자 천진한 아이들이 삼삼오오 다른 아이의 손을 잡으며 "피었네. 피었네. 무슨 꽃이 피었나." 하고 동요를 부르며 놀던 소리도 자연히 조용해졌고, 유곽을 다니는 인력거 소리만이 여느 때처럼 활발히 들렸다.

가을비가 보슬보슬 내리는가 싶더니 쏴 바람이 불듯 쓸쓸한 밤이 덮쳐 왔다. 지나다가 훌쩍 들르는 손님은 받지 않는 가게라 붓 가게 안주인은 초저녁쯤부터 앞문을 닫았다. 안에는 역시 미도리와 쇼타로와 그 밖에 두세 명의 아이들이 모여 비단고둥 껍데기 튕기기 같은 놀이를 하고 있었는데, 그러다 문득 미도리가 귀를 쫑긋하며 "어? 누가 뭘 사러 왔나? 하수구 널빤지를 밟는 소리가 났어."라고 하자 쇼타도 "그래? 나는 전혀 못 들었는데."라고 하며 '둘, 넷, 여섯, 여덟…….' 하며

---

135 코가 하나(鼻)라는 데서 하나후다(花札), 즉 화투 때문에 경찰에 잡혀갔다는 것.

세던 손을 멈추고는 "누구, 아는 애가 온 게 아닐까?" 하며 좋아했다. 그러나 문 앞에 있던 사람은 가게 앞까지 온 발소리만 냈을 뿐, 그 뒤로는 뚝 끊겨 소리도 기척도 없었다.

11

쇼타가 쪽문을 열고 "귀신이다!" 하며 얼굴을 내밀었지만 그 사람은 두세 채 앞의 처마 밑을 뒷모습을 보이며 터벅터벅 멀어져 갔다. "누구야, 누구? 야, 들어와." 하고 부르고는 미도리의 굽 높은 게다를 대강 걸쳐 신고, 내리는 비를 아랑곳 않고 달려가려 했지만 "아, 그 녀석이네."라고 하고는 멈춰 섰다. 쇼타는 뒤돌아보며 "불러도 안 오겠네. 미도리야, 그 녀석이었어." 하며 자기 머리를 매만져 보았다.

"노부유키라고……?" 하고 대답하고 미도리는 "흥, 재수 없는 밤송이 녀석. 분명 붓 같은 걸 사러 왔다가 우리가 있으니까 문 앞에 서서는 우리 얘기를 듣다 갔겠지. 심술궂고 심보 뒤틀리고 되바라지고 말 더듬는, 이빨 빠진 재수 없는 녀석! 들어왔다면 본때를 보여 줬을 텐데. 가 버렸다니 아쉽네. 야, 네 게다 좀 빌려줘. 잠깐 보게." 하고는 쇼타 대신 얼굴을 내밀자 처마의 빗방울이 앞머리에 떨어졌다. "앗, 이게 뭐야!" 하며 고개를 움츠리면서도 미도리가 네다섯 채 앞의 와사등 아래를 어깨에 지우산을 대고 살짝 고개를 숙인 듯이 터벅터벅 걸어가는 신뇨의 뒷모습을 목이 빠져라 언제까지고, 언제까지고, 언제까지고 지켜보고 있자 "미도리야, 왜 그래?" 하고 쇼타가 수상해하며 등을 쿡쿡 찔렀다.

"아무것도 아니야." 하고 무심히 대답하고는 다시 들어가 비단고둥의 수를 세면서 미도리가 "정말 꺼림칙한 애란 말이야. 자기는 나서서 싸움도 하지 못하면서 얼굴은 점잔이나 빼고, 뒤에서 호박씨를 까는 심보라니까. 얄밉지 않아? 엄마가 말했어. 호탕한 사람은 마음씨도 좋다고. 그러니 호박씨나 까는 노부유키 같은 애는 마음씨가 나쁜 게 틀림없어. 쇼타야, 그치?" 하며 신뇨를 몹시 흉보자 쇼타는 "그래도 류게지는 그나마 뭘 좀 아는 녀석이지. 조키치로 말하자면 그 녀석은, 거참!" 하며 건방지게 어른 말투를 흉내 냈다. 미도리가 "집어치워, 쇼타야. 애늙은이 같아 이상하잖아. 너 왜 이렇게 웃기니?" 하며 쇼타의 볼을 쿡쿡 찌르고는 "정색은 또 왜 하고 그래?" 하며 배를 잡고 웃자 쇼타는 "나도 조금만 더 있으면 어른이란 말이야! 가바타야 아저씨처럼 소매가 네모난 외투 같은 걸 입고, 응? 할머니께서 간수해 두신 금시계를 받고, 그리고 반지도 맞추고 담배도 말아서 피우고…… 신발은 뭐가 좋으려나? 나는 게다보다 셋타가 좋으니까 밑창이 세 겹으로 깔린 데다 수자직 끈이 달린 걸 신어야지. 어울리려나?" 하고 말했다. 미도리가 킥킥 웃으며 "키 작은 애가 소매가 네모난 외투에 셋타를 신으면, 와, 얼마나 이상할까? 안약 병이 걷는 모양일 거야." 하고 내리깎자 쇼타는 "웃기시네! 나도 그때까지는 클 거야. 이렇게 조그맣지만은 않을 거라고!" 하고 나댔지만 "그래서 언제 크겠니? 천장의 쥐가 나 잡아 봐라 하네?" 하고 미도리가 손가락질을 하자 붓 가게 안주인을 비롯해 자리에 있던 아이들 모두가 배를 잡고 쓰러졌다.

쇼타가 혼자 진지해져서는 예의 눈을 뺑글뺑글 굴리면서 "미도리 너는 농담으로 듣고 있겠지만, 결국 어른이 되지 않는 사람은 없는데 내 말이 왜 웃긴 거야. 나중에 예쁜 새색시를 맞이해 데리고 다닐 텐데 말이야. 나는 뭐든 예쁜 게 좋으니까 전병집의 오후쿠 같은 곰보나 땔감집의 짱구 이마인 애가 만약 나한테 오려고 한다면, 나는 그 자리에서 내쫓고는 집에 들이지 않을 거야. 나는 마맛자국이 있거나 부스럼을 긁는 사람이 정말 싫어." 하며 힘주어 말하자 안주인은 헛기침을 하며 "그래도 쇼타는 우리 가게에 잘 와 주는구나. 이 아줌마의 마맛자국은 안 보이니?" 하고 웃었다. "아줌마는 나이를 드셨잖아요. 제가 말하는 건 새색시예요. 나이 든 사람은 아무래도 상관없어요."라는 말에 붓 가게 안주인은 "참, 나는 내 나이도 모르고……." 하며 장난삼아 기분을 맞춰 주었다.

"우리 동네에서 예쁜 애로는 꽃집의 오로쿠에 과일집의 기이, 그리고 그보다 훨씬 더 예쁜 애가 네 옆에 앉아 있는데, 쇼타 너는 누구로 점찍은 거야? 오로쿠의 눈매? 아니면 기이의 목소리? 응? 누구야?" 하는 물음에 쇼타가 얼굴을 붉히며 "글쎄요, 오로쿠와 기이, 어느 쪽이 좋을지……." 하며 천장에 매달린 램프 밑에서 자리를 살짝 비켜 벽 쪽으로 물러나자 "그럼 미도리가 좋은 거야? 그렇게 정한 거니?" 하고 정곡을 찔렀다. 쇼타는 "그런 거, 알 게 뭐예요. 무슨 말씀이세요?" 하며 획 돌아앉아 종이를 덧댄 벽을 손가락으로 두드리며 "돌아라. 돌아라. 물레방아야." 하며 작은 소리로 노래를 부르기 시작했다. 미도리는 다른 아이들의 소라고둥을 모으고는 "자, 한 번 더 처음부터."라고 했는데, 이 아이는 얼굴도 붉히지 않았다.

12

신뇨가 늘 다마치를 오갈 때 굳이 지나지 않아도 되는데, 말하자면 지름길인 제방과 면한 쪽에 조촐한 격자 대문이 있었다. 들여다보면 구라마산 섬록암으로 된 석등롱과 싸리 가지를 엮은 낮은 울타리가 우아하게 보였고 툇마루 끝에 말아 놓은 발의 모양에도 마음이 끌렸는데, 가운데만 유리로 된 장지문 안에서는 현대판 아제치의 남편과 사별한 여인이 염주를 세어 넘기고 있고, 단발머리를 한 와카무라사키[136]라도 나오지 않을까 싶은, 그 한 채의 집이 바로 다이코쿠야의 별택이었다.

어제도 오늘도 변덕스러운 가을비가 내리는 날씨에 딸이 부탁한 방한 속옷을 다 짓자 부모 마음에는 조금이라도 더 빨리 껴입히고 싶어, "힘들겠지만 등교 전에 좀 가져다주지 않겠니? 네 누나도 분명 기다릴 거야." 하며 모친이 심부름을 시켰는데, 신뇨는 이를 딱히 싫다고도 잘라 말하지 못하는 온순한 성격이어서 다만 "네, 네." 하며 작은 보자기를 품에 안고는 두꺼운 무명 쥐색 끈이 달린 후박나무 굽의 게다로 질척질척한 땅을 밟으며 우산을 펴 들고 나섰다.

오하구로 도랑의 모퉁이에서 꺾어 늘 다니는 좁은 길을 따라갔는데 운이 나쁘게도 별택 앞까지 왔을 때, 세게 부는 바람이 지우산의 위를 집어 허공으로 당기는 것으로 의심될 정도

---

136 若紫. 「겐지 모노가타리」 여주인공의 한 명인 어린 시절의 무라사키노우에를 가리킨다. 주인공 히카루 겐지가 이상적인 여성으로 교육하고 나서 아내로 삼는다. 아제치의 남편과 사별한 여인은 그녀의 할머니를 가리킨다.

로 바람이 세차게 불어서 우산을 놓치면 안 된다는 생각에 발에 힘을 주고 버티던 그 순간, 정작 신경 쓰고 있지 않던 게다의 앞쪽 끈이 밑창에서 술술 빠져 버린지라 우산보다는 이것이 더 큰 일이 되었다. 신뇨는 어쩔 줄 몰라 혀를 찼지만, 이렇게 된 이상 어쩔 도리도 없어 별택 대문에 우산을 기대 놓고 내리는 비를 차양 아래서 피하며 게다의 끈을 고치려 했다. 평소 익숙하지 않은 도련님은 '이게 왜 안 되는 거야.' 하며 마음만 급했는데, 어떻게 해도 잘 되지 않으니 답답한 노릇이었다. 몹시 안달이 나 소맷자락 속에서 기사문의 초고를 써 둔 큰 반지(半紙)를 꺼내 마구 찢어서는 지노를 꼬는 중에 심술궂은 세찬 바람이 또다시 내려와 세워 놓은 우산이 데굴데굴 굴러가는 모습을 보고 "지긋지긋한 바람이군." 하며 화난 듯이 내뱉고 우산을 잡으려고 손을 뻗자, 이번에는 무릎에 올려놓은 보자기가 떨어져 흙탕에 젖었고 옷자락까지 더러워지고 말았다.

빗속에서 우산도 없는 데다 도중에 게다 끈까지 끊어 먹은 모습만큼 보기 딱한 것은 없다. 미도리는 장지문 안에서 유리 너머로 멀리 내다보다 "어? 누가 게다 끈이 끊어졌나 봐요. 엄마, 헝겊을 갖다 줘도 될까요?" 하고 묻고는 반짇고리 서랍에서 오글쪼글한 유젠 천의 조각을 꺼낸 뒤, 정원용 게다를 신는 데도 감질이 난 마냥 총총히 뛰쳐나가 툇마루 끝에 있던 양산도 쓰는 둥 마는 둥 재빨리 징검돌 위를 따라 종종걸음으로 다가갔다.

그 아이인 줄 알아채자 미도리는 얼굴이 붉어져 어떤 큰 일을 당한 듯이 가슴이 빨리 뛰었다. 누가 볼까 싶어 뒤를 신경 쓰며 주뼛주뼛 대문 곁으로 다가가자 신뇨도 문득 뒤돌아보았는데, 이 아이도 말없이 다만 겨드랑이에 식은땀이 흐를

뿐이었다. 맨발 바람으로 도망치고 싶은 심정이었다.

평소의 미도리였다면 신뇨가 쩔쩔매는 모습을 손가락질하며 "저런 약해 빠진 녀석." 하고 주위가 떠나갈 듯이 실컷 웃고는 "용케도 전야 때는 쇼타를 복수한답시고 조키치 녀석에게 우리가 노는 걸 방해하게 하고, 아무 잘못도 없는 산고로를 때리도록 높은 데서 지휘를 했겠다? 얼른 사과 안 해? 또 뭐가 있었더라. 나더러 '창녀, 창녀' 하고 조키치 녀석이 떠벌리게 한 것도 네 짓이지? 창녀가 뭐 어때서? 털끝만큼도 네 신세는 지지 않을 거야. 나한테는 아빠도 있고 엄마도 있고 다이코쿠야의 주인아저씨도 언니도 있으니까. 너처럼 발랑 까진 중놈한테는 절대 신세를 지지 않을 테니 쓸데없이 창녀라고 부르는 건 집어치워. 할 말이 있으면 뒤에서 호박씨를 까지 말고 여기서 말해. 언제든 상대해 줄 테니까. 자, 왜 온 거야?" 하며 입에서 나오는 대로 소맷자락을 붙들고 독설을 퍼부을 기세가 되었겠으나, 차마 그렇게 덤벼들기는 어려워 미도리는 아무런 말도 없이 격자 대문 뒤에 한동안 모습을 감추었는데, 그렇다고 해서 자리를 떠나는 것도 아니고 그저 망설이며 가슴이 뛰는 것은 평소 미도리의 모습은 아니었다.

13

'여기는 다이코쿠야의 별택이다.'라는 생각이 들었을 때부터 신뇨는 두려워 좌우를 보지 않고 똑바로 걸어가기만 했는데, 하필이면 비바람이 치는 데다 게다 끈마저 끊어 먹어 비도 제대로 막지 못하는 처마 밑에서 지노를 꼬는 심정이란……. 여러 괴로운 일이 있어 아무래도 견디지 못하겠다는 심정이었는데, 징검돌을 딛는 발소리는 등 뒤에서 찬물을 끼얹는 것만 같아 뒤돌아보지 않아도 그 아이라 생각하자 몸이 오들오들 떨리고 얼굴빛도 변할 것만 같았다. 등을 돌린 채로 연신 게다 끈에 전념하는 모습을 보여 주었지만, 정신의 반은 이미 꿈속에 들어가 버린지라 이 게다는 언제까지 붙들고 있어도 신을 수 있을 성싶지 않았다.

정원에 있던 미도리는 살짝 엿보고는 '어휴, 저런 손재주로 대체 뭘 하겠다는 거야? 지노는 왜 꼬는 거래? 짚대 같은 걸 앞쪽 구멍에 끼워 봤자 오래가지도 못하는데. 저런, 하오리 자락이 땅에 닿아 흙탕에 젖은 건 알려나? 어, 우산이 굴러가네? 접어서 세워 놓을 것이지.' 하며 하나하나 답답하고 성에 차지 않게 생각은 하지만, '여기 천 조각이 있어. 이걸 구멍에 꿰.'라는 말도 없이 하염없이 서 있으며 내리는 비에 소맷자락이 흠뻑 젖은 데도 아랑곳 않고 몰래 숨어 지켜보았다. 그러다 이 일을 모른 모친이 멀리서 "다리미에 열이 올랐네. 우리 미도리는 이걸 놔두고 어디에 갔을까. 비가 내리니 바깥놀이는 안 돼. 또 요전처럼 감기에 걸릴 거야." 하고 부르자 미도리는 "네! 곧 갈게요." 하고 크게 대답했는데, 그 목소리가 신뇨에게 들린 것이 창피하고 가슴이 두근두근 뛰어 도저히 대문을 열지 못하고 있었다. 하지만 못 본 체하기는 어려운 곤경이었기에 여러모로 생각을 짜낸 끝에 격자 사이로 손에 쥔 천 조각을 말없이 던져 주자 신뇨는 보지 않은 듯 보며 모른 체하는 얼굴을 보였는데, 예전 같은 마음이었다면 미도리는 쓸쓸한 눈빛에 눈물을 조금 머금으며 원망스러운 표정으로 '뭐가 미워서 그렇게 매정한 모습을 보이는 거야.' 하고 싶은 말은 나한테도 있는데……. 정말 너무해.' 하는 말이 턱밑까지 찼겠지만, 모친이 부르는 소리가 자꾸 들리는 것이 괴로워 어쩔 수 없이 한 걸음, 두 걸음을 내디뎠다. 어째서 이토록 미련이 남을까. 이런 자기를 신뇨가 어떻게 생각할지를 창피해하며 미도리는 결국 몸을 돌려 달그락달그락 징검돌을 타고 돌아가 버렸다. 신뇨는 그제야 쓸쓸히 뒤돌아보고는 비에 젖어 단풍 무늬가 더 화사하게 보이는 붉은색 유젠 천이 발 옆에 널브러져 있음을 깨달았다. 공연히 마음이 끌리기는 했지만 손에 집어 들지도 못하고 부질없이 바라보자 괴로운 마음이 들었다.

제 서툰 손재주를 포기하고 하오리의 긴 끈을 풀어 둘둘 붙들어 매는 것으로 보기 흉한 처치를 하고는 '이거면 되겠지.' 하며 한번 디뎌 보았는데, 걷기 힘든 것은 두말할 것도 없어, '이걸 신고 다마치까지 가야 하나.'라는 생각에 눈앞이 깜깜해졌지만, 달리 어쩔 도리도 없었기에 신뇨는 자리에서 일어났다. 보자기를 옆구리에 끼고 두 걸음가량 그 대문에서 떨어졌는데도 유젠 천의 단풍이 눈에 밟혀 차마 버리고 가기는 어려운 마음이 남아 뒤돌아보자 "노부유키야, 왜 그래? 게다 끈이 끊어진 거야? 그 꼴은 또 뭐야. 엉망이 됐네." 하고 불쑥 말하는 사람이 있었다.

깜짝 놀라서 돌아보자 난폭자 조키치였다. 방금 막 유곽에서 돌아오던 길인지[137] 유카타를 겹친 도잔 기모노에 단감색 산자쿠오비를 예처럼 허리 끝에 매고, 검은 명주 옷깃이 달린 새 한텐을 걸친 차림이었다. 옥호가 들어간 우산을 쓰고 있

137 조키치는 16세로, 기루에 출입할 수 있다.

었으며, 쓰마카와[138]가 달린 굽 높은 게다도 오늘 아침부터 막 신은 것이 분명하리만치 옻칠한 색이 뚜렷이 눈에 띄었다.

　"게다 끈이 끊어져 이도저도 못 하고 있었어. 정말 난감하네." 하고 신뇨가 맥없는 소리를 하자 조키치는 "붓만 쥐던 네가 게다 끈을 고칠 수 있을 리 없지. 괜찮다면 내 걸 신고 가. 이건 끈이 튼튼하니까."라고 했다. "그럼 너는 어떡하고." "나는 익숙한 일이야. 이렇게 하고 이렇게 하면 돼." 조키치가 후다닥 옷의 아랫자락을 걷어서 오비에 끼우고는 "그렇게 둘둘 감은 거보다는 차라리 이게 더 상쾌하지." 하며 게다를 벗자 신뇨는 "맨발로 가려고? 그럼 너무 미안한데……." 하며 안절부절못했지만 조키치는 "괜찮아. 나는 익숙하니까. 노부유키 너는 발바닥이 약하니까 맨발로 자갈길은 걷지 못할 거야. 자, 이 게다를 신고 가." 하며 두 짝을 가지런히 내미는 친절을 보였다. 다른 사람에게는 역귀라는 소리를 들으면서, 송충이 눈썹을 움직이며 입에서 다정한 말이 새어 나오는 것도 우습다. "네 게다는 내가 들고 갈게. 부엌에 그냥 던져 놓으면 별말은 없을 거야. 자, 바꿔 신고 네 걸 줘." 하고 신경을 써 주고, 조키치는 망가진 게다를 한 손에 들고는 "그럼 노부유키야, 잘 가. 이따 학교에서 보자." 하고 약속했다. 이렇게 신뇨는 다마치의 누나에게, 조키치는 제 집 쪽으로 가며 서로 헤어진지라 마음이 담긴 붉은색 유젠 천은 가엾은 모습을 부질없이 내보이며 격자 대문 밖에 남겨졌다.

---

138 발가락 쪽으로 물이 튀는 것을 방지하기 위해 게다의 앞쪽에 감싸는 가죽.

14

이해 11월에는 닭날이 세 번 있었는데 가운데의 하루는 비 때문에 일이 틀어졌지만 앞뒤의 두 날은 날씨가 좋아 오토리 신사의 성황이 굉장했고 이를 구실로 검사장 앞의 문으로부터 뒤얽혀 들어오는 젊은이들의 기세로 말하자면, 천주(天柱)가 무너지고 지유(地維)가 끊어지지 않을까 싶을 정도로 웃음소리가 아우성쳐 나카노초 대로[139]의 앞뒤가 갑자기 뒤바뀐 듯이 생각되었고, 스미초와 교마치 곳곳의 비상문으로부터 "자, 미세! 미세!" 하며 조키부네[140]를 미는 구호를 외치며 인파를 가르는 무리도 있었다. 도랑가의 작은 기루에서 들리는 온갖 재잘거림을 비롯해 우아하게 높이 세워진 최고급 기루의 누상까지 샤미센을 치며 노래하는 목소리가 수없이 끓어오르는 그러한 정취는 대부분의 사람에게 잊지 못하는 추억으로 여겨지기도 할 터다. 쇼타는 이날 일수 걷기를 쉬고, 산고로의 토란꼬치찜 노점을 구경하고 경단집 멀대의 불친절한 새알심 단팥죽집을 들러서는 "어때, 벌이는 좀 돼?"라고 하자 "쇼타야, 너 마침 잘 왔다. 팥이 다 떨어졌는데 이제는 뭘 팔아야 좋을까? 떨어지고 곧바로 삶는 불에 올리기는 했는데, 이 도중에 들어오는 손님을 거절할 수는 없어. 어떡하지?" 하고 묻는지라 쇼타는 "야, 이 바보야. 저 큰 솥의 테두리

---

139 中之町の通り. 정문에서 검사장까지 쭉 이어지는 유곽의 중앙 대로. 정문 외의 출입구는 모두 비상문이거나 간이 다리.

140 猪牙(一舟). 유객을 태워 정문 앞의 니혼즈쓰미 수로까지 거슬러 올라온 날렵한 형태의 작은 배로, 19세기 초에 가장 많았으나 1880년대 이후로는 자취를 감추었다.

에 눌어붙은 게 엄청 많이 있잖아. 거기에 끓인 물을 부어 풀고 설탕만 넣고 달게 만들면 10인분이나 20인분은 나오지 않겠어? 어디든 다 그래. 너희 가게만 그런 게 아니야. 이 북새통 속에서 과연 맛이 있니 없니 따지는 사람이 있겠냐? 막 팔아 버려."라고 하며 자기가 앞장서서 설탕 단지를 가져오자 짝눈인 모친이 놀란 표정으로 "쇼타는 장사꾼이 다 됐네. 굉장히 머리가 좋구나." 하고 칭찬했다. 쇼타는 "이게 머리가 좋은 거라고요? 방금 골목 쪽 짝눈네 집에서 팥소가 모자랄 때 이렇게 막 하는 걸 봤어요. 제가 발명한 건 아니에요."라고 하고는 "너 혹시 몰라? 미도리가 있는 곳 말이야. 오늘 아침부터 찾았는데 어디에 갔는지 붓 가게에도 안 왔다고 해. 유곽 안에 있나?" 하고 묻자, "음……. 미도리라면 조금 전에 우리 가게 앞을 지나 아게야마치의 비상문으로 안에 들어가더라고. 쇼타야, 정말 굉장했어. 오늘은 말이야, 머리를 이렇게, 이런 시마다로 틀어 올려서는……." 하고 기묘한 손짓을 하다 "걔는 너무 예뻐." 하며 코를 닦으며 말했다. 쇼타가 "오마키 누나보다 더 예쁘지. 하지만 걔도 오이란이 되는 거면 불쌍해." 하며 땅을 보며 말하자 멀대는 "좋잖아? 오이란이 되면 말이야. 나는 내년부터 한철 장사를 해 돈을 벌 거라서 그걸로 걔를 사러 갈 거야." 하며 얼빠진 소리를 했다. "건방지네. 네가 그러면 너는 분명 차일 거야." "왜? 어째서?"라고 하자 쇼타는 "차일 사정이 있는 줄 알라고."라고 하고는 얼굴을 조금 붉힌 뒤 웃으면서 "그럼 나도 한 바퀴 돌고나 올까. 나중에 또 올게."라는 말을 던지고 문을 나서며 "열예닐곱 즈음까지는 금이야 옥이야 길러져……." 하며 이상스럽게 떨리는 목소리로 요즘 이곳의 유행가를 불렀다. "이제는 그 일이 몸이 배어……."141 하고 입안에서 되풀이하며 예의 셋타 소리를 높게 내며 들뜬 사람들 속에 섞여 작은 몸은 홀연 사라졌다.

사람들에게 치이며 들어간 유곽 모퉁이의 저편에서 유녀를 시중드는 일을 하는 오쓰마와 나란히 서서 이야기하면서 오는 모습을 보자 틀림없이 다이코쿠야의 미도리였는데, 경단집 얼간이가 말했듯이 크게 틀어 올린 청초한 시마다 머리에 화려하게 염색한 댕기를 주렁주렁 묶은 데다 대모갑 비녀와 꽃송이가 달린 비녀가 번쩍여 어느 때보다 극채색인 교토 인형을 보는 것만 같아, 쇼타는 입도 벙긋하지 못하고 멈춰 선채 평소처럼 달려가 붙어 서지도 못하고 쳐다보고 있었다. 그러자 미도리가 "쇼타구나." 하며 달려와서는 "오쓰마 언니, 언니는 장 보신다면 여기서 이만 헤어져요. 저는 애하고 같이 돌아갈게요. 조심히 가세요."라고 하며 고개를 숙이자 그는 "어머나, 미도리는 너무 속이 보여. 이제 내 배웅은 필요 없다는 거니? 그럼 나는 교마치에서 장이나 봐야겠다." 하고 헤어져 총총히 하급 기루가 줄지어 있는 옆으로 갔다. 쇼타는 그제야 미도리의 소매를 붙잡고 "잘 어울리네. 머리는 언제 올렸어?

---

141 유행가 「얏카이부시(厄介節)」의 일부로, 시대에 따라 문구는 다소 다를 수 있다. 나는 아버지, 어머니한테 열예닐곱이 될 때까지도 금이야 옥이야 길러졌는데, 유곽에 몸이 팔리고는 달에 세 번이라는 규칙으로 검사를 받는 그때는 두견새가 몇 번이고 피를 토하며 우는 것보다 괴로웠지. 이제는 일도 익숙해진지라 돈 많은 분에게 여러 농간을 부리는 건 수줍어하면서 이불 속에서는 등덩굴처럼 다리를 감네. 그러면 손님도 이걸 남한테 자랑삼아 얘기하며 한 번 올 걸 두 번이나 오네. 두 번 오면 세 번을 오네. 아침에 오고 낮에 오고 밤에 오다 직장에서 잘리고 돈을 다 써 버리자 문턱도 못 넘네. 빈 지갑을 목에 걸고 깨진 찻잔을 손에 들고 남은 음식은 없냐며 문 앞에 서네. 그때는 알아도 모르는 체. 이게 유녀의 관습이라면 괴로워도 강 건너 불구경이네. 성가시네. 성가시네.

오늘 아침? 아니면 어제? 왜 빨리 보여 주지 않은 거야." 하며 원망하듯이 어리광을 부리자 미도리는 몹시 풀이 죽어 낮은 목소리로 "언니 방에서 오늘 아침에 올렸어. 나는 정말이지 너무 싫었어……." 하며 얼굴을 소맷자락으로 가리고는 길 가는 사람을 창피해했다.

15

민망하고 창피하고 꺼려지는 것이 몸에 있어 남의 칭찬은 비웃음으로 들렸고 시마다 머리에 혹해 뒤돌아보는 사람들의 시선이 자신을 업신여기는 것으로 느껴져 미도리가 "쇼타야, 나는 집에 갈게."라고 하자 쇼타는 "오늘은 왜 안 놀아? 너, 무슨 잔소리를 들었어? 아니면 오마키 누나하고 싸움이라도 했니?" 하며 어린아이다운 물음을 던졌다. 여기에 미도리는 대답은커녕 얼굴만 붉어질 뿐이었다. 나란히 경단집 앞을 지나는 참에 "사이가 좋아 보이시옵니다!" 하고 얼간이가 가게 안에서 과장스럽게 외친 말을 듣기 무섭게 미도리는 울상을 보이며 "쇼타야, 내 옆에 따라오면 안 된다?" 하고는 쇼타를 뒤에 두고 홀로 걸음을 재촉했다.

오토리 신사에 같이 가자고 말해 놓고 미도리가 다른 길로 들어 자기 집 쪽으로 서두르자 쇼타는 "미도리야, 같이 안 가 주는 거야? 그쪽으로는 왜 가. 너무해." 하며 예처럼 어리광을 부려 보았지만 미도리는 이를 뿌리치듯 말없이 갔다. 무슨 영문인지도 몰랐지만 쇼타가 질려하며 바짝 쫓아가 소맷자락을 붙잡고 수상해하자 미도리는 얼굴만 붉히며 "아무것도 아니야."라고 했는데, 분명 어떤 사정이 있는 목소리였다.

별택의 대문을 넘어왔다. 쇼타는 예전부터 자주 놀러 와 그다지 삼가는 집도 아니었기에 미도리를 뒤따라 툇마루로 살짝 올라왔는데, 이를 모친이 보고는 "어머, 쇼타구나. 잘 왔다. 오늘 아침부터 미도리가 기분이 좋지 않아 모두 쩔쩔매고 있었단다. 좀 놀아 주려무나."라고 하자 쇼타는 어른스럽게 정좌하고는 "어디가 아픈 건가요?" 하고 진지한 얼굴로 물었다. "아니." 하며 모친은 수상한 미소를 짓고는 "조금 지나면 낫겠지. 늘 장난이 심하니 분명 친구들하고 싸우기도 할 거야. 정말이지 못 당해 낼 아가씨라니까." 하고는 뒤돌아보자 미도리는 어느새 작은 방에 이불과 솜을 둔 잠옷을 꺼내 놓고, 오비와 겉옷을 벗어 던지기만 한 채로 엎드려 누워 아무런 대꾸도 하지 않았다.

쇼타가 쭈뼛쭈뼛 베갯머리에 다가가 "미도리야, 왜 그래? 아파? 기분이 안 좋아? 대체 어떻게 된 거야?" 하며 그렇게는 바싹 다가서지 않은 채 무릎에 손을 얹고 애만 태우고 있자 미도리는 여전히 대답 없이 소맷자락을 얼굴에 대고 흐느껴 울었다. 이마에 드리운 앞머리가 젖은 것을 보아도 무슨 사정이 있음은 분명했지만, 어린 마음에 쇼타는 아무런 위로의 말도 건네지 못하고 단지 헛되이 안절부절못하기만 했다. "대체 뭐가 어떻게 된 거야. 나는 네가 화날 일은 하지 않았을 텐데, 왜 그렇게 화내는 거야." 하며 쇼타가 얼굴을 살피며 어쩔 줄 몰라 하자 미도리는 눈물을 닦고 "쇼타야, 나는 화내고 있는 게 아니야."라고 말했다.

"그러면 왜?" 하는 물음을 듣자 민망한 일이 여럿 떠올랐는데, 이는 아무래도 이야기할 수 없는 창피함이었기에 누구에게 털어놓을 사정이 아니었다. 말하지 않아도 저절로 빰이 붉어졌고, 왜 그런지는 말할 수 없지만 점점 마음이 불안해졌다. 모두 어제의 몸에 자각이 없던 느낌을 얻어 다만 창피함을 말할 정도가 아니었기에 미도리는 '어스레한 방 안에서 아무도 말을 걸지 않고 내 얼굴을 바라보는 사람 없이 혼자 마음대로 나날을 보내고 싶어. 그럼, 그런 민망한 일이 있어도 남의 눈을 조심하지 않는다면 이토록 고민하지는 않겠지. 언제까지고, 언제까지고 봉제 인형과 종이 인형을 상대로 하며 소꿉놀이만 할 수 있다면 분명 고마운 일일 텐데. 아, 싫어! 싫어! 어른이 된다는 건 꺼림칙한 일이야. 어째서 이렇게 나이를 먹는 걸까? 아아, 일곱 달, 열 달, 한 해나 전으로 돌아가고 싶은데……'라고 하는 노인과 같은 생각을 했다. 쇼타가 이곳에 있는 줄로도 생각되지 않아 말을 걸어 주자 모조리 물리치며 "돌아가 줘, 쇼타야. 제발 부탁이니 돌아가 줘. 네가 있으면 나는 죽고 말 거야. 목소리를 들으면 머리가 아파. 말을 하면 눈이 어지럽고. 누구든 간에 나 가까이에 오는 건 싫으니, 너도 제발 돌아가." 하며 평소답지 않게 무정한 말을 했다. 쇼타는 왜 그러는지 이해할 수 없이 연기 속에 있는 듯해, "너 참 별꼴이다. 그런 말을 할 건 없잖아? 이상한 애네."라고 했다. 다소 분한 마음으로 차분하게 말하면서도 눈에서는 심약한 눈물이 글썽였는데, 미도리가 어떻게 그것을 깨달을 수 있었으랴. "돌아가. 돌아가라니까? 언제까지고 여기에 버티고 있다면 이제는 친구도 뭐도 아니야. 쇼타, 너 정말 싫어." 하고 미도리가 밉살스러운 듯이 말하자 쇼타는 "그럼 가 볼게. 실례 많았다." 하며 욕실에서 목욕물 온도를 보는 모친에게는 인사도 하지 않고 훌쩍 일어나 툇마루로 뛰쳐나갔다.

16

그대로 곧장 달려가 인파를 뚫고 빠져나가며 붓 가게에 뛰어들자, 산고로가 어느새 다 팔고 전을 접고는 작업용 앞치마 주머니에 얼마만큼의 돈을 짤랑거리며 아우들과 누이들을 데려와 좋아하는 걸 뭐든 사라는 장남의 모습을 보이고 있었다. 그렇게 한참 기분이 좋던 때 쇼타가 들어오자 산고로는 "야, 쇼타야. 방금 너를 찾던 참이야. 오늘 꽤나 돈을 벌었거든. 뭐 하나 사 줄까?"라고 했다. 쇼타가 "바보 같은 소리 하지 마. 그럴 때가 아니야." 하며 울적해하자 산고로는 "뭐야? 왜 그래? 싸움 났어?" 하며 먹던 단팥빵을 품속에 쑤셔 넣고는 "상대가 누구야? 류게지? 조키치? 어디서 시작된 거야? 유곽 안? 신사 입구? 이제 축제 때하고는 달라. 무방비로 있지만 않으면 지지 않아. 난 준비됐어. 내가 선두에 설게. 쇼타야, 각오 단단히 하고 가자!" 하며 덤비려 들었다. "어휴, 성질 급한 놈아. 싸움이 아니야." 하고는 과연 말을 잇지 못해 쇼타가 입을 다물자 산고로는 "네가 무슨 일이 난 것처럼 뛰어들어 와서 난 또 오로지 싸움이 난 줄로만 알았지. 그런데 쇼타야, 오늘 밤에 안 쳐들어가면 이제는 싸움이 일어날 리가 없잖아? 조키치 자식, 한쪽 팔이 없어지니까."라고 했다. "한쪽 팔이 왜 없어져?" "너 몰랐어? 나도 좀 전에 우리 아버지가 류게지의 사모님하고 서서 이야기 나누신 걸 들은 건데, 노부유키는 2~3일 뒤에 어디에 있는 스님 학교에 들어간대. 이제 승복을 입어 버리면 손이 나오지 않을 거야. 그런 흐르르하고 엄청 긴 소매를 걸어 올리는 건 일이니까. 아무래도 내년부터는 골목도 큰길도 네 손아귀겠네." 산고로가 이렇게 부추기자 쇼타는 "집어치워. 2전만 받으면 또 조키치한테 붙을 거면서. 너 같은 애는 백 명이나 동료로 있어도 전혀 고맙지 않아. 붙고 싶은 데 어디든 붙으라고. 나는 남한테 결코 기대지 않아. 진짜 실력으로 류게지하고 겨뤄 보고 싶었는데, 딴 데로 간다니 어쩔 수 없네. 후지모토는 내년에 학교를 졸업한 뒤에 거기에 간다고 들었는데, 어째서 그렇게 빨라진 걸까? 알다가도 모를 놈이야." 하며 혀를 찼다. 이 일은 조금도 신경 쓰이지 않았지만 미도리의 태도가 자꾸 눈에 아른거려 쇼타는 예의 노래도 나오지 않았다. 대로의 왕래는 엄청났지만 마음이 허전하니 성황이라고도 생각되지 않았다. 등불을 켤 무렵이 지나고서는 붓 가게에도 사람 모습이 보이지 않게 되었다.

*

미도리는 그날을 시작으로 다시 태어난 듯 점잖아졌다. 볼일이 있을 때는 유곽의 언니에게 오갔지만 결코 동네에서는 놀지 않았다. 친구들이 허전해하며 부르러 오면 다음에 놀자는 헛된 약속뿐이었고, 그렇게 사이가 좋았으면서 쇼타와 터놓고 이야기 나누는 일도 없이 언제나 부끄러운 듯 얼굴만 붉혔기에 붓 가게에서 손짓춤을 추던 활발함은 이제 약에 쓰려고 해도 볼 일이 없어졌다. 남들은 이상히 여기며 아파서 그런가 하고 걱정하기도 했지만 모친은 자기 혼자 웃음 지으며 "곧 왈가닥 본성이 나타날 거예요. 이건 막간 휴식이죠." 하고 무슨 사정이 있는 듯이 말하니 모르는 사람들은 무슨 일이라고도 생각할 수 없었다. 여자답게 점잖아졌다며 칭찬하는 사람도 있거니와 몇 없는 재미있는 아이를 망쳤다며 욕하는 사람도 있었다. 큰길은 돌연 쓸쓸해져 쇼타의 미성도 거의 들리지 않았고, 밤마다 활대 손잡이가 달린 제등의 불빛만이 보일 뿐이었다. 일수를 거두러 다니는 것이 분명한지라 제방을 걷는 자취는 공연히 추워 보였다. 가끔 함께하는 산고로의 목소리만이 여전히 패사를 떠는 듯이 들렸다.

류게지가 자기 종파의 수행 도량으로 떠난다는 소문도 미도리는 전혀 듣지 못했다. 지난날의 고집을 그대로 안에 가둔 채, 요즘의 괴이한 상태 때문에 제 몸을 제 몸이라고 생각할 수 없이 다만 무엇이든 창피하기만 했는데, 그러던 어느 서리 내린 아침에 수선화 조화를 격자 대문 가장자리로 넣어 둔 사람이 있었다. 누가 한 일인지 알 사람은 없었지만 미도리는 왠지 까닭도 없이 반가운 마음에 그것을 장식 선반의 호리한 꽃병에 꽂고는 쓸쓸하면서도 맑은 모습이구나 하며 즐겼는데, 들을 마음도 없이 우연히 소식을 전해 들은 그 이튿날이 신뇨가 아무개 학림에서 소맷자락의 색을 바꾼 것이 틀림없다는 바로 그날이었다는 것이다.

1872년(1세)　5월 2일(구력 3월 25일) 도쿄부 제2대구1소
구 우치사이와이초(內幸町)1초메 1번지의
도쿄부 연립 관사에서 아버지 히구치 다메
노스케(為之助)와 어머니 아야메(あやめ)의
차녀로 태어난다(3남 3녀 중 다섯째). 호적명
나쓰(奈津). 아버지는 당시 도쿄부 소속(少
属, 판임관, 월급 25엔). 이해 임신호적(壬申戶
籍)에 아버지는 노리요시(則義), 어머니는
다키(たき)로 이름을 신고한다.
아버지는 1857년 고향인 가이노쿠니(甲斐国,
현재의 야마나시현)를 무단으로 떠나 에도에
왔고, 이후 몇몇 무사 밑에서 일했다. 1867년
5월 무사 신분을 사들여 막부 직속 신하가
되었으나 얼마 후 메이지 유신으로 막부가
와해되며 관리가 되었다. 어머니는 1857년
하타모토(旗本) 이나바 다이젠(稲葉大膳)의

딸 고(鑛)의 유모로 들어가 봉공한 바 있다.

8월, 제5대구4소구 시타야(下谷) 네리베이초(練塀町) 43번지로 이사.

1873년(2세)	11월, 아버지가 권중속(權中屬)으로 승급. 다음 달, 교부성(敎部省) 대강의(大講義, 계급명)를 겸임한다.
1874년(3세)	2월, 제2대구6소구 아자부(麻布) 미카와다이마치(三河台町) 5번지로 이사.
	6월, 여동생 구니(くに)가 태어난다.
	9월, 아버지가 중속(中屬)으로 승급.
	10월, 언니 후지(ふじ)가 도쿄부 소속 와니모토토시(和仁元利)의 장남인 모토카메(元亀)와 결혼한다. 모토카메는 당시 군의료(軍医寮)에서 일하는 군의부(軍医副, 계급명)였다.
1875년(4세)	3월, 아버지가 법적으로 도쿄부 사족(士族)이 된다.
	7월, 후지가 모토카메와 이혼.
	9월, 아버지가 겸임 사직.
1876년(5세)	4월, 제4대구7소구 혼고(本郷)6초메 5번지로 이사.
	12월, 아버지 도쿄부 중속 의원면관.
1877년(6세)	3월, 나쓰는 공립 혼고 학교(本郷学校)에 입학했으나 어린 나이에 통학을 견디지 못해 그달 퇴교.
	10월, 아버지는 내무성 경시국 임시 직원이 되어 회계 업무를 담당한다.

가을, 나쓰는 사립 요시카와 학교(吉川学校)에 입학.『소학독본(小学読本)』(소학교에서 사용된 국어 교과서)을 배우고, 사서(四書)를 서툴게 읽는다.

1878년(7세)　이해부터 구사조시(草双紙, 에도 시대 중기 이후부터 유행한 삽화 소설책) 유를 탐독한다.

6월, 요시카와 학교에서 하등소학 제8급(소학 최하급 과정)을 수료.

1879년(8세)　8월, 아버지는 도쿄지방위생회에서 소독 업무를 담당하게 된다.

10월, 후지 구보키 조주로(久保木長十郎)와 재혼. 구보키가는 과거 의복 제조·판매업을 크게 벌였으나 당시는 도식하던 형편.

1880년(9세)　아버지는 일하는 한편으로 암금융이나 부동산 투기에 힘을 쏟아 이윤을 꾀한다.

1881년(10세)　3월, 아버지는 경시청 경시속(警視属, 판임관)이 된다.

7월, 시타야 오카치마치(御徒町)1초메 14번지로 이사.

작은오빠 도라노스케(虎之助)가 불량한 무리에 들어가 가재를 전당 잡히거나 하여 분적당하고 구보키가에 동거하게 된다. 이듬해 도공 문하에 들어간다.

10월, 오카치마치3초메 33번지로 이사.

11월, 나쓰는 사립 세이카이 학교(青海学校)에 전입학한다. 교사 마쓰바라 기사부로(松

原喜三郎)의 영향으로 와카를 짓는다.

1882년(11세) 5월, 세이카이 학교에서 소학2급 후기 수료.

11월, 소학1급 전기 수료.

1883년(12세) 5월, 중등과 제1급을 5등으로 수료.

12월, 고등과 제4급(현재의 초등 5학년 1학기에 상당)을 수석으로 수료. 어머니 뜻에 따라 집안일을 익히고자 제3급에 진학하지 않고 퇴교. 같은 달, 큰오빠 센타로(泉太郎)가 가독을 상속받는다.

1884년(13세) 1월부터 나쓰는 단기간 아버지의 지인인 와다 시게오(和田重雄)로부터 서신 교환 식으로 와카(和歌)를 배운다.

같은 달, 센타로는 아타미(熱海)에 병 요양을 나간다. 당시 시타야구청에서 일하고 있었던 것으로 추정.

10월, 시타야 니시쿠로몬초(西黒門町) 22번지로 이사.

1885년(14세) 2월, 센타로가 메이지 법률학교(현 메이지 대학)에 입학한다.

이해 나쓰는 재봉 기술 습득차 다니고 있던 아버지 지인의 집에서 시부야 사부로(渋谷三郎, 당시 도쿄전문학교, 현 와세다대학 학생)를 처음 만난다. 사부로는 노리요시가 상경 당시에 찾아간 동향 출신의 무사 마시모(마시타) 센노스케(真下専之丞)의 첩복 손자이자 후일 나쓰의 혼약자.

1886년(15세) 8월, 아버지 지인의 소개로 나카지마 우타코(中島歌子)의 하기노야(萩の舍)에 입숙. 와카, 서도, 고전 문학을 배운다. 하기노야는 민간 가숙(歌塾) 가운데 대개 귀족, 상류층 자녀가 모인 곳으로 유명.

1887년(16세) 1월 15일자로 최초의 일기 「몸에 걸친 헌옷 권1(身のふる衣まきのいち)」이 시작된다. 이후 몰년까지 40여 권의 일기를 남긴다.

1월 말, 간사이 지방에서 사업을 벌이고자 한 센타로가 뜻을 이루지 못하고 귀경.

6월, 아버지는 경시청을 그만두고 센타로를 지인의 알선을 받아 대장성 출납국 임시 직원으로 일하게 한다(11월, 질병 퇴직).

12월 27일, 센타로가 폐결핵으로 사망(만 23세). 히구치 집안의 가세가 기울기 시작한 것은 이때의 요양비 때문이라고 한다.

1888년(17세) 2월, 나쓰가 가독을 상속받는다(삼남은 요절).

5월, 시바(芝) 다카나와키타마치(高輪北町) 19번지로 이사.

6월, 하기노야 동문인 다나베 가호(田辺花圃)가 『덤불의 휘파람새(藪の鶯)』를 긴코도(金港堂)에서 출간하며 문단의 주목을 받는다. 아버지는 예전의 관리 시절부터 알던 지인을 뒷배로 믿고 여러 사람과 함께 짐수레 청부업 조합 설립에 착수하여, 9월 간다(神田) 오모테진보초(表神保町)로 이사, 니시키초(錦町)에 사무소를 둔다.

1889년(18세)　아버지가 사업에 실패하고, 3월 간다 아와지초(淡路町)2초메 4번지로 이사.

7월 12일, 아버지는 실의 속에서 부채를 남기고 병사(만 58세). 임종이 다가왔음을 안 아버지는 가족의 앞날을 걱정해 사부로에게 나쓰와 나중에 결혼할 것을 부탁한다. 사부로는 차마 거절하지 못해 혼약.

9월, 나쓰는 어머니, 여동생과 함께 시바 사이오지초(西応寺町) 60번지의 도라노스케 집에 의탁. 이 무렵 사부로는 히구치 가문이 파산한 것을 알고 혼약을 일방적으로 파기한다.

1890년(19세)　1월, 여동생이 고용살이할 만한 곳을 찾아보았지만 마땅한 데가 없어 보류.

5월, 우타코는 형편이 좋지 않은 나쓰를 하기노야에 들여 생활케 한다. 한편 여학교 교사 자리를 주선하고자 했으나 실현되지 못한다.

9월 말, 세 모녀는 혼고(本郷) 기쿠자카초(菊坂町) 70번지의 셋집으로 독립. 생활비는 세탁과 바느질로 대기로 한다.

1891년(20세)　4월, 나쓰는 예전에 여동생의 친구인 노노미야 기쿠코(野々宮きく子)에게 소개받은 《아사히신문(朝日新聞)》의 소설 기자 나카라이 도스이(半井桃水)를 찾아가 입문. 당시 도스이는 아내를 사별하고 형제와 함께 살고 있었다.

6월, 우에노(上野)의 제국도서관에 다니며 근세문학을 독학.

10월, 습작 소설 「마른 참억새(かれ尾花)」를 쓴다.

이해부터 나쓰는, 선종의 시조 달마 대사는 인도에서 중국으로 건너갈 때 갈대(芦) 한 잎(一葉)을 타고 갔지만 자신은 돈(銭)이 없다는 뜻에서(갈대와 돈은 '아시'로 동음) 이치요(一葉)를 호(號)로 사용.

1892년(21세) 2월, 도스이를 찾아가 문예지 《무사시노(武蔵野)》의 발간 계획을 듣고 「어둠 진 벚꽃(闇桜)」을 탈고(다음 달 출간).

3월 27일, 도스이에게 「마지막 서리(別れ霜)」가 《가이신신문(改進新聞)》에 소개될 것이라고 듣는다(다음 달 15회 연재 완결, 필명은 아사카노 누마코).

4월 17일, 《무사시노》에 「다마다스키(たま襷)」를 발표.

19일, 「여름 장마(五月雨)」를 쓰기 시작한다.

5월, 기쿠자카초 69번지로 이사.

6월 22일, 도스이와 교류하는 것에 대한 주변의 우려로 도스이와 일단 절교.

7월, 《무사시노》에 「여름 장마」를 발표.

8월 28일, 《고요신보(甲陽新報)》의 주간 노지리 리사쿠(野尻理作)에게서 기고를 요청

받는다.

9월 1일, 중매로 사부로를 다시 소개받자 어머니가 거절.

15일, 「파묻힌 나무(うもれ木)」를 탈고해 가호에게 들고 간다.

10월, 「경상(経づくえ)」을 《고요신보》에 발표(필명은 하루히노 시카코).

21일, 《미야코노하나(都の花)》의 편집장 후지모토 도인(藤本藤陰)이 찾아와 「파묻힌 나무」의 원고료로 11엔 75전을 지급(이치요가 받은 첫 원고료). 다음 달부터 세 번에 걸쳐 연재된다.

12월 7일, 도스이의 의뢰로 도스이가 출간할 단행본 『조선에 부는 모래 바람(胡砂吹く風)』의 첫머리에 실릴 와카 한 수를 보낸다.

26일, 신혼인 가호를 찾아가 《분가쿠카이(文学界)》의 창간에 관해 듣는다.

1893년(22세) 1월, 《분가쿠카이》에 게재할 「눈 오는 날(雪の日)」을 가호에게 보낸다(3월 출간).

2월 19일, 《미야코노하나》에 「새벽달(暁月夜)」을 발표. 23일, 도스이가 단행본을 전해 주러 찾아온다.

3월, 《분가쿠카이》의 동인 히라타 도쿠보쿠(平田禿木)가 찾아온다.

7월, 가족회의 결과 장사를 시작하기로 하고 시타야 류센지마치(竜泉寺町) 368번지로 이사. 다음 달 잡화점을 연다.

12월, 《분가쿠카이》에 「거문고 소리(琴の音)」를 발표.

1894년(23세) 2월 20일, 「꽃 속에 잠겨(花ごもり)」 전반부를 도쿠보쿠에게 보낸다. 23일, 장사가 잘 되지 않는 와중에 신문에 난 유명 점술사 구사카 요시타카(久佐賀義孝)에게. 가명을 대고 찾아가 미두를 하고 싶다고 말한다. 28일, 《분가쿠카이》에 「꽃 속에 잠겨」 전반부가 실린다. 같은 날, 요시타카가 매화 구경을 가자고 편지를 보냈으나 거절.

3월 12일, 도쿠보쿠와 함께 바바 고초(馬場孤蝶)가 처음 찾아온다.

13일, 요시타카를 방문, 다음 날 물질적 원조를 구하는 편지를 보낸다.

4월, 지인을 통해 50엔을 빌린다.

30일, 「꽃 속에 잠겨」 후반부 발표, 완결.

5월 1일, 가게를 접고 혼고 마루야마후쿠야마초(丸山福山町) 4번지로 이사. 하기노야 조교가 된다(월급 2엔).

6월 9일, 요시타카로부터 물질적 원조의 대가로 첩이 되어 달라는 편지를 받고 거절한다.

7월 12일, 선물에 대한 답례로 도스이를 찾아간다.

30일, 「캄캄한 밤(暗夜)」(1~4)을 《분가쿠카

이》에 발표.

8월 3일, 도스이가 이치요를 찾아왔지만 먼저 온 손님이 있다고 보고 그냥 돌아간다. 이달 《분가쿠카이》 동인 도가와 슈코쓰(戸川秋骨), 시마자키 도손(島崎藤村)이 찾아왔다.

30일, 「캄캄한 밤」(5~6)을 발표.

10월부터 이치요에게 문학을 배우고자 제자가 하나둘 들어오기 시작.

11월 30일, 「캄캄한 밤」(7~12)을 발표, 완결.

12월 7일, 요시타카가 월 15엔의 수당으로 첩이 되어 달라고 편지를 보내와 다시 거절한다.

30일, 이달 탈고한 「섣달그믐(大つごもり)」을 《분가쿠카이》에 발표.

1895년(24세) 1월 3일, 도스이가 새해 인사를 온다. 20일, 《분가쿠카이》의 객원 도가와 잔카(戸川残花)가 처음 찾아와 《마이니치신문(毎日新聞)》일요 부록에 실을 소설을 청탁.

30일, 「키 재기(たけくらべ)」(1~3)를 《분가쿠카이》에 발표.

다음 달, 「키 재기」(4~6) 발표.

3월 29일, 오하시 오토와(大橋乙羽, 하쿠분칸 사장의 사위로 편집국장급)가 편지로 《분게이쿠라부(文芸倶楽部)》에 기고 요청.

30일, 「키 재기」(7~8)를 발표.

4월 3일과 5일, 《마이니치신문》에 「처마에 걸린 달빛(軒もる月)」을 발표.

20일, 집을 찾아온 요시타카에게 60엔을 빌리고 싶다고 부탁한다.

5월 1일, 여행지인 교토에서 요시타카가 거절한다는 취지로 편지를 보내온다.

5일, 「가는 구름(ゆく雲)」을 《다이요(太陽)》에 발표.

24일, 「경상」을 가필·수정.

26일, 가와카미 비잔(川上眉山)이 처음 찾아와 슌요도(春陽堂)에서 책 한 권을 공저로 내자고 제안.

6월 2일, 비잔이 찾아와 이치요의 처지 이야기를 듣고 자전을 쓰라고 권한다.

20일, 《분게이쿠라부》에 「경상」을 재발표함.

7월, 기자 세키 뇨라이(関如来)가 《요미우리신문(読売新聞)》 월요 부록에 실을 소설을 청탁.

8월, 《요미우리신문》에 「매미 허물(うつせみ)」을 발표. 「키 재기」(9~10)를 발표.

9월 16일, 월요 부록에 수필 「비 오는 밤(雨の夜)」, 「달이 뜬 밤(月の夜)」을 게재.

20일, 「도랑창(にごりえ)」을 《분게이쿠라부》에 발표.

10월 14일, 월요 부록에 수필 「기러기 소리

(「厂がね」), 「벌레 소리(虫の音)」를 게재.

11월 30일, 「키 재기」(11~12)를 발표.

12월, 《분게이쿠라부》에 「십삼야(十三夜)」를 발표. 「꽃 속에 잠겨」, 「캄캄한 밤」을 재발표. 30일, 「키 재기」(13~14)를 발표.

1896년(25세) 1월 1일, 「이 아이(この子)」를 《니혼노카테이(日本の家庭)》에 발표.

4일, 「헤어지는 길(わかれ道)」을 《고쿠민노토모(国民之友)》에 발표.

8일, 사이토 료쿠(斎藤緑雨)가 처음 편지를 보내온다. 이날 밤, 가와카미 비잔이 찾아와 무리하게 이치요의 사진을 들고 간다. 이 무렵 비잔과의 염문이 세상에 나돌았다. 이달, 《마이니치신문》의 기자 오카노 지주(岡野知十), 요코야마 겐노스케(横山源之助)가 찾아와 후타바테이 시메이(二葉亭四迷)에게 소개하고 싶다고 말한다.

30일, 「키 재기」(15~16) 발표, 완결.

2월 5일, 「배반의 보랏빛(裏紫)」(상)을 《신분단(新文壇)》에 발표, 미완. 같은 날, 「섣달 그믐」을 《다이요》에 재발표.

4월 10일, 가필·수정한 「키 재기」를 《분게이쿠라부》에 일괄 게재. 이 무렵, 폐결핵이 상당히 진행되어 있었다.

5월 2일, 도쿠보쿠, 도가와 슈코쓰가 찾아와 《메자마시구사(めざまし草)》의 합평란에

서 모리 오가이(森鷗外), 고다 로한(幸田露伴), 사이토 료쿠가 「키 재기」를 격찬한 사실을 전한다. 이 무렵, 슌요도에서 전속 작가 계약을 요청받는다.

10일, 「바다대벌레(われから)」를 《분게이쿠라부》에 발표.

20일, 이치요가 엮은 『일용백과전서 제12편: 통속서간문』(하쿠분칸) 출간.

24일, 료쿠가 이치요를 처음 찾아온 데 이어 며칠 후 「바다대벌레」의 의문을 풀기 위해 다시 찾아온다.

6월 1일, 도쿠보쿠가 찾아와 《메자마시구사》에 실린 「바다대벌레」의 평을 전한다.

2일, 《메자마시구사》의 동인 미키 다케지(오가이의 친동생)가 찾아와 합평회 참가를 요청하는 한편 료쿠에게 주의하라고 경고.

7일, 하쿠분칸 9주년 축하회에 초대받았으나 거절.

11일, 다케지가 찾아와 합평회 일자를 정하나 이후 편지로 정중히 거절.

18일, 《고쿠민노토모》의 편집자 구니키다 슈지(돗포의 친동생)가 찾아온다.

20일, 도스이가 찾아와 료쿠에게 방심하지 말라고 경고.

7월 18일, 지난주 리사쿠와 함께 찾아온 사부로로부터 사진과 연서가 도착한다.

20일, 다케지와 함께 고다 로한이 처음 찾아와 《메자마시구사》에서 합작 소설을 시작하자고 제안.

22일, 료쿠가 찾아와 《메자마시구사》의 내부 사정을 밝히고 동인에 가입하지 말라고 만류한다.

25일, 수필 「두견새(ほととぎす)」를 《분게이쿠라부》에 게재.

8월 초순, 여동생 구니는 스루가다이(駿河台)의 산류도(山竜堂) 병원에서 언니의 상태가 절망적이라는 선고를 받는다.

19일자 《요미우리신문》에 이치요의 중태 사실 보도.

9월, 병을 무릅쓰고 하기노야 모임에 참석.

가을 무렵, 료쿠의 요청으로 오가이가 아오야마 다네미치(青山胤通)에게 왕진하도록 연락. 역시 절망적이라는 선고.

11월 23일 오전, 폐결핵으로 사망(만 24세 6개월).

24일, 비잔, 슈코쓰, 료쿠 등이 유해를 두고 하룻밤을 지새운다.

25일, 장의 집행. 구니의 생각으로 장례는 조촐히 치러 참석자는 십수 명에 불과. 유해는 화장되어 히구치 가문 묘지에 안장. 법명 지상원석묘엽신녀(智相院釋妙葉信女).

옮긴이
강정원

부산대학교 일어일문학과를 졸업하고 현재 직장 생활을 하고 있다. 옮긴 책으로 『도토리』(데라다 도라히코 수필선), 『밑손질&조리 방법』, 『열등감 버리기 기술』이 있다.

꽃 속에 잠겨

1판 1쇄 찍음 2020년 8월 7일
1판 1쇄 펴냄 2020년 8월 14일

지은이 히구치 이치요
옮긴이 강정원
발행인 박근섭, 박상준
펴낸곳 (주)민음사

출판등록 1966. 5. 19. 제16-490호
서울시 강남구 도산대로 1길 62(신사동)
강남출판문화센터 5층 06027
대표전화 02-515-2000 팩시밀리 02-515-2007
www.minumsa.com

© 강정원, 2020. Printed in Seoul, Korea

ISBN 978 89 374 2973 6 04800
ISBN 978 89 374 2900 2 (세트)